김후란
金后蘭

시

전집

오세영 · 맹문재 엮음

푸른사상
PRUNSASANG

이 도서의 국립중앙도서관 출판예정도서목록(CIP)은 서지정보유통지원시스템 홈페이지(http://seoji.nl.go.kr)와
국가자료공동목록시스템(http://www.nl.go.kr/kolisnet)에서 이용하실 수 있습니다.(CIP제어번호: CIP2015025435)

김후란 시인

1941년
서울교동초등학교
1학년 때 두 언니와
남동생과 함께 창경궁에서
(왼쪽 첫 번째)

1948년
부산사범병설중학교
2학년 때 거제동 소재
철도관사 35호에서
찍은 가족사진
(뒷줄 오른쪽)

부산사범학교 재학 시절

부산사범학교 연극제 당시 「페스탈로치」에서 안나 역을 맡다
(왼쪽 첫 번째)

부산사범학교 졸업반 때 등사판으로
제작한 문예반원 4인 시집 『푸른 꿈』 표지

1952년 보헤미아 민요곡에 가사를 지은
「저녁종」이 실린 남녀 중학교용
『새 음악 교본』(금수현 편저)

'김형덕 작사'로 표기되어 있다

1954년 서울대학교 사범대학
교정에서 김남조 교수와 함께

『한국일보』 기자 시절 안수길 소설가 인터뷰

1958년 대학 선배이며 방송국 프로듀서 겸 라디오 드라마 작가인 김아(金雅)와의 결혼식

1958년 12월, 1959년『한국일보』신춘문예 작품 모집을
마감한 뒤 접수와 1차 심사를 진행하는 문화부 기자들
위쪽이 김후란 기자, 오른쪽이 신석초 문화부장

1959년 신석초 시인으로부터
첫 회 추천을 받은 무렵

1965년 청미동인회 시인들

1967년 호수그릴에서 열린 첫 시집 『장도와 장미』 출판기념회
왼쪽부터 모윤숙 · 김후란 · 김남조 시인, 박화성 · 손소희 소설가

1967년 12월 문인들 송년의 밤
왼쪽부터 시계 방향으로 신석초 시인, 조연현 평론가, 이종환 소설가,
김후란 · 김수영 · 성춘복 · 이형기 · 박재삼 시인

1967년 월남 전선 취재
왼쪽 두 번째부터 김후란 시인,
최정희 소설가, 박동은 기자,
이영희 아동문학가,
이종덕(문화부 직원,
현 충무아트홀 사장)

1968년 호수그릴에서 열린 신석초 시인 회갑 축하 모임
뒷줄 왼쪽부터 시계 방향으로 성춘복, 허영자, 김선영, 이성교, 박재삼, 김구용, 박제천, 조남익,
이경희, 김여정, 임성숙, 김후란, 곽종원, 김동리, 신석초, 박목월, 오영수, 이형기 시인 등

1969년 현대문학상 수상식에서
공동수상자인 송상옥 소설가와 함께

1970년 한국여류문학인회 임원들을 초청한 영부인과 기념 촬영
뒷줄 왼쪽부터 시계 방향으로 한말숙, 강신재, 추영수, 허근욱, 김녕희, 전숙희,
이영도, 모윤숙, 육영수 여사, 박화성, 손소희, 조경희, 최미나, 송원희, 김남조,
김선영, 김후란, 이영희, 구혜영, 홍윤숙, 김자림, 추은희, 박현숙 작가 등

1977년 제12회 월탄문학상 수상식
왼쪽부터 전광용 소설가, 조병화 시인, 조재호 교육자, 김후란 시인,
박화성 · 박종화 소설가, 김팔봉 · 김우종 평론가

1980년 문인들과 함께한 수국섬 나들이
뒷줄 왼쪽부터 김윤식 평론가,
장호 · 이가림 · 조태일 · 허영자 ·
김후란 · 이경희 시인 등.
앞줄 왼쪽부터 이탄 · 김종원 시인,
김재홍 평론가, 고영조 시인

1980년대
가운데 천경자 화가,
오른쪽 박성희 화가

1985년 신석초 시인 문학전집 출판기념회
왼쪽부터 홍희표 · 조남익 · 박제천 · 김여정 · 김후란 · 성춘복 · 임성숙 시인

1984년 한국여성개발원
(현재 한국여성정책연구원)
개원 1주년 기념식
왼쪽부터 김후란 부원장,
손인실 이사장, 이태영 박사,
김정례 보건사회부 장관,
김영정 원장

1985년 한국여성개발원
원장 재직 때
아시아 수녀연합회
제7차 회의 대표자
접견 모습

1988년 한국여성개발원 원장
모습

1994년 제31회 한국문학상 시상식
왼쪽부터 지연희 수필가,
유경환 시인, 곽종원 평론가,
김후란 시인, 김지연 소설가

1997년 제14회
최은희여기자상 시상식

1996년 문학의 해 3 · 1절 기념 행사로 문인 100명과 함께한 독도 행사 모습

2000년 '평화의 숲'이 주최한 북한에 나무 묘목 보내기 행사
묘목을 싣고 인천항을 출발하려는 선박 앞에서

2001년 7월 12일 사단법인 '문학의 집·서울' 착공식
왼쪽부터 윤병로 평론가, 이준영·함동선·성춘복·문덕수 시인, 전숙희 수필가,
김후란 시인, 고건 서울시장, 이어령 평론가, 조경희 수필가, 차범석 극작가, 구혜영 소설가,
박태진 시인, 김우종 평론가, 유금호 소설가, 중구청장, 문국현 유한킴벌리 사장

2002년 3월 평화통일과 월드컵 성공 기원 문인들 글 연날리기 행사
왼쪽부터 이길원 시인, 조병무 · 윤병로 평론가,
김후란 · 황금찬 · 홍금자 · 성춘복 시인, 이광복 · 이국자 소설가

2007년 제7회 비추미여성대상 시상식
김후란 시인 오른쪽부터 이수빈 삼성생명공익재단 이사장, 공동수상자인
한국염 이주여성센터대표, 오기근 연세대 영상의학과교수, 박병선 재불역사학자 등

2009년 등단 50년 기념 심포지엄과 '님 시인상' 수상식을 마치고

2009년 펜문학상 시상식
문효치 이사장으로부터 상패를 받다

2010년 서울대학교 사범대학 명예졸업증서 수여식을 마치고 이장무 총장과 함께

2010년 전숙희 수필가(가운데)와 함께 박경리 소설가의 원주 자택으로 문병

2011년 '문학의 집 · 서울' 전시실
왼쪽부터 강민 · 황금찬 · 김후란 시인, 이현재 전 총리, 성춘복 시인

2012년 '문학의 집 · 서울' 전시실
왼쪽부터 김형영 시인, 김여정 시인, 박완서 소설가, 조광호 신부, 김후란 시인,
전옥주 희곡작가, 이규희 소설가, 윤일숙 아동문학가, 구중서 평론가

2013년 '문학의 집 · 서울' 전시실
왼쪽부터 김종길 · 김남조 · 성춘복 · 김시철 · 김후란 시인, 신봉승 작가

2013년 한국시인협회상 시상식
신달자 회장으로부터 상장을 받다

2014년 청미동인회 창립 50주년 기념 문집 출판기념회
앞줄 중앙에서부터 시계 방향으로 김혜숙 · 임성숙 ·
이경희 · 허영자 · 추영수 · 김선영 · 김후란 시인

1974년 어머니와 함께

2013년 큰아들 가족들과 함께

2014년 작은아들 가족

김후란 시인의 저서들

2015년 9월 충무로에서
오른쪽부터 오세영 · 김후란 · 맹문재 시인

김후란 시 전집

1

이 시 전집은 김후란 시인이 1960년 『현대문학』으로 작품 활동을 시작한 이후 간행한 총 열두 권의 개인 시집에 수록된 작품들과 그 밖의 것들을 모은 것이다. 지금까지 확인된 작품 수는 총 559편이다. 앞으로 더 많은 작품이 발굴되기를 기대한다.

이 시 전집의 구성은 지금까지 간행된 개인 시집의 순서로 부(部)를 나누는 것으로 했다. 장편 서사시집의 경우도 이 원칙에 따랐다. 시집에 수록되지 않은 작품들은 맨 마지막 부에 놓았다.

시인이 지면에 발표했거나 개인 시집에 수록했던 작품을 수정한 경우, 이 시 전집에서는 그 작품을 최종적인 것으로 삼았다.

2

이 시 전집에서는 시인의 연보를 자세하게 작성하려고 했다. 기존의 시집들에 소개된 시인의 연보를 최대한 보충하고자 한 것이다. 또한 사진을 시인의 일대기를 정리하는 차원에서 실었다. 시인과 함께한 얼굴들 역시 우리의 시문학을 풍요롭게 만드는 데 역할을 했다고 생각한다.

이렇듯 이 시 전집은 정본의 위상을 가지려고 노력했다. 시인의 시 세계를 연구하는 학자들이나 일반 독자들의 많은 관심을 기대한다.

이 시 전집이 간행될 수 있는 기회를 주시고 귀중한 자료들을 제공해주신 김후란 시인께 감사의 인사를 드린다. 책을 만드느라고 애쓴 푸른사상사의 가족들에게도 고마움을 전한다.

3

> 나는 한 줄의 시를 낳기 위하여
> 등잔에 기름을 가득 붓고
> 바다를 가르는 빛살처럼
> 나를 일으켜 세우리라
> 나를 바치리라
>
> ─ 김후란, 「헌화가」 부분

"한 줄의 시를 낳기 위"해 "나를 바치"는 시인이 있는 한 우리의 시문학은 영원할 것이다. 우리의 하늘도 대지도 역사도 그러할 것이다. 우리의 사랑도 "빛살"을 안을 것이다.

2015년 8월
엮은이들

경건한 문학에의 길

시 전집을 내게 되어 그동안 발표된 열두 권의 시집을 총체적으로 읽어보면서 감회가 새로웠다. 조심스럽기도 하고 스스로 충족감이 느껴지기도 했다.

시인 김후란으로서 나는 어떤 길을 걸어왔는가를 돌이켜보려니까 가슴이 뻐근해진다. 문학을 한다는 건 참으로 경건한 길이다. 시를 쓰는 일은 축복된 일이며 시를 쓰기 위해 부단히 감성을 연마하는 일은 나의 삶을 정련하는 길이었다. 문학 창작 활동은 힘들지만 즐거운 작업이기도 하다. 한 편의 시를 낳기 위해 침묵으로 쓰고 고치고 다듬으면서 정신적인 마모와 윤택함을 동시에 누리는 아주 특별한 작업이다. 문학인들이 별 경제성이 없는 문학 창작에 이처럼 매달려 정력을 쏟는 것은 영혼이 숨 쉬는 언어의 숲에서 일상인들이 누리지 못하는 정신적인 충족감을 갖기 때문일 것이다.

나는 운명적으로 시인이 될 수밖에 없었던 것 같다. 내 생년월일로 육갑을 짚어본 친구가 예술 예(藝)자가 두 개나 들어 있으니 천상 시인이구먼…… 했다. 그래서인지 어려서부터 책 읽기를 좋아하고 나 혼자만의 공책에 무언가를 열심히 쓰곤 했다. 감기로 누워 있을 때에도 부모님이 맛있는 것 사 오는 것보다 책을 사다주실 때가 더 좋았다.

남녀공학인 부산사범학교에서는 문예반 활동을 했고 문예반 학생 네명(한순태, 황규진, 박무익과 나)이 합동시집 『푸른 꿈』을 등사판으로 제작해서 선생님들과 문예반원들에게 돌려 화제가 되기도 했다.

물론 그때만 해도 문학인이 되리라는 꿈은 감히 가져보지 못했고 존경하는 선생님을 따라서 교육자가 될 생각이었다. 국어 선생님 중에 이숭자 시인이 계셔서 난초 향기가 감도는 그 선생님을 바라보면서 시인은 저렇게 생기고 저렇게 우아한 분위기를 갖는구나 하고 막연히 동경했던 적이 있었다.

대학 시절 『경향신문』 주최 대학생 문예작품 공모에서 나의 단편소설 「고아」가 당선, 일주일간 김훈 화백의 삽화를 곁들여 연재소설처럼 실렸다. 그게 계기가 되어 서울대학교 『사대학보』 창간호에 단편소설 「불안한 위치」를 발표하게 되고 그 후 신문과 잡지에서 원고 청탁을 받게 되었다.

그 무렵 KBS 주최 제1회 대학생 라디오 방송극 경연대회에 상급생들의 권유에 따라 여자 주인공 역을 맡게 되었다. 한동안 방과 후 사대 강의실에서 연습을 했고 당시 정동에 있던 방송국에서 녹음을 마치고 나와 마지막 회식을 하고 헤어질 때였다. 연출을 맡았던 상급생 김아(金雅)가 나에게 책 한 권을 손에 쥐어주고 갔다. 라이너 마리아 릴케의 『젊은 시인에의 편지』(일어판)였다. 이 책은 나에게 시인으로서의 길을 가는 데 등대 역할을 했고 그 상급생은 나와 일생을 함께하는 동반자가 되었다.

『한국일보』 문화부 기자로 들어가자 명시 「바라춤」의 대시인 신석초 선생님이 문화부장 겸 논설위원으로 계셨다. 이는 나를 소설가가 아닌 시인으로 만드는 운명적인 만남이 되었다. 신문과 잡지에 내 시와 수필이 실리는 걸 보고 시를 계속 쓸 생각이면 『현대문학』에 추천을 하고 싶으니 작품을 보여달라고 하셨다.

다음날 나는 그동안 채워온 시작 공책에서 시 「오늘을 위한 노래」 한 편을 골라 드렸다. 그 시가 1959년 11월호 『현대문학』에 제1회 추천작으로 실렸고, 이어서 「문」(1960년 4월호)과 「달팽이」(1960년 12월호)로 3회 추천을 마쳐 문단에 등단했다. 이때 허난설헌의 뒤를 잇는 유니크한 시인이 될 것으로 기대한다는 과분한 추천사와 함께 내 본명 김형덕 대신 김후란(金后蘭)이라는 필명을 신 선생님께 받았다. 교과서에서나 만나던 문인들과 같은 잡지에 내 작품이 나란히 실렸을 때 세상빛이 달라 보였다. 큰 나무는 그늘도 깊다고 했듯이 존경하는 대시인 곁에서 시인으로서의 삶의 자세에 대해서 은연중 많은 영향을 받았다.

문단에 나온 지 3년쯤 되었을 때 같은 또래 여성 시인 일곱 명이 모여 청미동인회(靑眉同人會)를 만들고 동인지 발간과 시화전, 시 낭송회, 독자와의 대화 등 활발한 동인 활동을 꾸준히 계속했다. 35주년을 기해서 동인지 발간을 마감하고 우정의 모임만 해오다가 창립 50주년을 맞아『청미동인 50년 기념총집』을 발간했다.

이러한 동인 활동은 각자의 시세계는 다를지라도 보이지 않는 끈으로 이끌리듯 서로가 격려가 되어 함께 발전해왔다. 동인들 모두 중진시인으로 건강하게 문학 활동을 계속하고 있어 고마운 일이다.

나는 지난 50여 년 문학과의 인연을 소중히 여기면서 열두 권의 시집과 함께 여러 권의 시선집, 수필집 등 30여 권의 저서를 발간했다. 그러면서 언론인 생활 20여 년과 한국여성개발원 원장 등 사회 공직 생활을 해오면서도 언제나 시인으로서의 자긍심과 긴장감을 놓지 않고 살아왔다.

내 창작 생활 중 장편 서사시『세종대왕』을 쓴 일은 감회 깊은 성취감을 갖게 한다. 서시「우리글 한글」을 시작으로 총 3장으로 나누어서 초장은「어질고 현명한 임금 나시니」로 한 위인의 태어남이 갖는 깊은 뜻을 새기고 세종이 평생을 바쳐 성취한 업적을 총체적으로 담은 일대기이다. 중장은「예로써 큰 별을 세우시나」로 새로 세운 조선조의 기틀을 잡고자 용단을 내린 태종의 뜻을 따라 셋째 아드님인 충녕대군이 제4대 임금 세종으로 즉위하여 선각된 의지와 고매한 인품으로 이룬 폭넓은 치적과 인간적인 고뇌를 담았다. 종장「한글, 그 빛나는 창제」는 세종의 폭넓은 탐구심과 과학, 예술, 천문학에 이르기까지 수많은 위업 중에서도 가장 위대한 훈민정음 창제의 높은 정신과 창조적 결실을 기리는 시로 대단원을 맺었다.

나의 문학 활동 중에서도 이토록 많은 시간과 노력을 바쳐 몰입하여 쓸

수 있었던 경험을 소중히 여긴다. 특히 이 서사시에는 우리말의 결과 향의 부드럽고도 깊은 맛을 살리려고 유념하였다.

나의 시는 대체로 존재의 확충 의욕에 뿌리가 닿아 있고 습관적으로 의식 무의식 중에 마음속에서 마치 동경(銅鏡)을 문질러 빛을 내듯이 하나의 작품을 창출한다. 나는 시의 깊이를 원한다. 고요하고도 감각적인, 내부에 잔잔한 숨결을 품고 진주같이 은은한 빛으로 채워지기를 원한다.

그리고 나는 시를 사랑하는 독자들에게 주장한다. '시를 읽자, 시를 먹자, 시를 가슴에 꽃피우자'고. 이러한 바람 때문에 일단 발표한 작품도 시집에 수록할 때는 몇 번이고 다시 읽어보고 부분 수정을 마다 않는 습관이 있다. 이 때문에 혹 혼선이 올지도 모르지만 이러한 과정은 내 시를 읽어주는 독자에 대한 예의라고 생각한다.

이번 시 전집은 특히 완성본으로 내놓고 싶었고 서사시『세종대왕』의 경우도 마지막 교정을 볼 때까지 부분적으로 손을 댔음을 밝혀둔다. 이 서사시는 문예진흥원에서 발간한『민족문학대계』제18권에 수록되었고 그후 단행본으로 출간되었으며(어문각), 추후 다시 단행본 제작이 가능하다면 이번 시 전집에 수록된 작품으로 하게 될 것이다.

지내놓고 보니 인생은 너무 빠르게 흘러가버렸다. 그러나 문학을 하는 사람에게는 정년이 없다. 맑은 정신으로 창작을 계속할 수 있는 동안은 살아 있는 기쁨으로 가슴이 뛰는 것이다.

문학에 도전하면서 초기엔 모든 것에 시적 자극과 호기심을 가졌고 중반엔 자연과 인간 생활의 영원한 호혜 작용과 생명의 신비로움에 매료되었다. 그리고 근래에 와서는 나의 문학 세계의 진폭이나 관심사가 점차로 확대되었다. 저 광막한 우주가 나를 압도하면서 상대적으로 조그만 지구에서, 그러나 우리에겐 너무나도 큰 세계인 지구라는 행성에 가슴 저릿한 정을 느낀다.

그리고 지구상의 인간을 비롯한 모든 생명체에 각별한 존재감을 재인식하게 되고 그런 만큼 우리들 인간관계의 소중함에 대해서 더욱더 뜨거운 물살을 안게 된다. 인간의 삶의 본질을 추구할 때 세계를 보다 넓게 깊게 보게 되고 모든 생명의 유한성 때문에 더 아름답고 애틋하고 모든 가치를 중히 여기게 되면서 작은 인연의 만남 모두 정겹게 보듬게 된다.

여기서 초월하는 새로운 세계가 보이기 시작했다. 열한 번째 시집 『새벽, 창을 열다』에 수록한 「빈 의자」 연작시에서 나는 보이지 않는 어떤 존재감에 대해 참가치를 부여하고 싶은 목마른 절대치를 담았다. 비어 있음이 비어 있음이 아니다. 빈 의자는 이미 누군가의 자취가 묻어 있고 또한 앞으로 누군가가 앉을 충일한 공간이다. 모든 사물의 형상은 실체를 넘어 무한 공간에 존재감을 지니고 있고 우리는 그 존재감을 인식하고 체험하고 글로 표출하는 중재자라는 생각이 들었다. 삶의 크기가 확대되는 건 그 때문이다. 그건 과장이나 환상이 아니라 진정한 의미 추구이며 창작에 필수되는 상상력의 힘이다. 눈에 보이는 것을 능가하는 보이지 않는 숨결을 느끼는 생명성에 대한 경건한 의식이다.

문학은 어떤 형태로나 인간을 이야기하는 것이고 인간 생활의 진실을 추구하는 사색의 세계라고 할 때 문학 작품은 인생을 알게 하고 정서 생활과 삶의 질을 높여주는 정신적 양식이다. 인간 생활의 아름다움과 질곡을 통해서 생명의 존귀함을 깨우치게 하고 극단적인 절망의 늪에서도 다시 일어서게 한다. 이것이 문학의 힘이요 문학 치유의 효험이라고 말할 수 있다.

나는 긍정적인 사고방식을 가진 사람이다. 시를 쓰는 데도 한국적인 정서를 현대 감각으로 가꿔가는 진선미의 시세계여야 한다는 나름의 고집스런 주장으로 어휘 선택에 있어 우리말을 소중히 다루며 서정시를 써왔다.

다양한 문학 세계가 있으나 문학의 본류는 역시 삶의 기슭에 부드럽게 부딪쳐오는 물결로 우리에게 어떤 위로나 자극이 되어주어야 한다는 생각이다. 시는 언어로 지어진 아름다운 집이다. 그 집에 초대된 독자에게 공감의 선물을 안겨주어야 한다. 필요에 따라 등장하는 거친 말이나 비감 어린 표현조차 가슴 뜨겁게 공감되는 승화된 총체적 아름다움이어야 한다. 그런 시를 낳기까지 가슴에 출렁이는 감동의 물살이나 상상의 날개가 작용하지 않고서는 한 줄의 시도 쓸 수가 없다. 그래서 시인들은 밤잠을 놓치고 무릎 꿇어 깊이 침잠된 세계에서 고민하는 것이다.

내게 버팀목이 되어준 문학이 있었기에 나의 일생은 결코 헛되지 않았다고 스스로 위안이 된다. 생각해보면 사람의 일생은 마치 등산하는 것과 같아서 사람에 따라 등산 코스는 다를지라도 자신이 좋아하는 길로 한 발 한 발 딛고 올라가는 인생길에 보람을 가진다면 그것으로 되는 게 아닌가 싶다. 그런 뜻에서 나는 행복하다.

선문답 하나가 생각난다. 스승과 함께 산을 오르던 제자가 산중턱에 멈춰 섰을 때 물었다.

"늘 말씀하시던 이곳의 아름다운 풍경은 어디쯤인지요?"

스승은 웃으며 말씀하셨다.

"그 위에 자네가 서 있군. 저 산정에 다다르면 보일 것이네."

과연 지내놓고 보면 보인다. 시를 쓰면서, 무언가가 보이기 시작하면서, 인생의 먼 길이 손에 잡히는 듯하다. 나는 요즘 나잇값을 하는 훈훈한 시를 쓰고 싶다.

이 시 전집 발간을 위해 오세영 시인과 맹문재 시인이 여러모로 마음을 써준 일, 푸른사상사 한봉숙 사장님의 배려와 편집팀의 수고로움에 깊이 감사드린다.

2015년 9월
김후란

일러두기

1. 맞춤법과 띄어쓰기는 현행 표기법 규정에 따랐다.
2. 한자와 외래어는 한글로 표기하는 것을 원칙으로 하고 필요한 경우는 괄호 안
   에 넣어 병기했다.
3. 명백한 오자는 바로잡았다.
4. 부호는 도서 및 신문은『 』, 문학 및 예술 작품은「 」, 대화 및 인용은 " ", 강조
   는 ' '로 통일했다.

차례

제1시집   **장도(粧刀)와 장미(薔薇)**

제2시집　　**음계**(音階)

김후란 시 전집

제3시집　어떤 파도

김후란 시 전집

제4시집 **눈의 나라 시민이 되어**

제5시집   숲이 이야기를 시작하는 이 시각에

제6시집 　서울의 새벽

제7시집 　우수(憂愁)의 바람

제10시집　**따뜻한 가족**

제11시집 **새벽, 창을 열다**

제12시집　비밀의 숲

제12집 이후 · 발굴 작품들

제1시집

장도(粧刀)와 장미(薔薇)

金okꠑ詩集

粧刀와薔薇

오늘을 위한 노래

밤. 흐느적거리는 어둠 속에 온통 흐드러진 들꽃 내음. 거리를 잴 수 없는 밀도(密度)

시도(試圖)는 끝났다 다시는 있을 수 없는 순간을 위하여 기쁨은 한갓 은은한 그리움에 영원의 정박(碇泊)을 마련하였고 모든 흐름은 또 하나의 마음의 여울로 연결되는데

미진한 것들을 태워 버리고 슬픔도 자랑도 던져버리고 여기 현존하는 흐느낌이 있다 결코 헛되지 않을 우리의

그리하여 지새운 들길에 부서지는 별빛을 안고 가늘고 긴 어둠길을 바람같이 치달아 올라 숨찬 환희에 몸을 떨며

사랑하리라 넘쳐흐르는 가슴만으로 뜨겁게 뜨겁게 사랑하리라 어제와 내일 없는 오늘만으로 온전히 사랑하며 살아가리라.

문

그 어디에서도 끝날 수 없는
긴 긴 밤이었습니다

그 무엇으로도 메꿀 수 없는
크낙한 공간이었습니다

이제 이렇듯 서러울 수 있는
내 가난한 영혼은

마지막 구원의 영상(影像) 앞에
두 손 모아 엎디었는데

창밖의 숱한 낙엽의 울음소리는
또 어인 일이오니까

이 한밤 이리도 몸부림치는
머리 갈기갈기 산발한 갈대

뒷산 두견이도 목이 쉬었고
메아리도 어이 돌아오지 않는데

모든 것이 오늘로 끝나고 또 오늘로 시작됨을
진정 믿어서 옳으리이까

꼬박 드새운 참회의 밤은
훤하게 열려오는 아침과 더불어

영원으로 통하는
문을 이루고

그 문을 향하여
머리 곱게 빗은 나
맨발로 몇백 년이고 걸어가오리다.

달팽이

몇 번 되풀이해도 좋으리라
숨 가쁠 때
차라리 한아름의 허공을 호흡할 수 있다면
그것은 마냥 되풀이되어도 좋으리라

풀밭 그늘 속에 다디단 이슬 한 모금
거기 찬란한
네 집이 비친다

꿈도 사랑도 부끄러운 시샘도
움츠려 숨어버린
집 속에서

— 조용히 파문 짓는
잃어버린 대화들

바람 한 점 불지 않는다
물결 흐르는 어둠을 뚫고 나와
비로소 그것이 네 뜻이 아니었음을 알리라

볕은 쨍쨍 눈부시다
돌아갈 수 없는 하늘 밑
냉연한 지열(地熱)은 몸을 태운다

작은 샘터 언저리
망각의 사슴들이 휘몰아간
넓고 넓은 들에

달팽이 한 마리.

장미 1

너는 포옹할 수가 없다
너는 미워할 수가 없다
너는 꺾어버릴 수가 없다
너는 모르는 체 지나칠 수가 없다
너무도 우아하여
너무도 진실하여
너무도 애틋하여
너무도 영롱하여.

장미 2

은장도 빼어든
여인의 손
파르르 떠는
소매 끝에
사랑, 그 한 가락으로
피었다

섬세한 자락
과즙이 묻은 입술

향기로운 눈빛으로
웃고 있네, 태양이 하오
장미 가시에 찔려
온통 미소로 부서지는.

장미 3

거울이 부서지듯
환상의 늪이 깨어진 아침
장미는 스스로 지녀온
아픔을 털어버리고
다만 한 송이
순수한 꽃이고자 했다

그 아릿한 입술에
이슬이 묻어
슬프도록 아름다운 시간의
영원함을 묻는
귀여운, 귀여운 얼굴

꽃으로서의 생명은
부질없는 한순간에 져버려
찢어진 가지 끝에
아쉬운 향기만
진동하느니

장미
그 순수한 기억이여
비단자락을 끌며
내려선 뜨락에
오늘 너는 새로이
탄생한 것이다.

횃불

시청 앞 광장에 노는
비둘기 무리는
시간이 흘리고 간
정오의 묵시(默示)를 씹는다

어깨를 추스르며
달려가는
무수한 낙서

범람하는 차륜(車輪) 사이를
누비며
오늘의 신화는, 이제
꿈틀거리는 밤을
기다리지 않는다

웅성대는
도시의
한낮의 횃불은

일제히 머리를 들고
무리져 날아가는
저
비둘기 발목에
빨갛게 점화되었다.

환(幻)

안개가 밀려가는 날
시인의 가슴엔 공동(空洞)이 뚫려
깃털이 고운 새
백조가 수없이 날아나고 있었다

반쯤 흘러내린
목도리 자락으로
한밤내 느껴 운

오늘을 누르고 서 있으면
손가락을 진동시키는
언젠가의 이야기

이렇게 안개에 밀려가며
아 이제사 새벽에
지워진 굴레 공동 속
햇무리를 향하여

폴 폴 폴
날개를 털며
수없이 수없이 날아가는
백조.

꽃샘바람

따사로이 부어오는 햇빛은
넘쳐 흘러넘쳐
강을 이루고

강은
아직도 솜털 옷을 벗지 못한
나뭇가지 사이를 누비며 흘렀다

고요하여 자지러질 것 같던
속에서
뜨겁게 용솟음치는 밑부신 생명

두터운 껍질의 찢어지는 아픔도
참아온 동면(冬眠)의 세계에 비하랴
오늘의 이 눈부신 환희란

햇살은 아낌없이 쏟아졌다
비집고 나온
새 움은
수줍고 장하여 몸을 떨었다

바람이 횡그르르 몰아친다
여린 봉오리 후리치는 바람은
시샘하여 부는가
꽃샘바람.

비연(飛鳶)

한 점 연(鳶)이 떴다

봄의 선율에 들뜬 도시마저
가벼이 이끌리듯
한 줄기 실에 매달려
요람처럼 흔들리운다

단조로운 시공(時空)의 속삭임이
태양 기슭까지 번지고

허무러진 담 밑 옹달샘에도
무변(無邊)의 윤무(輪舞)가 비친다

마침 불어온 마파람 타고
종횡무진
가슴이 넓어 거치는 것이 없는
너의 오만이 좋다

그러나 줄기찬 한 가닥 실은
어쩔 수 없는 지상의 인연
대나무 살에 종이옷 걸친
몸 가벼운 행차긴 하지만

무리 중에 뛰어나기 위해서
한 점 구름이
떴다.

수반(水盤)의 꽃 속에

백자 수반(白瓷水盤)에 꽃 몇 송이를 꽂아놓고
이것으로 봄을 피운
3월을 보려 하네

문밖은 어지러운 돌개바람 꽃샘
손에 잡힐 듯 작은 물방울 같은 것이
온통 영롱한 빛깔을 머금고 부풀어
묻어나는 꽃가루처럼 피어오른다

무너진 둑 너머로 쓸려나오듯
한 줄기 빛의 분류를 타고
봄은 여기저기 분망한 아우성 속에
잊혀진 땅 위에 창의의 눈을 틔운다

밀려가는 것은 다만 먼지였던가
그 속에 엉기어 몸부림치는
무리진 젊음의 손짓들인가
탈곡은 아픈 시련 두고 기억하리라

발 밑에 수물거리는 계절을 딛고
철 이른 꽃을 주워
침봉에 세우면

이것으로 내 고장 3월의 봄은
수반에 떠는 꽃 속에 있네.

불꽃

그 순결을
차가운 연소(燃燒)로 지키는
목소리

단애(斷崖)의 결정적 순간에
활 활 자신을 내던지면서

비로소 회오리치는
꽃잎의 언어

산화되어가는 것은
내가 아니다

벗어던진 가식의 목걸이
사파이어가 하나 가득
불꽃 속에 튕겨지고 있었다.

속리산 대불(俗離山 大佛)

태고(太古)의 적(寂)을 누벼
발 아래 벽으로 삼고
만 사람 굽어 자혜로운 미소 주심

울울한 검은 숲 속에서
어지러운 번뇌를
잊으려는 자, 병든 마음을
버리려는 자, 사바(娑婆)의 꿈을,
한 줄기 해맑은 흐름을 씻어주려
속리산
미륵대불

오늘 새 옷 갈아입고
바람 자는 화엄(華嚴)의 경(境)에
우뚝 섰다.

다보탑 앞에서

그날 나는
휑하게 트인 길
서라벌을 걸어갔다

들리는 새소리 나뭇잎 소리
목탁 소리
움직이는 모든 것은
차랑한 울림으로 여울지고

흔연히 머문
석탑
사양(斜陽)을 등지고
천년섬광(千年閃光) 어린 뜻이
우뚝 솟아 있다

맑은 옥 찬 기슭에
긴 머리채 흘려 감고
지금 막 일어선 여인같이
창연한
화강암 자락에
고운 물기가 흐른다

먼빛으로 어른거리는

옛 사람들 모습

어느 틈엔가 내 안에 자리한
또 하나의 석수(石手)
아니 그것은 훨씬 이전에
이미 내 안에 생성하여
숨 쉬며
톡 톡 톡
돌을 쪼아오고 있었던 것을

이제사 내 몫의 한 석수를 감각하며
부끄러이 눈앞의 의욕
살아 있는 석탑을
황홀히 올려다보는 것이다

그날
나는 휑하게 트인 길
서라벌을 걸어갔다.

윤사월

날개런 듯 가볍고 호사(豪奢)한
여인의 소복(素服) 모시는
박꽃 같은 한산우부(韓山愚婦)의
자랑스런 유산이었다

늘 그만한 웃음과 그만한
소망의 하늘을 안고
짐짓 무심한 우리네 손길 젖은
아낙네들은
그런대로 죄 지은 일 없어
가슴만은 맑다

초가지붕 뭉개져
낙수가 흐려와도
조용히 인습의 비탈을 내리는
윤사월 긴 낮에 젊음이
간다.

목련

아침, 눈앞에
목련이 피려는 순간
뜻하지 않은 좌절감으로
나는 그만 눈을 감고 돌아서버렸다

가지 툭 꺾어 강물에 던지듯
내 순수의 눈길을 거두게 한 것은
무엇일까 무엇이었을까

눈 밑에 달린 눈물 한 방울만치의
주장도 없이
허허로이 의지를 접고 돌아선

그 순간을 다시
담담히 기억케 하는 것은
또 무엇일까 무엇이었을까

그 옆에 목련은 스스로 피어
이 아침 영롱한
눈을 뜬다.

아기

1
귀여운 Guitar
담쑥 안아서
퉁기어볼까

이웃이 모두 잠든 듯
하오의 정적이
몸에 스미는 시간

햇살이 부신 마루에서
품안의 아기와 정담(情談)을
나눈다

아기는 아직 말을 모른다
연연한 복사꽃빛 두 볼과
방실 웃음이 고이는 눈과
현(弦)을 잡으면
온 세상이
내 것으로
울리네

충만한 듯 아쉬운 듯
애틋하고 두려운

기쁨.

2
잠든 아기를 안고
나무 밑을 서성거리는 시간은
충일(充溢)하는 빛으로 온 세상이 밝다
처음으로 눈을 떠
또 하나의 나를 바라보면
그것은 어쩌면 두려운 향설(香雪)

꼬옥 잡으면
으스러질까
연연함으로 하여 손바닥이 아리다

속눈썹에
꽃가루처럼 묻어 있는
탄생의 비밀

따거운 입김이
흥건히 눈물 되어 번지고
이것으로 진정 내일도 족하리

잠든 아기를 안고
나무 밑을 서성거리는 시간은
그대로 빛, 부신 화음의 물결.

비 갠 날

새벽 뜰 빗날 세워
정갈히 쓸어놓고

두엄 두엄 무리져 자란
잡풀도 뽑아주고

맑은 물에
손 담아
갠 하늘 이고 앉은

치자꽃 향내가 배인 어머니
이 아침 어깨가 아프시다

어제 한낮을 무수한 이야기가
빗물 되어
발목을 적시고

다시 등에 고인
햇살이 겹건만

오늘도 시원한 이마로
치자꽃 향내가 실린
비 갠 날의
내 어머니.

미명(未明)의 손

분합 문을 가만히
열고
고요 속에 음계(音階)를 딛고 나선
연옥색 옷자락

난(蘭)빛 서린 뜨락에
머뭇거리면

담장 밑 이슬을 핥는
무늬 고운
꽃뱀.

파라솔

화려한 성주(城主)
마알갛게 창밖을 내다보는
소라의 눈

점점이 모여서 원무(圓舞)를 그리다가
다시 토라져 흩어진다

지그시 눈여겨보노라면
백선의 태양을 거부한
에고를 접고
캐드득 돌아서 올 것만 같다.

포도밭에서

네 입술을 장난스럽게
깨물면
입안에 가득
고이는
감미로운 후회 같은 것
흑진주
네 곤혹의 눈빛을 피해서
넝쿨 사이로 빠져나오면
짙은 방향(芳香)
어깨 너머로
앵돌아진 눈을 모으네.

강가에 선 나무

어디론가 흘러가는
빛이 있었다
물이 있었다
바람이 있었다

전세(前世)의 해안으로 통하는
길목에
초연히 서 있는
나무가 있었다

굳건히 뿌리를 둔덕에 묻고
흐르는 물결에
눈을 둔 나무는

어느 날 불쑥
중얼거렸다
'강은 바다로 간다지, 바다로.'

무한으로 펼쳐진
날개여
강가에
선
나무를 보는가

바람 무늬 현란한

하오의 독백을

그림자에 휘감아

흘려보내며

나무는

다시

말이 없다.

은파(銀波)

뛰어오르는 다리를
층계 위까지 덮칠 듯 좇다가
쏴아 제물에 쑥스러워 물리곤
소리쳐 웃는다

기슭에 번지는
오뇌의 차랑거림

희롱하는 달의 희디흰 팔이 뻗어
활시위를 늦추면

다시 쏴아 밀어닥치며
물기 고운 발목을 덥석 문다
모랫벌에 비산(飛散)하여 딩구는
유혹의 포말(泡沫).

초여름의 순수

햇빛이야 더할 나위 없이 푸근하고
발목을 덮는 풀내음도 싱그러웠다

가지마다 무성한 여리디여린 속잎은
접어둔 기폭을 일제히 펼치고
쏟아져 나온 갈채

그날 아침 소녀는 달려 나와
한 그루 나무 밑에 섰다

신록의 풋풋한 향기 속에
여린 잎사귀 되어
햇빛을
바람을
부른다 목이 아프도록 부르며
흔들리고 있었다

꿈이었다
무한한 세계를 향해 발돋움하는
희망의 언어가
신록의 햇살이 되어
현란하게 어깨 위로 쏟아졌다.

어느 하오

산만한 하오였다

화살촉으로 내리쏘는 햇살에
눈이 시린 비둘기는
땅 위에 부리를 쪼는다

녹색 안개 서린
고궁 뜨락을 거닐며
무엇인가 익어 터지지 않고는
못 견딜 성숙의 몸부림을
실감한다

수액(樹液)은 분수처럼
솟구쳐올랐다

나무가 무성한 잎잎으로 웅변하듯
내 여름 뜨거운 혼돈에도

질서의 그늘을 만들
서늘한 무성이 아쉬운
지극한 산만한 하오.

오수(午睡)

담장으로 둘러싸인 고궁
분수 곁 의자에서
햇볕을 즐기는 여인이 있었다

뿜어 오른 물길은
부서져 흩어지는 구슬
무지개가 두 개나 섰다

여인은 〈모딜리아니〉의 그림처럼
앉아 있다

나비가 한 마리
하들거리며
무지개를 타려는가
날개를 적신다

분수와
나비

하오의 그림 속의
그 여인이
황홀한 눈빛으로 꿈을 좇는 시간

어지러운 불연속선(不連續線)의 먼 곳의 전쟁도
잠시 눈을 감고 휴식의
이마를 기대어 온다.

바다에 메아리지는

바닷가 황량한 모래 위를 소요하던 일련의
바람은 타오르는 불길 노을을 등지고
지금 막 돌아서 가고 있었다

살아 있는 목숨의
황홀함이여
눈부신 모랫벌의
소망을 딛고

들려오누나

구름 뒤로 은밀히 흐르는
숭얼숭얼 덧없는 노래
빛은 빛을 도와 빛나고
소리는 한층
젖어가는데

바다에 메아리지는
부름이 있어
목마른 부름이 있어

조용히 무릎 꿇는
마음

장엄한 바다의 꽃비늘 보며
침묵은 오히려 쓰라린 외침

사랑합니다
당신의 모든 것을 사랑합니다

헛되이 헛되이 되돌아 울려와도
오직 당신만을 사랑합니다

두렵도록 곱던 노을도 지고
별들은 일제히 합창을 시작했다

어둠만이 불덩이 같은 이 몸을
감싸고 든다.

강변의 연인

조용한 몸짓으로 물이 흐른다
한 줌 보석으로 잡힐 듯
호사한 흐름
두려운 두 마음은
강가에 기대어
조심스럽게 응시할 뿐이다
수면 속 깊이 흐르는 영상
사랑에 눈뜬 날이여

충일하는 연연한 그 빛
우거진 수림 사이로
연수정 그림자를 비춰보며
처음으로 여인(麗人)은
다디단 꿈에 잠긴다

주어도 끝이 없을 즐거운 날들
타오르는 두 영혼을 싣고
이냥 흘러가고 싶어라
입술을 부비며 부비며
그래도 미진하여 울고 싶어라
갈망하는 희열의 지평 너머로
우리의 기폭을 소리 없이 날리자

관용의 미소를
주름 잡으며
적요(寂寥)한 새벽을 맞는다

침묵 속에 무상한
한강은 오늘도 유유히 흐르고 있다
사랑은
구원(久遠)의 손길을 잡고
그 연변을 더듬는
너와 나의 에센스.

어느 날

준수한 얼굴, 몸은 희고 상냥한 개였다 지금은 회임중(懷姙中). 댓돌 아래 무거운 듯 기대앉아 나를 보고 있다 시선이 마주치면 꼬리를 저을 뿐 수선스런 응석도 잊었다

양지에서 처음으로 나는 하나의 동물을 보았다 단지 가리워진 벽과 어둠이 없다는 이유만으로 인간의 우월감은 동물의 본능을 외면시켰다

벅찬 사명을 아는 듯 모르는 듯 말없이 올려다보고 앉은 너에게서 나는 오늘 한 여성을 느낀다 여성이기에 겪어야 할 죽음 같은 산고(産苦)를 생각하며 나는 지금 동물 아닌 인간을 보는 것이다

말을 갖지 못한 짐승이기에 더욱 간절히 일러주고 싶구나 생명을 창조하는 두려운 기쁨을, 수렁 속에서 한 가닥 은실을 잡고 눈부신 외계에 기어나왔을 때의 그 충만한 은총을, 저리도록 고마운 모성으로서의 승리감을……

사랑이란

1
사랑이란
몸을 굽혀 너의 안에 들어가는 것이다
외롭고 슬프고 즐겁고 환한
내가 미칠 것 같은 것이다
내가 지상의 왕과 같은 것이다

2
조락(凋落) 직전의 은행나무는
스스로 황금빛 물결을 쏟으며
고고히 열매 맺는 기쁨을 가졌다

무심한 세월에 솟구쳤던 미움들이
일순 와르르 무너져가고
헤어날 수 없는 망각의 늪에선
갈매기 떼가 한없이 날아오른다

산마루엔 멈칫 선 구름 한 조각
발밑엔 은밀한 낙엽들의 뒤설레임

혼신의 몸부림으로 나목이 된
두 개의 영혼은 무한히 살아
사랑이란

내가 죽도록 그 안에 안기어 가는 것이다.

최초의 나뭇잎

그날 스산한 어느 아침에
최초의 나뭇잎은 떨어졌다
두려움도 아쉬움도 없이
훌 훌 산새 울음을 따라

돌아올 수 없는 출발이었음을
더구나 회한이란 있을 수 없음을
낙엽은 분명 의식하고 있었다

한여름 찬란한 오후
흰 구름 가는 곳 이울도록 바라보며
어디선가 흐느껴 우는 듯한
바람 소리
들으며
조용히 읊조려보던
나뭇잎 하나

몸체를 통하여
울려오는
굵은 슬픔을 박차고
오히려 새로운 출발을 위해
축배를 들고

그리고 두려움도 아쉬움도 없이
홀 홀 산새 울음 따라
낙엽은 졌다 어느 스산한 아침에
최초의 나뭇잎
하나.

해바라기

꽃이라 부르기엔
너무 자라버린 키

담장 너머로
발돋움하며

향일(向日)하는 마음
검은 눈으로 살아

거울 같은 얼굴에
그리움만 담았다

긴 밤이 지루해
달빛을 밟으며

밤새워 익혀가는
숙연한 아픔

여명(黎明) 기슭에
성큼 한 발 내디디며

야무진 씨알 하나 던지고
바스러지는 옷깃에 고개 묻는다.

밤의 언어

너와 함께
이냥 한 쌍 돌이 될까

정밀(靜謐)한 이 밤
세계는 거울 속에 부서지고
나를 머물게 하는 시각

— 이런 것을 생각하는 것이다
옛날에 그 옛날에
누군가의 손으로 던지어져서
지금은 어느 해초(海草) 뿌리를 덮고 있을
하나의 돌이고저

영구히 녹색 그늘의 애무로
깊은 바다의 침묵 속에
풍화되어가며 다시 나를 깨우치고저

파도를 이루며
우리를 방출하는
새로운 해탈을 꿈꾸며

정밀한 이 밤
이냥 한 쌍 돌이 될까

나를 머물게 한 이 시각에.

창

하얗고 네모난 천장을
창 없는 벽이라 한다

벽은
눈이 없는 가슴을
말없이 들여다보고 있다
천장, 벽, 천장
그 속에 누워
닿을 듯 가슴이 압박해오면

문득 낙서가
하고 싶다

허공에 벽에 무수히 만들리운
내 마음대로의 둥글고 네모난 창들을 안고
비로소 명백해진 영상(映像)

창
나는 구김살 없는 그림자
당신을 위한 그림자

가야겠다 오직 나를 위해 마련된
조그만 구원의 창문을 열고
훨훨 산새처럼 날아가야겠다.

가을

연중제일
시월 상달
쪽 찐 아내의
서늘한 눈매

물길은 여물어
비취 비녀 한 쌈
투명한 물빛 날개
하늘도 높았다야

회유(懷柔)의 그대 손
감싸쥐고

미소가
꽃씨 터지듯 봇물로 번지다.

이제 가을 산
허리께는
온통 홍엽(紅葉).

동백 한 송이

맑은 아침이었다 아니 밤이었다

눈발이 뚝뚝
회색의 거리를 메우고
기상대 측우기엔
눈사람이 앉아서 셈을 하고 있었다

넓게 트인 설야의 골목길
안식의 발목이 잠기우면

너울 쓴 아내의 손을 잡고
층계를 오르는 그의 모습

내 소유의 크낙한 정원을 가로질러
유리창 시계(視界)가 잠시 흔들린다

너의 뜻으로 깔린 우단 보료를 밟고서
동백 한 송이 촛불처럼 가눠 쥐고
이 밤을 따라서
그들 집에 이르렀다

사랑하는 이의 문 앞에 서듯
눈 오는 밤을 기대면

흩뿌린 보석
온 세상에 창이 있네
따뜻한 불빛이

빨갛게 타는 동백 창가에 놓고 오며
참 잊었던 얘기가 가슴에 지핀다

맑은 밤 아니 아침이었다.

해빙기

백지에 은회색 물감을 풀어놓고
더 할 말이 없는 것은
겨울이 너무도 깊이
잠들어버렸기 때문이다

강을 덮은 얼음의
두께는
어쩔 수 없는
거절의 의미

내 적은 한 줌 역량으로
외세에 차단된 벽면은
차거이 닫혀진 채

이제 서서히 진행되는
해빙의 뜰에
동녀(童女) 같은 몸매로
숨을 죽이고 선 연륜

새벽녘 찬 동이에
별이 담긴 물을 긷듯
그 청정함으로 눈을 뜨면

잔주름 지는 물거울에
미진히 떨리는,
눈시울에 환등(幻燈)으로 어리는
얼굴들

내일은 정녕
봄의 강을 타고
옥색 무늬 연연한
사연을 펴서

너를 맞으러 갈까, 속마음 풀고
돌아설 해빙의
너를 맞으러.

백야

올겨울은 유난히 춥다던 영하 10여 도의 늦은 어느 밤, 목로를 나서는 발밑 빙판엔 한 가닥 낭만이 깔려 있었다

잊어도 좋을 장난스런 밀어를 나누며 과자점에 들러 과자 한 봉지를 집어 들고 눈이 아픈 설광(雪光) 백야를 걷는다

집에선 지금쯤 두 꼬마가 문소리 귀기울이며 잠들었겠지 그러나 이렇게 수려한 밤엔 어쩐지 곧바로 차를 탈 수가 없다

길가엔 나목(裸木)이 대기에 밀려 저만치 미끄러져 얼어버리고 공중엔 하들거리며 날개를 떠는 서울 밤하늘의 가로등 불빛

언 손을 주머니 속에서 녹여주며 말없이 기대어오는 그이는 오늘 나를 믿고 마음껏 취했나 보다

곤드레 취한 그이 걸음 따라 나도 한번 부유(浮游)하는 달을 볼까.

빙화(氷花)

낮은 음성으로 꽃을 피우며
불 없는 마을을 간다

지나는 길에 잠깐씩
눈 주어 보는 창가에
아는 얼굴 하나 없다

불 없는 마을에
꽃이나 피워
황국(黃菊)이나 작약(芍藥)이나
꽃으로 불을 밝혀

너를 찾으랴
꽃향으로 너를 부르랴

결빙(結氷)하는 눈썹으로
방 안을 기웃거려
이대로 백설(白雪)의 꽃이 되랴.

거울 속 에트랑제

구름을 밀어내듯
손바닥으로 안개를 지우면
거기 서운한 모습을
가누고 선
내가 있다

투시(透視)하는 눈 두 개
주인 없는 한 방에 안식을 찾아
램프처럼 흔들리는데

어둠 속에 물방울 떨어지는 소리
똑, 똑, 무겁게 인내하듯
내 실재(實在)를 확인하듯
그것은 잠기지 않은 수도꼭지에 매달린
한 가닥 여유의 내 호흡이다

모든 시간이 정지한 채
뒤를 돌아다봄 없이
무수히 흘려보내는

침묵의 예고(豫告)를 간직하고
뒹구는 숱한 허용이
네 앞에선 한갓 사랑스런 여인이고 싶어도

다만
너의 무한을 가로질러 스쳐가는
하나의 에트랑제.

목마

1
이른 봄 빈 공원에
목마를 탄다

한겨울 버려진 채로 안장마저 얼어서
등에는 뽀오얗게 서리가 앉았다

목도리를 풀어서 목 언저리에 걸쳐주니
목마는 생각난 듯이 재채기를 한다

몸은 곧 돌격 태세
그러나 질펀히 젖은 눈꼬리

돌보는 이 없는 폐원(廢園)에서
외로워 감기라도 들어버렸나

원추형 천막 아래 찢어진 만국기 사이사이로
아직도 화사한 아이들 웃음소리

애착과 새로운 집념으로
봄을 예감하면서 그리운 듯 기대어 오는

동심(童心)이 올라타고 허리를 차면

신나게 맴을 도는 선량한 친구야

이른 봄 빈 공원에
목마를
탄다.

2
미명의 세계를 들여다보는 어진
눈을 가지고 있었다
둘러친 담장 너머로 검은 바람이
밀려가고
귓전에 솔깃이 담겨 오는 새벽의

서성거림에 잠이 깨이면
목마는 불현듯 먼뎃것이 보고 싶어
원시(遠視)가 된다

미광(微光)에 동요하는 나뭇가지의
침묵을 느끼면서
가슴으로 습한 흙내를 맡는다
밤은 길고 거세다
갈 곳 없는 휘청거리는 목숨들을 쓸어모아
썰물처럼 물러가버린다
나이를 잊어버린 자에게만 들리는
은밀한 소리 — 끝없는 심연(深淵)을
돌아 울려 나오는 소리 —

살아 있는 입을 모아 일제히

합창을 시작하면 거기 비로소
방랑의 시심(詩心)이 있었다

회전하는 원반 위에서 유원(幽遠)한
일점을 응시하며 불꽃을 피우는
너의 계절은 언제나 젊다.

3
오늘은 모든 생령(生靈)들의 생일이었다
빛 밝은 날의 호사스런 축제

대지에 충만한 녹색 희열이
숲 속 돌샘에 투영되어
유연한 몸을 일으키면
스스로 배덕(背德)의 날개를 접는,
벽을 차는
목마

우정의 맑은 손을 씻고
영접한 여름을 뒹군다
빛을 타고 오르며 비산(飛散)하는 꽃잎은
이끼 낀 암벽을 짚고
때로는 흐트러져 반발하면서

수수께끼 같은 미지의 그림자를 헤치고 간다
종점이 없는 한 점의 불티 같은 인간은
부딪혀 쓰러지며

짙은 환성이 터지고
한낮을 메우는 쑥스러운 도전
동경하면서 미친 듯이 질주하는
태풍의 미로에서
한 줄기 빛처럼 뻗어나는
목마의 긴 울음은
우주를 탄다.
〈출발의 의미는 아무도 모른다
다만 우연히 선택되어진 곳에 던져지는 것〉

4
여백의

유백색 지평을 끊으며
은빛 초원에서
화답해오는 정오

5
범람하는 기폭 위에
정한(精悍)한 목에
한낮의 노여움이 탄다

활주로에서 튕겨진 가속으로
거침이 없는 나날
때로 의혹의 날개에
모반을 불질러
편력은 되풀이된다
회한의 물결이 흘러가고 있었다

가는 곳마다 발목을 적시는
짙은 숨결

양광(陽光)에 기지개 켜는 목숨들은
저마다
자라난 키만큼의 자유를 누린다
여기는 잘 다듬어진 공원의 잔디밭
예지의 이슬이 번득이고
투명한 의지가 흑산호처럼 커간다

그의 영역에
도금한 위안은 이미 퇴색했다
검은 옷자락에 매여 사는
집념하는 사람들, 그들은
수도원 문지기처럼 창틈으로 외계를 내다보며
혼미한 천년의 그림자를 던져버리고
풀잎 하나에 인간의 소망을 맺는다

성하(盛夏)의 숲은
모래알 같은 생명
숨 가쁜 은하(銀河)의 전설을 남기고
수정문(水晶門) 너머로 펼쳐진
윤무

6
박제의 심장으로 견딜 수 있다면
바닷속 바위 곁에 누울까

갈대숲으로 너울거리는 해초
오존의 향기 속에
무량한 안식, 고독의 정수를

둘러보면 아슴아슴 멀어져가는
유랑의 노랫소리
여운의 빛을 더듬어
밤바다의 여울에 잠긴다

수레를 끌며 가는 내 모습을 본다
가장 깊이 잠든 노래를
되새겨 읊조리며

손에, 얼굴에
그날이 부조(浮彫)되고 있었다

별의 홍수
망연히 서서
속 깊이 받아 간직하는
헤아릴 수 없는 별들의 의미

너와의 화해를 위해서
나는 오늘을 산다.

7
깊은 해구(海溝)를 횡단한 어둠과
그 어둠을 벗하여 스며든
은밀한 대화들이

주름 잡힌 노변(爐邊)의 손에 멎는다

길은 어디나 있었다
주고받은 마음의 풀 길 없는 매듭으로
굽이굽이 맺어진 정겨운 물길 따라
순후한 우정의 술잔을 기울인다
미끄러지며 떠밀려가며
남은 것은 경사진 조락(凋落)뿐이다

홍엽(紅葉) 아래 뜨거운 혼돈을 사르며
회신(灰燼)의 뜰에 섰다

후리치는 삭풍에 유연한 나목
더욱 안으로 응집하면서
떨쳐버린 언어 속의 내일을 본다

만종(晚鐘)이 울리는 늪을 돌아
서서히 다가오는 긴 행렬

8
빛을 나르는 음계를 타고
소복의 나비들이 날개를 편다
눈이 오는 날은, 눈이 오는 날의 눈부신
햇살은 비둘기도 눈이 시어 부리를 찧는다

언덕 너머로 불길이 치솟는다
지열(地熱)은 팽창하여 삼라(森羅)의 얼을 틔우고

불을 끄고 누웠던 어제는
정녕 어제로서 족하였다

현란한 해돋이 앞에
다시 새날을 맞는다

기적은 언제나 이웃으로 스쳐가고
우리에겐 조용한 개선(凱旋)이 있다

주어진 날의 의미는 충분히 알고 있었다
출발은 몇 번이고 축배로 시작이다
인간의 체온을 동맥으로 흘리면서
쑥스러운 혼자만의 정의(情誼)로 기대어 오는
목마, 나의 형제여
회전하는 원반 위에서
무한한 가능의 우주를 그리며
묻고 싶은 어휘일랑 바람에 날리자
바람에 바람 태워 두둥실 날리자.

제 2 시집

음계(音階)

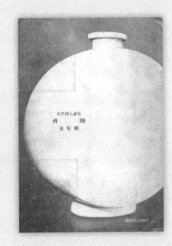

맨 처음 눈을 뜬 백조는

새벽, 우선 얼음을
깨는 것은
백조

쫙 깔린 빙판의
가장 얇은 곳을
찾아내어

톡 톡 톡
사릉 사릉 사릉
투명한 공기를 울리며
어둑새벽을 쪼아댄다

굳게 뻗친 두 다리
길게 뽑은 목
부리가 아프도록
수없이 쪼아대는 의지

드디어 좁은 물길이 뚫리고
그 위에 햇살이 부서졌다

매끄러운 깃털을 적시며
긴 행렬을 이끌고

축복의 아침을 향해 나아가는
맨 처음 눈을 뜬 백조는
무리 중의 선구.

탄생

꽃도 잠든
깊은 어둠을
밟고

뿌리가 내려졌다

이슬이 내리듯
고독한 늪에 잠기듯
한 줄기 아픈 섬광(閃光)이
소리 없이

전의(戰意)는 이미 기(旗)를 올렸다

어느 날 연녹색
눈이 트이는 아침의
신선한 경악으로 시작되기까지
완숙에의 의지는 또
소리 없이 진행한다.

점과 선

우리의 긴 팔
무한의 욕망을
거두어주는 정점
손의 의미여
그것은 불붙고 있었다
저 하늘에 잇달아 터지는
국화 무늬 꽃불처럼 견딜 수 없어
작열하는 순절(殉節)의 몸짓처럼.

둘이

그들은 사랑했다
슬픈 어휘에 둘러싸여
종일 음악을 듣고 있었다
해가 지면서
점점 빨라지는
물살을 지켜보며
어우러지는 두 개의 혼
세계는 그들을 두고 간다.

강 여울에

어디선가 오고 있다
어디선가 빛나고 있다
단단한 감청색 눈길에
흑장미 향기가 서려 있다
옷자락이 사락댄다
너는 지금 울고 있다
흐느낌이 여울져
나를 침몰시킨다.

물거울

민음만으로 살까
민음만으로 살까
가슴팍을 밀치고 가는
저 야만의 손들을 용서하고
풀잎처럼 일어나 앉을까
무심한 물동이의 화평이
짐짓 흔들려 소용돌이치듯
물거울을 닮은 나의 미소.

이슬

한 줌의 보석
목둘레에 감기는
갈망의 나날을
이슬처럼 흩뿌렸다
창백한 아름다움이
무너져 내린다
비로소 깊은 눈으로
너를 본다.

세상은 이처럼

노하지 말라
슬퍼하지 말라
별빛마저 불안스러이 떠는 밤
우리들의 눈물을
저 어린것에게 보이지 말라
세상은 이처럼 꽃피어 있고
꽃잎이 지기까지 아직
시간이 있으니.

백목련

어둠이 타는 곳에
빛을 사린
한 줄기
뜻

두 손 모아
고즈넉한 이맛전에
스쳐가는 바람결마저
조심스러워

세속의 잎잎이
눈뜨기 전
새벽 기도 올리듯
나선 길이었네

그 맑음 예지의 손길로
순백 옷자락 감싸쥐고
높은 기상, 가없는 하늘 아래
홀로 뜨거운
가슴이었네.

백(白)의 환상

은하(銀河)를
거두어
투망(投網)한 거리

호숫가에서
첫새벽 이가 시린
얼음을 깨는

매끄러운
백조
의
그 상쾌한 목둘레

실바람에 동요하는
그대 속눈썹이
레이스 커튼 너머로 나부끼다

불문에 부치기로 하자
이 눈부신 날에
거리도 지붕도
온통 반짝이는
세상에

물방울 무늬의
웃음으로 피어난
그 하얀 날개는
나비가 되어서
날아가게
하자.

빗속의 계절

창밖에 계절이 머무는 동안
우리의 대화는
잠시 화려한 몸부림을 갖는다

층층 열두 겹 치마를 떨치고
물 먹은 어깨 우리 집 뜨락의
버들강아지의
눈

어제는 온종일 구름
유리에 갇힌
꽃집의 향기를 탐하였다

겨우내 참았던
통곡의 끝머리는
끝내 한 방울
작은 빗방울로 시작되어
툭 툭 튕기는
한 작은 파문으로 시작되어

마침내 감당할 수 없이
내리쏟는 빗줄기가 되어

빗속의 계절의
커다란 눈망울이
물끄러미 나를
바라보고 있다.

유리창에

유리창이 흔들린다
비에
바람에
후두둑 떨리는 가슴을 함께 떨며
응시하는 속의 눈이다

어깨 너머로
타인의 뜰이 있다
가지마다 불꽃을 피우고 앞장선
계절의 설렘이 있었다

화창한 날 홀로 차가운
그 미소는
투명한 살갗으로
초록을 먹는
귀여운 짐승의 은밀한 모놀로그

새벽잠이 없는 당신의 눈빛 같은
초여름의 유리창이
흔들리고 있다.

봄 봄

봄이었지 봄날
꽃잎을 밟지 않으려
멈칫 건너뛰다 너의 발등 밟은 게

취한 걸음인 양
네 어깨에 쓰러진
그날은 터질 듯한
봄이었지

해는 사방팔방
그냥 두지 않았다
어느 구석이고 가슴이고 온통 헤집어
한철을 그만 미치게 하였다

드디어 명주실 타래 같은
실비가
이 세상 가장 고독한 이마에
축복의 손길을 내릴 때
어쩐지 노곤한 설움이
북받쳐와
소리 없이 느껴 울어버렸지.

바람

그 어깨로 상냥한 바람을
몰고 온
유월의 한낮의 뮤즈……

밝은 웃음이
온통 장밋빛으로 번지더니
세상은 한때
왈츠의 무도장으로
밀리었다

기다리고 있었다
그 상냥한 어깨로
초록의 바람을 싣고 올
그대의 미소를 기다리고 있었다

명쾌한 휘파람이
가슴에서 가슴으로 울리며
가지 끝의 꽃술이 터지는 소리
여린 풀잎의 흐느끼는 율조(律調)

지금 내 머리칼은
칠흑빛
그러나 그대 가락이 어울려

황금빛 물결을 이루나니

바람 잔 세월이
무릎에 닿아
다시 칠흑의 슬픔에 잠길지라도
유월의 풋풋한 눈매여
나중 온 이 사람에게도
따뜻한 차 한 잔의 안식을 다오.

환상의 아침

유리컵 속의
작은 얼음
조각에

입술이 베어지는
아침
안개비에 젖은
산을 본다

비가 몰려온다
산비탈 저 등성이에서
초록빛 환상의
물보라가
성급한 고함을 지르며
온다

단 한 번의 출발
단 한 번의 노여움

도도한 물결로
다함이 없는 시간 위에
눈시울이 훅 더워오는
시련이 있다.

우중 꽃잎

우중(雨中)에 떠는 꽃잎을 보아라
칠흑에 잠긴 그 손을 보아라
천자문을 줄줄 외는 아이보다도
텔레비전을 분해하는 아이보다도
더욱 경계해야 할 것은
혼자 노는 아이
더욱 경계해야 할 것은
혼자 우는 여자
그 무위(無爲)한 목 언저리에
무궁한 번뇌의 자락에
비는 사정없이 내리네
아, 낙화(落花)를 몰아온
거센 빗줄기.

너의 잠 속에

꿈꾸는 너의 잠 속에
바다가 있다
뒤척이며 흐느끼며
비밀스런 햇살이
파도에 밀리는
내가 익사하고 싶은
바다가 있다
오늘 너의
잠 속엔 초원(草原)
뒹굴며 달리며 때로
얼굴을 묻어가며
한 마리
딱정벌레로
기어들고 싶다.

코스모스

목이 긴 아이들이
햇볕을 굴리며 놀고 있다

화사한 재잘거림이
물결이
바람이
음악이
끝내 사치한
합창이
온 언덕을
휘몰아치누나.

여름

난파한 빌딩
깨어진 유리창엔
낡은 악기가
벌집 모양 윙윙
울어대었다

거리의 소음 속에
비틀거릴 때
여름은 잔인하다
태양은 언제나
도시 한가운데서
폭발한다

인간의 감성을 마비시키고
예고 없는 비바람으로
인사를 대신한다

지금 내게
위안이 되는 것은
한 그루 우람한
나무

한여름

제2시집 음계(音階)

무성한 가지에
무수한 이야기로 뒤척이는
잎새들

바람결에 은발(銀髮)을 날리며
푸른 정기(精氣)를 토하며
한 가닥 신비한
생명의 기쁨을 품어

기품 있는 그늘에서
잠들게 한다 작열하는
태양도 폭풍의 회초리도
내 어지러운 사념의 날개까지도.

분수

햇빛 속에서
수백의 은어(銀魚) 떼가
왈츠를 추었다

바람이 장난스레
밀치고 가면
웃음이 물보라 타고 비산(飛散)

세계는 영롱한 무지개로
채색되었다

젖은 속눈썹을 깜박이면서
귀엽게 수줍게
안개비에 실린
너는
도시의
오월의 신부.

노을

한때 설레는
꽃빛이더니
물거품처럼 스러져버렸다

있었던 듯이
없었던 듯이
거짓말같이 후퇴를 했다

세상은 온통
땅거미의 붕괴에 잠긴다

남은 것은
한 그루
불붙은 나무

내 망막에 붙박이로
박혀.

꽃나무는 실로

좁은 뜰에 꽃나무 심고
아침마다 물을 주었다
이 여름 한 가닥
위안을
위하여

꽃나무는 말없이 자라가면서
꽃을 가꾸는 나의 꿈을
관망하였다

한 뼘 그늘에 대한 나의 소망이
내게서 비롯된 자유이듯이
말이 없는 눈매 그것은
꽃나무의 자유였다

자연은 위대하다
어느 날 버그러지며
눈뜨는
꽃잎의 신비
여리디여린 잎의 무성한 언어

세계는 그대로

수채화 한 폭이다

꽃나무는 실로
내 소망을 웅변한다.

토요일

저마다 다른 빛깔의 시간이
일상의 잔에 채워진다

오늘은 토요일 식탁엔 게 요리가 오르고
은수저 소리가 차랑하다

울타리 근처에선
지금 막 면도한 턱수염 자리같이
사각대는 잔디밭의 소소한 설렘
간간이 어머니의 기침 소리와
사양 없는 아이들의 웃음소리와

그 한가운데서
그 먼발치에서
안락한 토요일의 안색(顔色)에 기대어
나는 수없이 비둘기를 날린다.

이 가을

너의 부재(不在)를 탓하지 않는다

슬픔을 밀어가는 지느러미에
폭풍이 인다

이 가을 장미 덤불을 쓰러뜨린
그 커다란 손바닥

휘몰아치는 낙엽이 쌓이는 곳에
탑처럼 올라가는 마음

비수를 품은 채
오늘을 섰다

햇살이
극명(克明)한 아침을 가른다.

겨울 예감

눈앞에 꽃덤불이 쏟아져내렸다

해변은 일몰
젖은 몸으로 뒤척이며

급격히 풍화하는
바위 그늘에서
장미를 꺾었다

저항의
눈망울이

수태를 원치 않는 그의 속살같이
붉은 살점과 피의 범벅으로
덤벼들었다

돌아와
희미한 불빛 아래서
올리브를 씹었다

이제 한동안 겨울밤이 계속될 것이다.

돌거울에

울고 싶은 날은 울게 하라
비어 있는 가슴에
눈이 내리네

차운 돌거울에
이마를 얹고
바람에 떠는 너울자락
첫 설움 옷깃에 적시듯
흰 눈이 눈썹에 지네

비어 있는 가슴에
썰물로 밀려든 그대
어둠 속에 그대 있음에
그대 목소리 있음에
그 가슴에 울게 하라
그 가슴에 울게 하라.

너와 더불어

이 아침 청아한 음계를
너와 더불어
듣고 싶었다

그중에 가장
넓은 진폭의 언덕마루
종소리가 울렸을 때

그 종을 차고 달린
바람 자락에
눈발이 확 번져
안개를 이룰 때

진정
너와 더불어 걷고 싶었다
이월의 보풀한 솜털이
네 살갗에
돋을 때.

K씨의 정오

정중히 모자를 벗고
그 인생의 서막은
보랏빛 아닌 회색의 거리에서
시작되었다

도회의 소음을
자장가로 익혀서
두 귀는 나팔만큼
커져버렸다

구부정한 허리
구름다리 위에선
다리가 휘청거려
항시 돌고 돌아 먼 길을 걷는다

근시에 난시
이따금 세상이 뿌옇게 무산(霧散)하면
풍화된 가슴에서 단속(斷續)의
피리 소리가 흐른다

비로소 그의 망막은
현란한 무늬의
빛을 누린다.

빛살 속으로

1
그날의 깊이에 도전하는
마지막 시각
어느 캄캄해진 거리를 따라
사람들은
너풀거리는 영상과 시간을 좇아갔다

가벼운 상념과 찬란히 엮어진 구성들
이를테면 소중한 생활의
발견을 위하여
그들은
마구 물결쳐 갔다

2
타다 남은 돌층계를
딛고 오르며
높이 치켜든
횃불
횃불

우리의 뱃머리를 잡고 흔들며
어둠이 탄다
외치고 있다

처음부터 시간엔 손잡이가 없었다
떠나간 사람은 돌아오지 않는다
날개 끝에 한 줌의
은가루를 묻히고
빛살 속으로 사라져간 것이다

3
풍화된 긴 성벽 위
희미한 불빛 하나
나래치는 눈발 아래
세월을
안고 섰다.

김후란 시 전집

피에로 애가

가슴은
활화산
꽃덤불로 덮어두고

어둠 속에
잊고 싶었다
버리고 싶었다
그림자는 무겁고 쓸쓸하다

떠나간 자리엔
빈 의자 하나
짙은 꽃송이는 피고 지리라

비를 품은 안개에 말려
굽이치는 새벽의
하얀 길
울음도 웃음도
흰 목에 잠기운 채

〈바람이었네
소리였네
어느 날 모랫벌을 스치고 간
깊고깊은 우수(憂愁)의 눈빛이었네〉

우리들은 피에로, 슬퍼도
울지 않는다
우리의 활화산은
그냥 꽃덤불.

세모

저물어가는 창가에 앉아서
꽃잎을 뜯고 있었다

지나가는 사람들의 긴 옷자락을
무심히 바라보고 있었다

가는 이해의 마지막 날에
순백의 눈이 쌓이고 쌓였다

눈 오늘 겨울 12월의 서울은
팽창한 인구도 솟구치는 건물도
이젠 돌아갈 곳을 찾아 눈을 붙이려 한다

고향이 없는 사람은 고향 없는 사람끼리
추억이 없는 사람은 추억 없는 사람끼리
쓰다 만 편지를 우체통에 넣었다

이것으로 내일엔
새해가 오는 것이다

보이지 않는 손을 기다리듯
세계는 무위(無爲)의 아름다움으로 빛나고 있다

제2시집 음계(音階)

방 안에서 아기 우는 소리를
귓결에 들으며
먼 곳의 세모를 지켜본다.

쓸쓸한 여자의 장소

1. 그의 언어

그의 언어는
항시 가을

경쾌한 말발굽 소리가
지나간다

지금 막 손 뗀 동양화같이
싱그러운 묵향이 풍겼다

숱한 낱말로 묶이운
꽃다발이
서늘한 눈매로 창밖을 보고 있다

그림자는 이따금
파열할 기세로 흔들리다가
잠자코 이마를 기대어 온다

그 너머로
잠자리 한 마리가
사치한 날개로 맴돌고 있었다.

2. 풍경 속의 작은 얼굴

풍경 속의 작은 얼굴이
웃고 있다 우스운 세상에선
웃을 수밖에

젊음을 고문하는
아침이 오면

지극히 도덕적인 죽음을 한
무리져 서식하는 새들의 발자국이
뜰 하나 가득 무늬져 있다

파도가 인다
밤마다 피임약을 먹는 아내와
그 눈가에 영 지워지지 않는 기미
창밖엔 우울한 비가 내리고 있다

젖은 눈으로 세상을 보는
낡은 인습의 테두리

그 안에서 한껏
발꿈치를 들고
오늘도 저항의 알약을 삼킨다.

3. 굽이치는 여울에

밤을 두려워하나? 나뭇잎이

엉기어 우는 밤을 밤의 정적을
어둠을……

하얀 달빛이
누리를 적실 때
죽음이 골짜기로 몰려오는 소리
참대 끝으로 가슴 찌르듯 그렇게
은밀한 아픔을 가지고
굽이치는 여울에
내가 섰다

숲은 멀리서 검은 흐름으로 어두운
침묵만을 던져주는 숲은
끝없는 비밀을 안고 있으면서
한 점 소슬바람에
밀려가듯 머물러 있고

고독한 여자의
갈증을 담은
퇴색한 장지문의
문고리가 흔들린다.

4. 울어라 울어라 새여

어느 날
순백의 작은 새를 잡았다
새는 깃을 털고 사라졌다

밤이 깊는 줄 모르고
저쪽 산그늘에 움직이는 빛이 있었다
빛은 사락대는 잎새들의 몸에서
후미진 고목 사이를 뚫고 내 발밑
손톱만 한 사금파리에 곧바로 부딪쳐
꺾이어 가슴에 꽂혀 왔다

이로써 여인은 혼자가 아니다
내가 잠 못 이루고 서성대는 밤에
나로 더불어 잡힌 손을 놓지 않는
숨소리 그것은 너무도 홀연히 너무도
진실하게 너무도 멀리 한달음에 달려와
피곤한 눈을 기대인 그대의 아픔이라
정녕 떨리는 기쁨이었다

울어라 울어라 새여
별도 잠든 이 밤
이슬 젖은 풀섶에
차거이 발을 담고
가슴만은 활활 타는
불이었어라 불길이었어라
수은등만 한 미련도
이제 모래알 같은
세속사에 불과할 뿐 눈앞엔
불기둥 하나이니

믿기지 않아라

믿을 수 없어라
저 깊은 해일을 타고 우는
육체의 비밀이여
다시는 사랑을 않으리라던
다시는 사랑을 앓지 않으리라던
슬프고 헛된 이기심이
그대 앞에 흔적도 없는 물거품으로
부서지나니

울어라 새여
가는 이 밤을 지새우며
핏빛으로 울어라
새여

5. 오늘 이 시간에

오늘 이 시간에
우리의 발걸음은 멎었습니다

둘레는 온통
녹색 장원(莊園)

분수에서 뿜어 올리는 되풀이가
조금 피곤할 뿐입니다

소음이 차단된
울타리 안에서

잠시 모래성을 쌓으며
행복합니다

변하지 않음은
두려운 침묵

한갓 풀꽃으로 눕고자 합니다
한 자락 바람에 실려 갈 것입니다.

제3시집

어떤 파도

환(歡)

사랑이 어둠 속에서
예지(叡智)의 눈을 떴을 때
여인은 불이 되어 소생하였다
세계가 잠든 이 시간
홀로 흔들어 깨우는 손

처음으로 지순(至順)한 눈을 들어
거울 앞에 앉는다
정적(靜寂)은 부서지고
두려운 듯 화사한 몸짓
여린 숨결에 하르르 떠는 불꽃이
수정(水晶)인 양 빛나며
오색 영롱한 명주올
현란한 비단으로 몸을 가린다

누가 부르는가
거울은 요정(妖精)을 안고 있다
사랑에 눈뜬 요정

불의 화신(化身)이다
대지는 생명의 불을 켜고
빛으로 깎아 세운 조상(彫像)이
환상의 발을 들면

솔가지 타듯 활활 타오르는
부딪치는 영혼들
바람도 어우러져 푸른 교향시
가슴마다 청렬한 기쁨이 넘친다

시샘하는 빗발로도
꺼지지 않는 불
거치른 밤
파도치는 바닷가에 누워서
파도치는 검은 바닷바람에
불의 육체를
불의 영혼을 던지고
오 참회할 수밖에 없는 이 멸도(滅度)의 어여쁨! 환(歡)!
살갗을 태우는 촉심(燭心)의 열기(熱氣)!

〈이제야 알겠습니다
사랑하는 죄값으로 죽어야 한다면
불로써 불을 끄고 죽어지이다
이승의 만남이 운명일진대
속박의 비단으로 휘어 감긴 작은 목숨
너와 더불어 떠나갈 배에
기꺼이 오르겠습니다〉

사랑이 깊어가면
번뇌를 낳는가
서글픈 이 갈증을 어이하나
장미꽃으로 뒤덮인 침상에

그대 눕혀놓고
꽃 속에 숨은 이름
그대 찾아 진종일
꽃밭을 헤매네
향기에 취해서 날이 저물고
손끝에 찔린 상처
눈물뿐이네
아, 무서운 집념이
너를 안고 너를 찾는다

미명의 아침이 열릴 때면
허공에 빈 가슴
빨래처럼 내어걸고
기다림은 절망의 피를 토한다
끝 모를 탐욕의 손끝으로
산다는 것의 미망(迷妄)의 언저리를
더듬고 더듬어
마침내 정박할 항구는
어디인가

사랑하는 사람의
우주 안에서
사랑하는 이의
형벌의 땀내 밴
속적삼을 걸치고
이 세상에서 제일로 행복한
여인아 여인아 여인아

새날이 밝고 있다

소진(消盡)하여 해맑은
눈물 하나로 족하느니라
세속의 거울을 깨고
맨발로 뛰쳐나와
다디단
영원한 잠 속에 묻혀라.

생선 요리

부엌으로 침입한 바다
도마 위에 바다가 출렁거린다
햇살에 도전하는
갑옷을 벗기고 탁탁
토막을 치기까지엔
진정 얼마간의 용기가 필요하다
세계는 이미 눈을 감고 있다
바다로 내려가는 계단에서
칼날을 물고 늘어지는
하얀 파도.

설야

흰 눈이 지상을
깨끗이
덮는 날은

대지의 침묵이
흰 눈에
겁탈당하는 날은

절반쯤 감은
신부(新婦)의 눈으로
이 허구를 감내하는 날은

강물도 목이 잠긴
유현(幽玄)한 수묵화 한 폭.

여름밤

짧은 밤이
기어간다

구구구구
모이를 주는 손

야무지게 쪼아대는
부리 밑에서
젖은 깃으로 도전하는 부나비
시간은 팽창한 유방을 감싸쥐었다

밤은
더운 입김을 피해
망토를 펼친다
부드러운 관용의 날개를.

파도

여자는 울고 있었다
유괴당한
미래의 시간이
산더미 같은
파도의
흰 거품이
눈 위를
쓸고 간다.

수밀도(水密桃)

이지러진 달밤
잠 덜 깬 미녀의
속눈썹이
떨고 있다
터져오는 열기를 벗기고
달떠 있는 아린 살갗을
조심조심 벗기고
그래도 묻어나는
끈끈한 속말.

감

만삭의 여인 같은 눈으로
지긋이 견디고 있다

잎 진 가지 끝에
주황빛 입술만 살아서

가을밤
달을 따는
꿈을 꾼다.

고독 1

긴 해 낮도록
혼자 놀다
놀이에 지쳐
울며 간 아이

종일 흙을 파던
손톱이
담 밑에 있다
어미 가슴 파고 들
그 애 손톱.

고독 2

꿈속에서 잃었던
신발짝 하나를
바다가 실어다가
내 가슴에 놓고 간다
반가움에 벌떡 일어나
바다를 안고 뒹군다.

밤바다

끝없는 출렁거림이
밤하늘의 램프를
쓸어안는다

밤은
아침이 오기 전에
침몰하고

바다는 언제나
신방에서
눈을 뜬다.

내일의 무덤

혼자서 조금씩
낮아지고 있었다

동그란 어깨를
움츠리고

아무도 모르게
조금씩 조금씩 낮아지고 있었다

마침내 버린 훈장
비석마저 누이고

이끼 낀 어느 아침
그는 말했다

이제야 나의 해체(解體)를 끝마쳤노라
일어서고 싶은 욕망을
버릴 수 있노라고.

미사에 늦지 않으려고

밤을 기다린다
시간이 허리를 꺾는다
무엇인가 변화하는 끝머리에서
마지막 그림처럼 압축된 세계를
털이 긴 동물이 스치고 지나간다
오리 떼가 발자국을 찍는다
여린 풀꽃이 꺼질 듯한 한숨을 뿜는다
목을 감싼 신부(神父)의 검은 미사복
비로드를 밟으며 얼굴 없는 밤의 입김이
귀밑머리를 간지른다
나는 웃었다
그리고 미사에 늦지 않으려고
서둘러 그림 속으로 들어섰다.

샤넬의 향기를

슬픔을 잘라내듯 머리를 자른다
녹슨 유리창을 바람이 때리고
나를 파괴하고
나를 구축하며
천(千)의 얼굴이 달린다
향기로 그을린 살갗
순결을 불바다 속에 눕히고
부러진 연필처럼 애정 결핍증의 나는
짜증을 내고 있다 오 샤넬의 향기를 늑골 밑에 숨기고.

밤을 메운 동화

커튼을 내리고 잠든 거리에
님프들이 뛰쳐나와 춤을 추고 있다
잃어버린 동화의 나라를 찾아서
어제 온 아침은 늙은이가 되어
아름다운 님프의 춤을 보고 있다
잠을 잊은 깨끗한 얼굴로
이윽고 밤을 메운 동화가
책 속에 깃을 접을 때
세상은 새로운 해맞이로 채색되고
별들은 조용히 눈을 감는다.

제3시집 어떤 파도

바람 소리

가슴속에 떨어진
별 하나로

비 오는 밤에도
잠들지 못한다

전생에 두고 온
옷고름 한 자락

바람을 불러
문고리 흔들어

오늘밤 목이 멘
억겁을 헤집어 온 바람 소리.

백자

옛 현인 이르기를
온전히 나 버리는 때
나 한 줌 건진다 하였거니
나를 버려 구할 영혼 있다면
나를 버리라 하오면
불붙는 육신
기꺼이 아니 버리랴
흙으로 빚어진
이 목숨.

연꽃

하광(霞光) 어리어
드맑은 눈썹

곧게 정좌하여
구천세계(九天世界) 지탱하고

세정(世情)을 누르는
정갈한 묵도(黙禱)

닫힌 듯 열려 있는
침묵의 말씀 들린다.

등대처럼

뒤척이는 바다를
밤새 지키는

황황히 눈 밝힌
등대처럼

너
보누나

물밑의 물까지
영혼 끝까지.

바람아

바람아 날 가려다오
내 얼굴을 덮어다오
나부끼는 풀잎으로
무너져 내리는 소리로
이 소망의 열기를 묻어다오
그대로 깊이깊이 잊혀지게
이끼 낀 내 작은 문패와 함께.

과실(果實)

둥근 가슴 가득
과즙이
고인다

향기로이 눈을 뜨는
우주

태양이
크낙한 심장에 침몰하여

마침내 은밀한
시간이 흐르고

만삭의 몸으로
조용히 빛나는
기쁨.

파적(破寂)

— 무령왕릉(武寧王陵) 현실(玄室)에 부쳐

문을 열자
보랏빛 혼백이 일어선다
바람 따라
다소곳이
천 년 만의 나들이
두어둔 보화(寶貨)야
영화(榮華)의 빛
손때 묻은 상처로
살아 있거라
나 없을지라도
먼지 한 올 이 하나
두고 가노니.

일모(日暮)를 헤치고

밤비에 묻혀 있던
새벽 창 밑을
나막신 소리가 걸어온다

박물관 진열장 속
청자무문(靑瓷無紋) 대접에
그득 담긴 저 하늘 마른 가으로
온종일 조심스레 걸어오고 있다

일모(日暮)를 헤치고 일모 속으로
이끼 낀 기왓장

눈 맑은 세월을
아스라이 걸어가는
나막신 소리.

마곡사(麻谷寺)의 뜰

태화산(泰華山) 추녀 밑
청솔
청바람
돌에 엉긴 법열(法悅)의 그 소리

이끼 묻은 기왓골을 타고 흐르는
장삼(長衫) 걸친 스님의
낭랑한 독경(讀經)

사면 어둠이 일시에 모였다간 흩어지고
젊음이 있는 곳을 더듬거리며
백발의 겨울이 팽창한다

어둠을 헤치는 호롱불처럼
그윽히 낡은
마곡사 뜰.

산

그 높은 정수리에
자존(自尊)의 띠를 두르고
누거만년(累巨萬年) 빛나는
바다를 응시하고 있다

물결치는 옷자락을
지긋이 여미고
온종일 좌선이다 눈썹만 서 있다

격렬한 몸짓도
갖가지 그림자도
침묵의 소리 뒤에 있다
바람이 과거와 미래를 오가며
천상의 문을 열어보곤 하였다

싸늘한 빗방울이
뿌리를 적시는
이 시각에만은
파닥이는 작은 새의
젖은 날개를 만지는 손
따뜻한 손이 가만히 움직인다.

강

강물이 흘러가는 몸짓에서
실팍한 삶의 율동을 느낀다

유연한 몸가짐 하나로
억겁을 사는 이 놀라움!

대리석 조각 차가운 살갗에
손때 묻은 미립자
한 방울 한 방울이
해체되고 다시 결속하여
깊은 아름다움이 되듯
너와 나
서로가 물방울로 흩어져도
다시 새 바다로 만날 것을 믿으며

잡힐 듯 빠져가는
손끝에 네가 있다
와락 끌어안고 싶다

잠 깨어 뒤척이는
깊은 강물.

해조음(海潮音)

밤에 우는 바다
커단 짐승처럼 웅크리고
바위처럼 신음하며
뒤척이는 바다

갈수록 멀어지는 얼굴
갈수록 넓어지는 어깨

오 녹슬지 않는 화살로
너를 쏘았다
네 푸른 심장을
부드러운 강철을 갈라놓았다

그러나 상처를 핥는 혀끝에
슬픔은 거품으로 묻어나고
작은 새의 여린 날갯짓이
오늘도 바다를 잠재우지 못한다.

고별

잠결에 무너지는
보나르의 여인
우리들의 오늘은
무력하고 평화로웠다

햇볕을 쬐는 도마뱀처럼
인내하며 작은 행복을 누렸다

이세 해가 서물고 있다
창밖 나무들이
발 아래 잎을 버리듯
모두가 오늘을 버릴 때이다

잰 걸음으로 지나가는
내 곁의 모든 것
소리 없이 스쳐가는 눈부신 열망(熱望)
그들의 떠나감을 서운해 말자

세상은 온통
미로(迷路) 그리고 미지의 공동(空洞)
어딘가에 숨어 있을 내일의 진실을 찾아서
마지막 촛불을 밝히면서
너를 보내려 한다
나 또한 떠날 것이다.

봄밤

— 요절한 아우를 생각하며

억울하게 여읜 혼백은
산에 가 숨는다지

저 깊은 산속에
어린 너
이승 불빛 넘겨다보며
흐느끼는
넋이여

오 검은 산이
가슴을 저민다

오너라 한 자락 바람으로
고여 있는 설움을
풀어놓아라

젖은 풀포기
풀벌레에 업혀서
찾아오거라

손을 맞잡고 울고픈
봄밤.

밤비

누워 있는
가슴에
파고드는
비
소리로 오는 비

해묵은 이야기를
들춰내어
가닥 가닥 펼치는
밤에만 내리는 비

흐느끼다
흐느끼다
마침내 호곡(號哭)하는
큰 강의 비.

봄 예감

나의 영지(領地)에
바람이 일고 있다
빈 가지가 떨며
피리를 분다
차가운 쇠사슬을 울리며
어디선가 팽창한
얼음이 터진다
사위(四圍)는 절대영도(絕對零度)에 갇힌 채
봄눈이 트이는 신비를
기다리고 있다.

새로운 빛남으로 오는 새해

아침의 맑은 바람 타고
빛나는 바다가 일어선다

해마다 새로운 아침으로 떠오르는
새해의 얼굴

가장 짙은 어둠 끝에
새벽이 오듯이
새로운 빛남으로 다가서는
포부

새해는 어제의 그림자를 접고
어제의 진실 위에
긍지와 신뢰의 뿌리를 내린다

오늘과 내일이
보람의 열매로 익고
너와 나
우리 모두
은은한 정으로 살며
향기로운 사랑과 평화의 날들을
펼쳐가려 한다

한 해가 또다시 열린다
희망과 꿈을 안고 울려오는
종소리.

우기(雨期)

〈북동풍 흐리고 한두 차례 비
북서 후 북동풍 흐리고 비〉
비가 오는 아침의
낮은 목소리
우산 속에 숨은 얼굴
낮은 목소리
비가 오는 아침은
모두가 침착하다 거리의 모습도
나무도 집도
오랜만에 귀를 세워
제 목소리를 듣는다
깃을 털고 솟구치던
온갖 허세마저
창틈으로 잦아들어
비를 피하고 있다
사람들은 말없이 음악을 들으며
젖어도 젖지 않는 빛나는 눈으로
진실의 불꽃을 지켜본다
비가 오는 가슴에
비를 맞는 마음에
일기예보는 내일도 비
〈남동 후 남서풍 흐리고 비
북동풍 흐리고 한두 차례 비〉

오늘 만나는 우리들의 영혼은

— 중추절에

언젠가 이 세상 다녀간 바람이
저승길 휘돌아
다시 오네
오례송편 신도주(新稻酒) 속에
부서지는 달빛 속에

뜨락을 거니는
옛 어른 기침 소리
옷자락 소리

오늘 만나는
우리들의 영혼은
눈물 없이는 손잡을 수 없네
그렇게 멀고 아픈 걸음이네

한가위 달이 뜨면
마을 길이 넓어지고
가슴마다 청렬(淸洌)한 내(川)가 흐르네

빛나는
나뭇가지 사이로
고개 숙인 이삭 사이로
우리들의 지순한 만남이 있는 곳에.

머릿돌 하나 바로 놓고

— 광복절에

그날의 함성은
그날의 소낙비는
살아 있었다

무덥고 긴 여름이 찢기고
피에 젖은 기우제 북을 던졌다
숲 속 풀잎도 목이 쉬도록
재갈 물린 입을 풀고
불러본 이름 그 이름 아 조국!

돌이켜보면
숱한 무늬로 얼룩진 세월이나

머릿돌 하나 바로 놓고
해마다 다시 태어나는
오늘의 기쁨

인고의 회한을 불사르고
세계의 초원에서
미래에 도전하는
슬기로운 민족의 웅비(雄飛)

오늘 우리 것을 마음껏 키워가는
힘찬 아침이 있다
아름다운 나의 조국 빛나는 가슴이 있다.

독서

가을볕에 씻어 말린
호미를 꺼내어
버려진 땅에 이랑을 판다

해벽(海壁)을 찢듯이
뜬눈으로 잠들어 있는
껍질을 벗겼다

호미 끝에 맺히는
예지(叡智)의 땀방울이
햇살에 찔리어
온통 무거운 열매로 변한다

세상이 갑자기 풍요로워진다
대지의 눈도 함께 깊어간다.

은행나무

약속의 땅에
거대한 황촉(黃燭)으로 꽂혀서
불을 토하고 선 나무

가는 가을의
마지막 증언이듯
허전한 가슴마다에
황금빛 낙엽을
안겨준다

낙일(落日)을 등지고
영광의 잎잎은
순교자의 눈으로 빛나고 있다

한 잎 주워 입술에 대면
맑은 손끝에서
내 시력이 회복된다.

불만의 겨울

천지가 한 번쯤
몸을 흔들어
낙엽은 지고
낙엽은 지고

쌓인 낙엽을 다 태워도
잿빛 하늘은 밝아오지 않는다

풀리지 않는 매듭을
온종일 풀고 있다
얽히고설킨
매듭 끝은
끝내 숨을 죽이고 있다.

오늘을

높게 더욱 높게
낮게 더욱 낮게

남길 것은 남기고
구기지 않게

잊을 것은 잊고
시들지 않게

버릴 것은 버리고
쌓이지 않게

나를 세우고
너를 세우고

세상을 바르게
뜨겁고 아프게.

사과 한 알

신선한 아침의 접시 위에서
사과 한 알 집는 행복이 소중하다

야무진 사과의
새빨간 볼을
그 속에 숨겨진
속살을 겨냥하여
팍 하고 깨물었다
오만을 밟는 꼿꼿한 이로

향기가 튀었다 찬 이슬
바람결에
햇살이 번지면서
오늘은 기쁜 일만이
있을 것 같다.

층계

어디론가 가야 할 생각의 한 가닥이
몸 안으로 뻗은 층계를 내려선다

끊임없이 굴절하는
에스컬레이터

권태로운 사유의 과녁에서
나는 매혹의 눈을 감고 벽 속으로 들어갔다

빛이 일고 있다
푸드득 새가 날아간다.

소낙비

단잠 깨우는
폭포 소리
이마를 친다

나뭇잎이 우우 일어섰다
작은 꽃대는
숫제 그늘 속에 눕는다
기다리는 것이다

성급한 빗줄기가
지나간 뒤
조용히 묻기로 한다
큰 잎사귀들이
어떻게 싸웠는가를.

내가 소유한 아침

그날
내 가슴에 화상(火傷)처럼
박혀든
아자(亞字) 무늬의 조국

숙명의 비늘로
세계를 도발하는
바닷바람이

소용돌이치며 가슴을 친다

아 그래
슬픈 상의(上衣)를 벗고
내가 소유한 아침을
푸른 하늘에서 명주올 풀어내듯
은은히 울려오는
그 울림을

깨지 말라 고요한 달빛
은(銀)의 채찍으로도.

변화

어디선가 변하고 있다
보이지 않는 곳에서
보이지 않는 그 무엇이
들리지 않는 곳에서
들리지 않는 그 무엇이

새벽 빛살 타고
몰래 숨어든 바람결에
한 줌 머리카락이 흔들리듯
절로 움직이는 세계의 한구석

깊은 강 노래가 젖는다
지축은 어둠 속에 눈을 뜨고
우주가 질그릇 안에서 폭발한다

미래의 가지에
잎이 피도록
종일 바람이 불고 있었다.

지하철 공사

서울은 지금 홍역을 앓고 있다
풀어헤친 가슴엔
유암 증세도 보인다

아린 상처에 메스를 대고
잠든 땅에 괭이를 박는다
상냥한 귤 껍질이 벗겨져 나가듯
아침은 부드럽게
낡은 옷을 벗었다

결별의 손수건은 차바퀴에 찢기고
언젠가 무지개 섰던 그 자리
눈꼬리 아픈 시멘트 구름다리
피곤한 하루가 저격당하면
다지고 다진 살점
뼈마디가 튕기고
기름이 엉겨붙는 허리께의 혼돈

사색하는 도시의
잎이 지는 거리에서
서울은 홍역을
앓는다.

무관심의 죄

나는 자선을 베풀지 않았다
구둣발 먼지를 먹으면서
인형 같은 아기를 안고
자선을 강요하는
지하도 층계의 노란 얼굴의
그 여인을 미워하였다

우울한 그 여인을
미워하고 원망하면서
선심처럼 동전을
던져주었다

〈그러나 때로 무관심하게 지나쳤다
한번은 잔돈을 찾다가 성가셔 그냥 와버렸다.〉

그날 저녁 지하도 층계의
노란 얼굴은
나를 따라왔다
곧바로 내 방으로 들어와
여전히 침묵하는 강요를
계속하였다

식탁에 그림자가 무너져 내린다

위(胃)가 아파오기 시작하였다
창밖엔 비가 오는가?

꼭 감은 눈 속의 내 의식하기 싫은
의식에
또렷이 좌정(坐定)한
노란 얼굴
선량한 듯 무지한 듯 교활한 듯
말없는 침입자의 가면을
벗기고 싶다
〈그러나, 그러나 무능력은 지붕 밑에 재워야 한다.〉

한밤내 꿈 속에서
층계를 구르고 구르고
한없이 굴러내리면서
후회하였다
〈나는 지식인이 아니다
나는 지성인이 아니다
나는 죄인이다
무관심은 살인 같은 악덕이다.〉
지폐가 든 지갑을
바닷물에 던지려고
허우적거렸다

오늘 층계는
비어 있었다
먼지 속 지하도 층계

그 셋째 줄에
지난 몇 달 판박이처럼 앉아 있던
그 여인이 보이지 않는다

쏟아지는 햇살에 밀려
차디찬 난간을 꽉 잡았다
새까만 별 하나가
발길에 차여 굴러간다.

나의 서울

1
서울은 파괴되었다
등뼈는 굽어지고 갈쿠리로 할퀴우고
죽지가 부러져나갔다
고전(古典)은 한쪽 폐부에
겨우 붙어서 살아 있다
서울 아, 서울
뼈 마디마디로 울던 서울이여
잠긴 목소리로 울부짖던
어둑새벽의 얼굴이여!

2
청계천 복개 공사 그 아래로는
메탄가스로 부글대고
숨막히는 매연은 세계 공해 상위급
흙먼지와 쓰레기가
거리의 바람에 쓸려다니고 있다

그러나 서울은 내가 나서 자란 곳
버릴 수 없는 추억의 발자국으로 다져진 곳
태어나면서부터 한강물을 젖줄로 하여
내 키가 갈대처럼 쑥 자라지 않았는가
누가 무어래도 서울은 내 고향

화해와 긍지로 비롯된 땅

인간을 기억하고 또 사랑하기를
묵묵히 가르쳐주었다.

3
쾌속의 쿠션에 기대앉은 현대는
원시의 따사로움을 가두고
빗장을 질러버렸다
그래서 도시의 내장 한구석에선
항시 구제될 수 없는 몸부림이
생선 썩는 냄새로 번져나고 있다
어딘가에 뻥 뚫린 구석이 있어
금붕어 한 마리가 튀어 나갔다

서울은 창백하다
악성빈혈증이다
장옷을 벗어던진 이마에
어설픈 단청(丹靑)이 쓸쓸하였다
가시철망에 절망하다가
허세의 간판에 눌리우다가
그래도 돌아서서 꿈을 심는다

그 멍멍한 쇳소리 속에서
나는 철이 들고 뼈가 굵었다
서울은 내가 나서 자란 곳
내 의지를 세운 곳

미래의 소리에 귀를 기울이면서
자라나는 초목의 뿌리가 내려진다
지하의 샘은 아스팔트 밑에서도 흐르고 있었다
생명은 곳곳에서 기지개를 켜고
아이들이 먼지를 털며 일어선다.

4
가장 이른 새벽
눈을 뜨는 얼굴의 홍조(紅潮)
밤새 뒤척이며 이슬에 젖은
날렵한 기와지붕의 매끄러운 어깨
보드랍게 보드랍게

잠든 아기 입술에 꼬옥 물려 있는
풍요한 어머니의 젖가슴
둔중한 빌딩 덧문이 올라가며
삐거덕대는 소리에
잡역부들은 용수철처럼 튀어 일어난다
어둠 속에서.

한 장의 조간신문을 꽃송이처럼 던지는
초록빛 소년이 있었다
모든 소요(騷擾)의 눈이 뜨이기까지
소리 없이 베일을 집어 올리는
상냥한 손 하나
잠든 서울을 흔들어 깨우는
심장의 고동 소리.

5
이 아침 칠보(七寶)가 흩어지듯
현란한 햇살이 부서진다
진줏빛 안개가
고층빌딩의 허리를 안고 돈다
다시는 무서운 꿈을 꾸지 않도록
임부(妊婦)는 문앞에서 기도를 한다
휘파람 소리가 들려온다
던져둔 모자를 찾아 쓰고
오늘을 출발하는 분주한 발소리
뜨락을 거닐면서
넘쳐나는 바다를 안고 선 여인
서울은
바다의 비늘을 쓰고
달려가고 있다.

제4시집

눈의 나라 시민이 되어

눈의 나라 시민이 되어

金后蘭詩集

빛의 나그네

1
누가 거기서 꽃을 꺾는가

깊은 밤 달빛 아래
희디흰 손길
누가 거기서
환상의 꽃을 꺾는가

길 잃은 바람이
이리저리 휘도는 이 시각
이 마음 갈 길 몰라
헛되이 섰네.

2
나 이 세상에
빛으로 태어나서

그대 비추는
작은 불빛으로 태어나서
행복한 작은 성(城)을
지켜가려 했건만

무심한 그대
곤한 잠에 빠져 있을 때

혼자서 소리 없이 뿌리를 내리고
아무도 들여다보지 않은
깊은 땅을 디딘다

지상의 온갖 꽃들이
여기 피어 있어라
향기가 짙어서
눈이 어린다.

3
첫새벽
바다로 달려간다
망망한 바다는
고여 있는 설움
아무도 일으켜 세울 수 없다

그러나 어디선가 종소리 울릴 때
바다는 한 송이
꽃이 되어 일어서고
환상의 꽃을 꺾어 든 그대
젖은 가슴을 딛고 오는 그대

그대의 미소로 걸린
저 높은 종각 위

꿈 같은 노을빛 은은한 종소리
나를 잡고 흔들면
휘어지는 가지 끝에

또 하나의 세계가 있어라.

4
세계는 은밀한 떨림 속에
꽃처럼 젖어간다
터질 듯한 강물이 흘러가면서
실팍한 삶의 율동을 이룬다

심상(心象)의 맑은 바람
나의 몸에 돌아 흐르는
시퍼런 강물로
시퍼런 장미 한 송이
어느 기슭에 꽃피울 건가
정녕 꽃피우고 말 건가.

5
보랏빛 아침이 열린다
청춘의 아슴한 빛깔은
오늘도 무지개로 꽂혔는데
나의 칼은 눈물로 녹아내려

빛나는 진주가 되어 있다
진주 그 불투명한 투명함이
안개를 이룬다
돌아오라 돌아오라
외면하고 갔던
슬픔 앞으로 돌아오라 외치는
저 메아리

나는 갈 곳이 없어라
갈 길 없는 방황의 늪에 들어섰어라.

6
너 끝없는 부드러움
그 속에 촉 튼 회의(懷疑)의 눈
사랑스러움으로 하여
죽음도 두렵잖던 시절도 있었거니

짙은 안개
안개를 헤치려는 허우적거림
영원한 물음표의
잠들지 않는 혼(魂)
세상을 힘겹게 슬프게
이처럼 크게 살고저!

7
누가 거기서
꽃을 꺾는가
누가 거기서
환상의 꽃을 꺾는가

길 잃은 바람
바람 같은 이 마음
아, 깊은 밤 갈 길 몰라
헛되이 섰네.

님의 말씀

나에게 주시는
님의 말씀은

옷자락에 묻은
흙내 같은 것

흙에서 태어난
바람 같은 것

눈길 하나로
나를 부르고
나를 보낸다.

광부들

지구 저 안쪽
가장 깊숙한 말씀을 찾아서
어둠을 캐는 사람들

어둠 속에 잠든 돌을
흔들어 깨워
두드리고 쪼으고
함께 검은 숯으로 일어나서

너는 나를 위해
나는 너를 위해
다시 한 번 지상의 눈물이 되기 위해

밤의 어둠을 캐내어
불꽃을 피우는
선량한 광부의
뜨거운 눈길.

그 눈앞에

나는 외람스럽게도 예수의 그윽한 눈을 사랑한다 신념이 있고 예언할 수 있고 인간을 볼 수 있는 이, 그런 이만이 가진 속 깊은 눈을 사랑한다

그 눈앞에 내 어둠을 죽이고 싶다

가장 아름다운 건 슬픔을 누르고 미소 짓는 것, 미소 너머로 세상을 보는 것, 오 그런 이만이 가진 뜨거운 눈물을 사랑한다

그 눈물로 씻기우고 싶다.

봄빛

어느 꽃으로
이 봄을 다 맞으랴

이내 이는
먼 하늘

풀어지는
가슴

보이지 않는 몸짓
들리지 않는 탄식

안개꽃 안개가
흔들리네

이 땅에 봄빛이
넘치네.

비

일생 동안 나는
비를 피하며 살았다
이따금 손을 내밀어
빗물을 만질 때가 있다

손바닥을 때리는 비
차가운 악수
고여 오는 빗물을 들여다본다

죽은 다음에도
비는 오겠지
그때는 마음껏 맞을 수 있을까
온몸으로 가슴으로
결코 피하지 않은 채.

창밖에 내가 서 있다

새벽녘 방 안에 누워 있을 때 또 하나의 내가 창밖에 서 있다. 밖에 선 나는 빛으로 짠 현란한 옷을 입고 오늘 더없이 아름답다.

누워 있는 나와 서 있는 나의 이 괴이한 만남은 오늘이 처음이던가, 처음이면서 처음이 아닌 듯한 이 모양은 둘이면서 둘이 아닌 나의 실체인가, 하나이면서 하나가 아닌 나의 갈등인가.

빛을 거느린 창밖의 나는 무력한 내 어깨를 지그시 누르고 무언가 하고 싶은 말이 있는 듯하다. 나는 기다린다. 기다리며 생각에 잠긴다. 우리에겐 무언가 할 말이 있어야 한다. 호되게 나를 때리는 말이 있어야 한다.

허나 아무 말도 들려오지 않았다. 나뭇잎이 바람에 물결치는 동안 창밖의 나는 돌아서고 있었다. 말없이 내게 등을 보이고 떠나가는 나를 보면서 불현듯 가슴이 뛴다. 오늘 아침 나는 껍질이 가고 있는가, 껍질만 남아 있는 건가.

어디서 어디까지

어디서 어디까지
어디서 어디까지가
나의 길일까

바람도 없는데
흔들리는 흔들림
고요함이여
굽이치는 생의 물결을
지나 보내고

고요함 속에 누워
아직도 흔들리는
속의 그림자.

누가 내 심장의 장미를 죽이나

누가 내 그림자에
모난 돌을 던지나
비난의 화살촉은
피를 부르는 것
화살은 정의를 진실을
눈물의 핵을 지키기 위해
깊이깊이 감춰둘
마지막 무기
그런데 누가 겁 없는 돌로
헛되이 핏물이 뿜어나게 하나
내 심장에 피어난
장미를 죽이나.

구도

어디로부터 오는 걸까
밤낮으로 가슴을
밟고 가는
이 소리는

바람이 쓸고 간
저 허공에
잊혀진 눈처럼
걸린 점 하나는
왜 남기고 간 걸까

끝없이 되풀이되고 있는
타성적인 이 구도는
누가 언제부터
그리기 시작한 걸까.

사우가(思友歌)

발광체(發光體)인 너
내 마음의 그늘을
지워주는 너

흐르면서 맑아지는 시냇물이다
씻기고 씻기운 결 고운 옥돌이다

물은 물과 더불어 온전한 물이 되고
돌은 물살에 밀려 야무지게 빛나는 돌이 되듯

우리들은 부딪쳐
불이 되는 부싯돌.

이따금 눈부시게

빛이 바래지 않도록
그늘에 걸어두고 싶은
날개

녹슬지 않게
곰팡이 피지 않게

지붕 위에 널어두고픈
심장

더운 피로 목욕하고
바람에 머리 감고

이 날개
이 심장으로
이따금 눈부시게
날고 싶은 마음.

나무

어딘지 모를 그곳에
언젠가 심은 나무 한 그루
자라고 있다

높은 곳을 지향해
두 팔을 벌린
아름다운 나무
사랑스런 나무
겸허한 나무

어느 날 저 하늘에
물결치다가
잎잎으로 외치는
가슴으로 서 있다가

때가 되면
다 버리고
나이테를
세월의 언어를
안으로 안으로 새겨 넣는
나무

그렇게 자라가는 나무이고 싶다
나도 의연한 나무가 되고 싶다.

조국

나는
태어날 때부터
너의 것

내 핏줄을 타고
흘러 내뿜는
빛무리

어머니가 지어 입힌 옷처럼
기쁨으로 누려 지키는
조국의 옷자락

을씨년스런 밤
몸살을 앓는 날 같은 때
가파른 언덕
헤매는 숲 그늘에서

문득 힘 있고 진실한
너로 하여
정신의 맑은 샘이
트인다.

곡옥(曲玉)

옛 무덤
가신 님 머리맡에
푸르디푸른
곡옥(曲玉) 한 쌍

출렁이는 파도
나붓이 절하는
여인의 어깨

큰 울음
안으로 다스려
사랑으로 감싸듯

옥빛 숨결
둥글게
젖어 있네.

무국을 들며

그윽하게 밝은
영창 아래

슴슴한
무국을
들며

흰 쌀밥
칼칼한 김 한 점
무국을 들며

무심천변(無心川邊)
바람 자듯

오늘도 무심히
펼쳐지는
하루.

농부

손톱이 자라지 않는
농부의 손
굵은 손마디

해 뜨고 달 뜨고
비 오는 날에도
밝은 근심으로
흙을 일으켜 세운다

보이지 않는
만져지지 않는
공기의 고마움에 무심하듯
땅은 하늘이니라 하기에
땅은 땅 하늘은 하늘이라
우기던 나

나이 들어
비 오고 바람 부는 세월 속에
이제사 땅이 하늘임을 알겠다

죽지 않은 농부의 손톱이
밭갈이를 하는 동안
아 나도 하늘인 땅을
일으켜 세우는
내 나라 농부여야 한다.

소나무야 소나무야

너 견고한 발톱이
대지를 움켜쥐듯
흔들리는 이 심장 휘어잡는다

불을 먹는 사내가
하늘을 짚을 때

소나무야 소나무야
이 땅 농부의 무딘 손마디
사철 푸른 그 빛으로
천년을 지키누나.

미소하는 달빛

지난 여름
세계의 어느 곳에서는
가뭄이 불붙어
일만 곡식 씨를 말리고

세계의 어느 곳에서는
노아의 홍수가
사람도 집도 휩쓸어갔다

이제금 빈 들에
저 큰 달
미소하는 달

흙에서 넘어진 이
흙을 딛고 일어서라
마음을 일으켜
흙을 딛고 일어서라

말없는 설법(說法)
무량세계(無量世界) 비추는
저 달빛.

꾸지람이 듣고 싶다

강추위를
가르는
매운
회초리 바람으로

왁살스런 파편이
온몸에 박히는
아픔으로

나를 때리던
아버님 말씀

그 옛날
녹슨 나를
날마다 세례 주던

그런 꾸지람이
듣고 싶다
오늘.

바람의 칼날을 밀치고

— 에베레스트 정상을 디딘 날

18인의 장한 사나이들아
그대들은 이겨서
돌아왔다

장하다
에베레스트 정복의 영광이 빛난다

바람의 칼날을 밀치고
빙벽(氷壁)과 심설(深雪)을 헤쳐갈 때
그대들은 외로웠다. 고독한 용자(勇者)였다
온누리는 은백의 침묵에 갇혀
미지의 늪에 잠겨 있었다

그러나 그대들은 축복받은 사나이
바람의 어머니 초모롱마의
너그러운 가슴이 감싸주었다
겸허한 자의 방문이
사나운 마(魔)의 봉(峯)을 잠들게 했다

드디어 지구의 이마를 짚고
천상(天上)의 꽃 한 송이
꺾어 들었을 때
오 그때 세계는 은은한 음악을 울려

그대들 빛나는 발밑을 장식했거니

그대들은 정상을 디뎠다.
처음으로 태극기를 거기 꽂았다
겨레의 슬기를 그곳에 심었다
찬연한 코리아의 산사나이들

그대들을 기쁨과 자랑으로 맞는다
우리는 길이 기억하리라
그대들 초인(超人)의 투지를
이기고 돌아온
정상의 사나이들을.

하늘이여 가슴을 열라

죽음으로 동결된
목마른 아침을 위해서
하늘이여 빗장을 열라
비의 곳간을 활짝 열고
가뭄으로 시든 어깨를 적시게 하라

비가 오지 않는 땅은
죽은 넋도 찾아오지 못한다
풀잎도 목이 잠겨 누워버리고
어린것의 손톱이 갈라지기 시작한다

선한 이와 죄 많은 이가
서로를 용서하고
소리 죽여 참회를 한다면
하늘이여 가슴을 열기로 하겠는가

하늘이여 빗장을 열라
알맞은 중간 곳간을 열어
마른 땅에 살아 있는 목숨을 키우라
아침이 아침답게
열리게 하라.

모래알로 만나

그 많은
모래알 중에
너와 나 이웃한
모래알로 만나
조그맣게 숨 쉬는
모래알 부부로 만나
등 비비며 등 비비며
정답게 가고 있으니
바람도 비켜가는
은빛 아침.

둘이서 하나이 되어

— 결혼 축시

밝은 이 자리에 떨리는 두 가슴
말없이 손잡고 서 있습니다

언젠가는 오늘이 올 것을 믿었습니다
이렇듯 소중한 시간이 있어주리란 것을

우리는 푸른 밤 고요한 달빛 아래
손가락 마주 걸고 맹세를 했습니다
우리는 영원히 하나가 되리라고
그리고 지금 우리가 순수한 것처럼
우리의 앞날을 순수하게 키워가자고

사람들은 누구나 말합니다
사노라면 기쁨과 즐거움 뒤에
어려움과 아픔이 따르기 마련이며
비에 젖어 쓸쓸한 날도 있다는 걸
모래성을 쌓듯 몇 번이고 헛된 꿈에
무릎을 꿇어야 한다는 걸

그럴수록 우리는 둘이서 둘이 아닌
하나이 되렵니다
찬바람 목둘레에 감겨든다 한들
마음이야 언제나 따뜻한 불빛

약속의 언어로 쌓아올린 종탑
높은 정신을 기억할 것입니다

아, 이토록 아름다운 하늘 아래
이토록 가슴이 빛나는 날에
둘이서 하나이 되면
둘이서 하나이 되면

지상의 온갖 별들이
머리 위에서 빛나고
불멸의 힘으로 피어나는 날들이
우리를 끌어갈 것입니다
우리는 손을 잡고
같은 쪽 같은 하늘 바라보며 가렵니다

죽음이 우리를 갈라놓을 때까지
죽음이 우리를 갈라놓을 때까지.

기쁜 아침

꿈속에서
다시 만난
우리는 행복했지

가슴에
향기 가득 차
맑은 눈을 떴다

창밖 흐린 날씨도
유순히 안겨오는
기쁜 아침.

우리 둘이

너를 만나려고
그토록 먼 먼 옛날부터
너를 만나려고
나 오늘 예까지 왔네

너를 만나려고
그토록 먼 먼 길을 돌아
모든 것 지나
나 지금 네 앞에 섰네

우리가 되려고
우리 둘이가 되려고
너를 만나려고
너를 만나려고.

나무들 얘기

한곬으로 기대어
잠이 든 나무들

고요하구나
고요하구나

갈피 갈피 접어둔
못다 한 얘기

내일 아침 햇살에
잠이 깨면

바람 속에 펼쳐갈
끝없는 얘기.

비가 오면

비가 오면 우리
비를 맞자
비에 젖으며
오늘을 걷자

비가 온다고
마음도 젖는가
내일 비 오면
내일도 젖자

젖은 앞머리
흘러내린 인생
뛰어가지 말고
비를 맞자.

평화

조그만 아이가
조그만 집에서
조그만 평화를 안고
조그맣게 잠이 들었네

캄캄한 어둠을
달빛이 밀어내고
햇살이 밀어내고

아이는
팔을 들어
세상을 가득 잡았네
조그만 입으로 하품을 하면서.

물결

큰 바람이
작은 바람을 쓸어안고
큰 물결이
작은 물결을
덮친다

작은 물결은
큰 물결 비늘깃에
숨는다

살아가는 길이
어떻다고
말하고 싶은 입
그 입도 함께
묻힌다.

미련(未練)

죽은 나무라 하여
베어낼 궁리를 하였다

자취도 없이 풍화(風化)하여
잊혀질 날을 기대하였다

허나 빈 뜨락을
가로지르는
공허한 바람을
두려워하였다

더 죽지 아니할 나무토막이
오는 봄을 예감하여
떨고 있을 때
내가 가질 회한의
더할 수 없는 깊이를
생각하였다

진실은 층계 밑에 잠들어 있고

미련을 지우듯
긴 머리를 자른다.

두 개의 별

화려한 밤하늘
혼자서 고독한 별이
마침내 조그만 집으로 들어가
눈을 감는다

또 하나의 고독한 별이
소리 없이 다가와
외로움을 벗고 껴안는다

부드러운 별빛이
창문으로 새어나온다
거인의 잠 속에
들어간 두 별.

아기 탄생

창가에 난등(蘭燈) 밝힌
새날이다

하늘 가득 버지는
연보랏빛 미소다

꽃씨 터지듯
풀물 묻어나듯

선잠 깬
우리 아기

옥돌 물 퉁기는
울음소리.

기쁨과 사랑

우리의 아침은
바람이
먼저 노크를 한다
그 이름 기쁨

정다운 햇살이
고개를 들이민다
그 이름 사랑

안녕하세요
반갑습니다

기쁨과 사랑이
찾아와준
우리들의 아침은
언제나 즐겁다

나는 오늘
남에게 무에 될까

나도 남에게
기쁨이 되고 싶다
사랑이 되고 싶다
우리 모두 한마음
가족이 되게

어머니 마음

고요함이 고여 있는
이른 새벽
비단결 바람에
물살 지듯

고요함이 고여 있는
어머니 마음
누구도 못 이를
바다 가슴.

지지 않는 꽃

꽃은 서러라
지는 꽃잎 위에
지지 않는 꽃
백자 항아리에 그득 담긴 진달래
칠순 노모 손끝으로 꽃피운
사랑 사랑 꽃송아리

— 잘됐는지 몰라
— 어머나 생화와 똑같네요

늙마의 무료함
늙마의 외로움
늙마의 두려움

잊어야지 잊어야지
바늘 잡던 손으로
꽃이나 접어야지

철이 지나도
지지 않는 꽃
나와 함께 사는 꽃

어머니 숨결이 높게 잔잔하게
생의 마지막 언덕에 꽃피운
눈물의 봄빛.

적(寂)

믿을 수 없어라
그토록 아름답던 꽃이
이리 시들 줄 몰랐네

꽃이 진단들
꽃이 진단들
그대 여윈 설움에 비길 건가

꽃이야 이듬해도 만날 것이나
가버린 그대완
영 끝이오이다

바람 움켜잡는
이
빈손.

꽃이 지면

꽃 지면
목숨도 지는가

이운 꽃무덤 위에
초록빛 잎새들

너 꽃보다 진한
노랫소리

꽃이 지면
사랑도 지는가

이 마음 흔드는
바람 소리.

봄

좌선하는 이
흔들어 깨우는
어디선가 울려오는
산울림 소리

저도 모르게
화답이 울리고
되울리고

적막 속에
잠긴 가슴
뒤흔들어놓고

진달래 진달래
피멍을 들여놓고
그렇게 봄은 오고
봄은 가고.

기도

눈 비 맞으면
꽃도 승천하듯이
나 또한 승천하여
꽃으로 피리

나고 사는 한세상
꽃으로 피었다가
꽃으로 눕는 지혜
높은 길 가리.

낮은 목소리로

이제 남은 한 시간
낮은 목소리로
서로의 가슴을 열기로 하자

잠든 아기의
잠을 깨우지 않는 손길로
부드럽게 정겹게
서로의 손을 잡기로 하자

헤어지는 연습
떠나가는 연습
아침마다 거울 앞에서
흰 머리칼 하나 발견하듯

이해(理解)의 강을
유순히 따라가며
서로의 눈을 들여다보자

그리하면
들릴 것이다

깊어가는 겨울밤
세계의 어딘가에서 울고 있는

풀꽃처럼 작은 목숨
나를 지켜보며
조용히 부르는 소리가.

사람 사는 세상에

— 세계 적십자의 날에

이토록 많은
지상의 수렁을
우리 서로 부축임 없이 건널 수 있으랴

햇빛 없는 그늘에서
외롭고 고통받는 이웃의 아픔을
우리 서로 달래지 않고 지낼 수 있으랴

일찌기 자애의 아버지
앙리 뒤낭 높은 뜻 모아
이 세상 어느 때 어느 곳에서나
사랑의 손길 꽃처럼 피어나니

아! 이로써
사람 사는 세상의
아름다움이 빛난다

사랑이 있으니 담이 없네
모든 곳 모든 사람 돌보는 적십자
기다림이 있으니 달려가네
모든 곳 모든 사람 돌보는 적십자

이제 더욱 소중한 일은 헤어짐을 막는 일

헤어진 가슴의 쓰라림을 씻는 일

이토록 많은
지상의 눈물을
5월의 밝은 미소로
바꾸는 일.

보름밤

방장(房帳)을 거두라
달밤이다

호사한 황갑사(黃甲紗) 차림으로
첫나들이 떠나온
보름달이다

막내딸을 시집보낸 어머니
아들을 입대시킨 어머니
다 보내고 빈손인 어머니

지상에 아낌없이
달빛이 깔린
풍성한 이 한밤은

가고 아니 오는 사람
그리는 가슴 모두가 모두가
어머니가 되는 날이다

방장을 거두라
달빛이다.

고향

내 마음
나직한 언덕에
조그마한 집 한 채
지었어요

울타리는 않겠어요
창으로 내다보는
저 세상은
온통 푸르른 나의 뜰

감나무 한 그루
심었어요
어머니 기침 소리가
들려요

봄
여름
가을 겨울
깊어가는 고향집.

비 오는 날은

비가 오는 날은
먼 곳 소식 있을 듯
기다림이 고개를 드네

강물 불어나듯
동여맨 가슴 부풀어
잃은 아기 생각에
목이 메는 여자
그렇게 젖어드는 빗줄기

이 비 그치면
달 뜨겠지
부끄러운 몸짓으로
몸을 푸는 강처럼
한 여자의 사랑이
빗속에 뒤척이네.

어느 새벽 눈을 뜨면

어느 새벽
눈을 뜨면

온 세상이
비를 맞고 있다

낡은 돌각담에
엉기는 물방울

천년 세월이
젖는다

닫혀진 빗장이 열리고
은빛 바다가 밀려들 때

아직 눈뜨지 않은 이를
부여잡고

흔들어대는 바람
빗소리.

갈림길

우리는 왜 모두
갈림길에 서 있을까

떨어져 누운 낙엽을
서걱이는 날들을
밟으면서

사랑하는 사람들은
오늘을 기념하지만

낙엽은 다시
돌아오지 않는다

갈 길은 멀고
할 일은 남아 있다
오늘 헤어짐은 아프구나

우리는 왜 모두
갈림길에 서 있을까
그러길 원치 않으면서도.

눈의 나라

겨울이면 나는 눈의 나라 시민이 된다
온 세상 눈이 다 이 고장으로 몰린다
고요하라 고요하라
희디흰 눈처럼
차고도 훈훈한 눈처럼
고요하라는 계율에 순종한다
사랑을 하는 이들은
안개의 푸른 발
이사도라 덩컨의 맨발이 되어
부딪치는 불꽃이 되기도 한다
겨울이면 나는 눈의 나라 시민이 되어
유순하게 날개를 접는다
그러나 이따금 불꽃이 되고
허공에서 눈물이
되려 할 때가 있다
슬픔이 담긴 눈송이들끼리.

가을 노래

밤새 기침을 하고 있는
가을이여 가을이여

우리들은 모두
어딘가로 떠나간다

어딘지 모를 그곳으로
흔들리는 빛처럼
빛의 나그네처럼
어딘가로 떠나간다

지금 나는
눈물을 배우고 있다
바람 속에 떨어지는
서걱이는 아픔을
고요가 쌓인
수많은 밤의 이야기
잠들기 위한 노래를 듣고 있다

어디로부터 오는가
쓸쓸한 헤어짐
꼭 오고야 마는가 오고야 마는가
시인은 가고

시만 남으니
내 가슴까지 기어오른
고독한 그림자

계절에 순응하듯
거부하듯
목감기를 앓고 있는
내 가을 노래.

헌화가(獻花歌)

— 시의 나라 여신에게

미명(未明)을 울리는
북소리 들어라
멀리서 어둑새벽을 흔드는
북소리 북소리
징 소리 피리 소리

사막에 부는
바람같이
머리 풀고 앉은
내 영혼을 때리는
북소리 북소리
피리 소리 징 소리

시(詩)여 나를 구하소서
나를 끌어올리소서
믿음만이 목숨을 끌어안듯
시의 여신이여 나를 끌어안으소서
천년을 기다리며 엎디어 있는
이 어진 목숨을 일으켜 세우소서

시여 나를 구하소서
아침마다 눈이 멀어
방황하는 영혼의

사슬을 푸소서

아무도 듣는 이 없고
아무도 보는 이 없는
이 적막한 시간
나를 질타하며
감미롭게 뒤흔들며
바다의 육신을 버리고
떠나기를 재촉하는
저 북소리 둥둥 가슴을 치는
북소리

아, 나를 일으켜 세우는 이에게
이 꽃을 바치리라
빛나는 은(銀)의 채찍으로
잠자는 영혼을 때리는 그대에게
이 꽃 우담화(優曇華)*를 바치리라

향과 꽃을 들고 올려다보는 곳에
맑은 바람이 인다
누리는 은밀한 밝음을 잉태하고
나는 오늘 꽃처럼 젖어 있다
터질 듯한 강물이 몰려들면서
먼 먼 세계를 손짓한다

바람이 분다 바람이 분다
나는 다시 한 번

바다에서 태어났다

캄캄한 어둠을 헤치고
바다에서 태어난 나의 육체는
둥둥 울리는 북소리를 따라
미명의 안개에 발을 묻고 일어선다

향기로운 바람과
슬기로운 소리가
이 정복(淨福)의 아침
그대 앞에 무릎을 꿇게 하나니

시의 여신이여 지고(地高)의 아름다움이여
나는 한 줄의 시를 낳기 위하여
등잔에 기름을 가득 붓고
바다를 가르는 빛살처럼
나를 일으켜 세우리라
나를 바치리라.

* 우담화(優曇華) : 인도의 전설에 나오는 상상의 식물로서 3천 년에 한 번 꽃이
  핀다는 신비로운 꽃나무.

너와 내가 있는 아름다운 나라

비 오는 날에도
해가 뜨는 나라
네가 있는 나라
아이야
네 얼굴을 눈앞에 떠올리면
그때가 바로 나의 아침이다

우리들의 아침은
사랑으로 시작되고
네가 그린 크레파스의 세계가
꿈틀거린다

귀여운 아이야
기쁨도 슬픔도 근심까지도
너로 해서 더욱 깊어지는 오늘
밤이 되어도 어둔 밤
결코 눈이 감기지 않는
이 가슴을
아이야 너는 들여다보는가

귀여운 아이야 손을 잡고 걸어가자
우리들의 세상은 외롭지 않다
너와 내가 있는
아름다운 나라.

등꽃 나라

보랏빛
밝음

보랏빛
꽃내음

조롱조롱
정다운

길동무
꿈길.

잊혀진 나라

잊혀진 나라에서 온
손님이 있어요
조금은 겁먹은 얼굴
조그맣게 걸어오는 발자국 소리
사전에 없는 언어로
조심조심 말을 건네오는
잊혀진 나라에서 온 손님이 있어요
지도에도 없는 나라에서
누굴 찾아왔을까
무얼 찾아왔을까.

그림자의 나라

그림자끼리
옹기종기 앉아서
소꿉놀이하고
굴뚝 뒤에 장독 뒤에
숨바꼭질하고
그림자 끼리끼리
혼인도 하고
줄지어 행진하는
그림자들이 보인다
어둠에서 피난 간
그림자만 모여서
사는 나라.

죽어서 사는 나라

당신들이
사는 나라에는
죽음을 이겨낸 아름다움
죽음을 모르는 평온이 있다
싸움도 시기도 노여움도 없고
고단한 빚을 지고
허덕이는 이도 없다
그윽하게
초연하게
오늘을 사는
죽어서 사는 나라
영원한 나라.

새벽의 나라

깊은 밤 서둘러
잠속으로 빠지려고
너도 나도 빗장을 지르고
덧문을 닫고 눈을 감지만
이미 어둠 한끝을 썰어내는
칼날 같은 시간이 보인다
한 시대가 얼굴을 가리고 돌아선다
모든 존재가 마지막 순간에
해체되고 다시 태어나듯이
오늘의 밤은 이제
유서를 쓰기 시작하고
새벽이 오는 나라
어둠을 딛고 일어서는
어둠 속 빛이 보인다.

제5시집

숲이 이야기를 시작하는
이 시각에

존재의 빛

새벽별을 지켜본다

사람들아
서로 기댈 어깨가 그립구나

적막한 이 시간
깨끗한 돌계단 틈에
어쩌다 작은 풀꽃
놀라움이듯

하나의 목숨
존재의 빛
모든 생의 몸짓이
소중하구나.

겨울나무

침묵하는 나무
고집스레 눈을 감고
깊이 생각에 잠긴 그대

빛을 받아 반사하듯
나도 향기로운
한 그루 나무 되어
침묵의 응답을 보내다

휘젓는 바람
창연한 고요 속에
차디찬 달빛 날을 세우다

아무도 봄을 믿지 않는 이 시각에
기다림을 배워준
나무의 인내

봄은 내 가슴속에
둥지를 틀고 있다.

책을 읽으며

잠들면 끝날
오늘
오늘도 잠들지 않고
부드러운 불빛 기대어
책을 읽는다

먼 길 깨우침
가슴 뿌듯하게
여린 불빛 안고
책장을 넘긴다

잠들면 끝날
마지막 장

삼라만상 고요히
농밀한 새벽 기운

오늘도 나는
책을 읽는다.

보이지 않는 섬

바다여 푸른 바다여
끝없이 출렁이는 너의 가슴 어느 깊이에
그토록 두터운
침묵의 자리 있거니

바다여 말하라
날마다 너에게 기대어
사람들은 높낮음을 세속의 자로 재고 있지만
저 깊은 바다
보이지 않는 섬에는
소금물로 상처를 닦고 일어서는
더 많은 이야기가 있음을 말하라

오늘도 바다의 옷자락은
바람에 날리며
먼곳으로 날아가고 있다

현란한 파도여 허상이여
파도로 출렁이는 이 세상에
가라앉은 진주의
은은한 빛
침묵의 울림이 있구나
나를 울리는 소리 있구나.

겨울 햇빛

겨울 햇빛은
내려앉을 어깨를 찾고 있다

멀리 돌아 흐르는
어느 강물처럼
소리 없이 빛나는 것들이
내면의 바다에서
빛을 낸다

그리움 같은 것으로는
다 그릴 수 없는
그렇게 뜨거운 것들이
가슴 안에
보석 꾸러미로 들어 있는

그런 이의 어깨를 찾아
내려앉고 싶어한다
포근한 겨울 햇빛.

추억을 위하여

숲 속에 작은 집을
짓겠습니다
추억을 위하여
은빛 종을 달겠습니다

숲에서 불어오는 바람에
포도주 농익은
꿈이 묻어 있고
창가에는 꽃 한 송이를
그리움처럼 놓아두겠습니다

그리고 살아가는 기쁨과
헤어지는 아픔을
은은히 울리는 종소리에 실어
우리의 발자국을
허공에 날려 보내겠습니다

우리 둘이
손잡고 서 있는 날들은
향기로운 바람이
될 것입니다.

잔디밭

하느님은 땅 위에
초록 융단을 주셨습니다

울다가 잠든
엄마 품의 아기처럼
그 가슴에 쓰러집니다

올곧게 한 줄기
피어 있던 작은 풀꽃
가만히 가만히
자장가를 불러줍니다.

흐린 날

흐린 하늘에
고여 있는
저 눈물 같은 거

화선지 한 장
가슴
어룽지게 하는 거

채송화
꽃잎
숨죽이게 하는 거

천지야 풀어버려라
흘러가는 아침에
멍울졌던 거.

물방울의 나라

우리들은 모두
빛을 안고 살고 있네
밤이 와도
어둡지 않네
언젠가는 큰 물이 되네
혼자이면서 혼자가 아닌
우리들의 아침이
기다리고 있네
큰 이야기를 만드는
작은 이야기들이네
별보다도 더 많은
우리들의 사연
주면서 받으면서
천년을 사네.

한 알의 씨앗에 담아

그 어느 아침
꽃으로 피어났다
영원한 질문 같은
침묵의 씨앗을 남기다

하고픈 이야기
살아 있음
미진한 꿈
한 알의 씨앗에 담아

바람의 뜰에
빛나는 언어를 뿌리다

낙하하는
미래를
말없이 받쳐주는
손.

꿈꾸는 조약돌

흐르는 물에
잠긴 조약돌

어느 해 장마 때 쓸려 내려와
갈 곳 없는 아이처럼
씻기고 밀리면서

처음으로 기도를 배웠다
두 손 모으고

아득한 노래에
귀가 젖어 있다

바람이 강을 찢는다
물살이 거세다

조약돌은 눈을 떴다 감는다
햇살이 눈부시다고
꿈을 꾸고 있다고.

이 가을 이별이 되어

꽃 한 송이 들고
가는 사람아

깊어서 끝이 없는
불면의 시간에
안으로 출렁이는
가슴속 이야기

낙엽이 되어
이 가을 이별이 되어
바람 속에
떠나가는 사람아

어디에
그대 멈춤
신호등이 있는가.

바람결에

해 질 무렵
스러지는 햇살처럼
멀리 날아가는
종소리처럼

바람결에 물살지는
그대 목소리

꼿꼿한 대나무에
어쩌다 핀 꽃이었다
꽃피면
눈 감는
대나무였다

단 한 번 펼쳐보는
아름다운 생애
바람결에 물살지는
애틋한 꿈.

그 사람 그 눈빛

나는 보았네
거리에서 마주친 그 사람 눈에서
몇 세기쯤 전
이 세상 살고 간
어느 선비의 의기(義氣)찬 눈빛 같은 거

한 오백 년 살 것처럼
목청 세운 사람들
이 풍진세상(風塵世上)
휩쓸고 다닐 때

아니지 그게 아니지 하며
맑디맑게 살고 간
어느 소박한 이 얼굴 같은 거

혹은 바위에도 숨 쉬는 생명
침묵의 외침 있듯이
가슴에 차오르는
빛을 누르고
초연히 미소 짓는 아픔 같은 거

나는 잊지 못하네
언젠가 마주친
그 사람 그 눈빛.

허무의 뜰에

허무의 뜰에
장미를 심었다
꽃보다 먼저 나온 장미 가시

피어나는 꿈
가시를 떼어내고

별빛 차가이 쏘는 밤
고요하리라
어제 잠든 영혼처럼
나 고요하리라

할 일 없이 세상을 할퀴는 이
어리석은 투기와 허명(虛名)
부끄러움 모르는 얼굴들

다 버리고
용서하는 마음
호수 되어
용서하는 가슴
빛을 받으며.

나의 장미

잠이 든 시간
머리맡에
피었다 지는 장미

날카롭게 빛나는
젊음 속에

차가운 돌
피가 돌고
빗방울 하나의 무게로
온 가슴이 짓눌린다

어디선가 달려오고 있는
어진 이의 눈매에 기대어
말없이 커가는 나무들
비를 품은 이야기들

살아가는 길목
끊임없이 끊임없이
피었다 지는
나의 장미.

나무들 이야기

나무는 어디서나
일어선다

비탈에서도 일어서고
뿌리로 바위 뚫지 못하면
차라리 감싸 안고 뻗어간다

머물기를 원하는
멀리서 날아든 새
깃을 접는 목숨 보듬기 위해
넉넉히 잎을 틔우고

거친 밤
병든 이 가난한 이 기침 소리 높을 때
소리 없이 내려오는 별빛처럼

광막한 우주를 향하여
묵묵히 일어서는 나무
얼어붙은 이 땅에
잊었던 향내 내뿜는 나무들

살아 있음을 증거하며
살아가야 함을 보여주며.

진실

노아에게 그 비는
얼마나 큰 비였을까
마흔 날 마흔 밤을
꼬박 내린 비

아무도 그 크기를
짐작할 수 없었고
아무도 그 크기를
믿으려 하지 않았다

혼자서 지켜보는
엄청난 무게
엄청난 두려움
엄청난 외로움

노아에게 그 비는
얼마나 큰 비였을까
혼자 믿고 지켰던
진실.

새가 눈뜨는 새벽

새가 눈뜨는 새벽
빛을 따라 찾아든 바람

또다시 하루의 꿈이 펼쳐지면서
맑은 바람이
눈을 씻어준다

푸드득 푸드득
새는 어딘가로 날아간다
바람이 되어
빛깔 있는 바람이 되어
지평을 끊는다

나도 새가 된다
바람을 안고 날아간다
오늘의 과녁을 향하여.

부러진 날개

우리는 쓴 잔을
원치 않지만
때로는 쓴 잔을 마셔야 한다

떨리는
손안에서
한 방울 이슬로 변하는 잔

그 영롱한 고통의
눈물방울이
나를 익사시킨다

부러진 날개
나머지 말씀을
꼭 보듬고.

삭은 이를 빼려고

삭은 이를 빼려고
치과에 갔다

삭은 이의 뿌리가
단단해서

마치로 쪼아내어
부스러뜨리는 작업

삭은 이의 뿌리가
신음을 하고

삭은 이의 임자인
내가 신음을 하고

아 내 입속에는
왜 삭은 이가 움츠리고 있나

이렇게 추운 날
왜 삭은 이는 날 죽이나.

허수아비

지상에는 온갖 생명이
꿈틀거리고 있다
바람이 불고
열매가 익는다

저 하늘 푸른 공간에
마음놓고 그려지는
구름의 몸짓
달리고 싶다
나는 외로운 만년 보초병이다

새를 쏜다
아니다 구름을 쏜다
두 팔에 바람이 걸린다
어깨 위에 앉은 새가
들여다본다

눈부신 한낮
심장이 뛰는 이유를
묻고 싶은 얼굴로.

소금

한 마리의 잉어를
낚기 위해
밤새도록 물 위에 앉았는 너

한 시대를
지키기 위해
뜬눈으로 새우는 너

캄캄한 바람이
후려치고 지나가면
낚싯대가 활처럼 휘어진다

낚싯대만큼이나
굽어진 너의 등에
소금이 일고 있다.

거울을 닦으며

흐린 하늘
오늘은
쓸쓸하구나

잡을 수 없는 안개
멈춤이 없는 안개

눈앞에
마음에
피어오르네

책을 덮고
거울을 닦는다

바람 소리 물결친다.

꽃이 피고 지듯이

꽃이 피고 지듯이
사람의 나고 죽음
또한 그런 것이언만

타오르는 촛불
바람도 없는데
흔들리다 꺼지듯

사람의 나고 죽음
또한 그런 것이련만

스러지는 아침 이슬
눈물로 지네
눈물이네.

새벽 병실

어머니 나의 어머니
사흘 낮 사흘 밤
혼수의 터널을 지나
실낱같은 눈을 뜨고 하신 첫마디
······너희들 밥 먹어라

자나 깨나 생각은
자식들 걱정이라
······난 괜찮다 어서 밥 먹어라

마른 입술에
여전히 깊고 깊은
가슴속 울림

〈어머니 살아나주셔서 고맙습니다〉
새벽 병실 고요 속에
맑은 바람이 향기롭다
가녀린 숨결
지키는 시간.

어머니

당신의 이름은 엄마
당신의 이름은 그냥 엄마

나 어릴 때부터 불러왔고
긴 세월 돌이키는 이 나이에도
당신은 그냥 우리 엄마

다른 이름을 생각해봅니다
당신께선 나에게
언제나 믿음이셨으니
세상에서 제일 큰 산이십니다

당신께선 깊은 가슴
빛나는 물결이시니
세상에서 제일 큰 바다십니다

그러나 그중에도
기쁨인 것은
어디서나 애야 부르시던 목소리
다정하고 온화한 그 목소리

아 이 세상
온갖 뒤척임 속에서

나의 앞에
나의 뒤에
눈 비 가려주시던

오직 한 분뿐인
우리 어머니
영원히 당신을
엄마라 부릅니다.

떠나가신 빈자리에

떠나가신
빈자리에
고여 흐르지 않는
마음

1982년 7월 24일
고요함 이끄시고
자는 듯 눈 감은
무념무상(無念無想)
그토록 맑은 꿈에
드시고

겸허함이여
두렵도록 겸허함이여

어머님 가지심은
우리들뿐입니다
우리들
마음뿐입니다.

저 달빛

난초 잎
닦으면서
손이 떨린다

이 건강한 푸르름
오늘은
나만의 것인가

난(蘭) 치던 분 가고
가슴에 차오르는 눈물

어미 잃은 딸에겐
이 밤 저 달빛도
어둔 맘
밝히지 못하네.

저 불빛 아래

저기 보이는
산 기슭
저 불빛 아래 사는 이는
누구일까

문득 둘러보면
너무나 많은 이
떠나갔네

먼 길 짧은 생
왜 그리 종종걸음 쳐야 하는지

서러운 날
더욱 따사로운 불빛
그리운 얼굴
오 그리운 그 손.

삶

멀리 쏘아버린
화살처럼
달려가는 빛
따라가는 삶

아득하여라

어딘가로
바람처럼
달려가는 삶.

자화상

바람 불어도
눕지 않는
세엽풍란(細葉風蘭)

그러나 문득 노을빛에
속눈썹 적시는
정 많은
노래 가슴.

먼 곳에

먼 곳에
그대 세워놓고
나 그대 따라가리라 여겨
한세상 어리석은 꿈인 줄 알면서도
가까이 설 날 있으리라 믿어
날마다 날마다
먼 그대 지켜보며
내일을 기다리며.

숲이 이야기를 시작하는 이 시각에

해가 지면
어둠이 어둠으로 성장(盛裝)하고
다투어 내려온다

젖은 숲
작은 돌에 걸터앉아
밤의 동반자를 만난다

어둠끼리는
언제나 이 시각에
만나 서로의 상처를 만져준다

빛물결 일렁이고
숲이 이야기를 시작하는
이 시각에.

이슬방울

스쳐가는 빛
한순간의 생
소리 없이
눈물 글썽 올려다보는 너

안개는 흐르고
바람은 불고

그러나 내 마음속
살아남는 너
촌각이 영원 되듯
빛으로 빚어진
진주.

사랑

집을 짓기로 하면
너와 나
둘이 살
작은 집 한 채 짓기로 하면

별의 나라 바라볼
창
꽃나무 심어 가꿀
뜰

있으면 좋고
없어도 좋고

네 눈 속에 빛나는
사랑만 있다면

둘이 손잡고 들어앉을
가슴만 있다면.

도시의 봄

빌딩의 숲에서
아코디언 소리가 울린다

햇살이 사방팔방
노크를 해댔다
찬란한 햇빛이
나비가 되어
별이 되어
공작이 되어
의상 쇼를 벌인다

빌딩의 숲에서
아코디언 소리가 울린다

바람 속에
침묵의 계절은 파계를 하고

장밋빛 젊음도 일제히 탈출
도시의 봄은 성급한 합창이 되어
이마를 친다.

달빛 아래

달빛이 있는 동안
나는 불을 켜지 않으리

모든 날카로움을 포용하는
저 회유(懷柔)를 거역 않으리

은은한
달빛 아래

어느 집에선가 아기 보채는 소리
사랑하는 이들의
도란거리는 소리

달빛이
있는 동안

나는 불을 켜지 않으리
불을 낳는
불의 어미가 되리.

풀꽃 하나

가슴에
풀꽃 하나 피우고
아침이 오고 있다

오만한 밤이여
안녕히
밤의 안식을 할퀴던
번민도 안녕히

이제 우리는
이야기할 수 있다
쓸쓸한 어휘는
강물에 흘리자
맑은 바람에
손을 씻자

이제야 보이는,
네 눈 속에 피어 있는
풀꽃 하나.

뚝섬 가는 길

버드나무 줄지어 선
거리

바람을 벗 삼아
휘늘어진 가지가
물결친다

부드러움의 혼선과
공장에서 뿜어내는 매연
자동차 홍수의 소음에
누군가가 정신착란증을 일으키는 시각

지상에서 가장
산문적(散文的)인 이 고장에서
우아하게 여유 있게
시적(詩的) 생명력을 뿜어내는
버드나무들

그 그늘 아래
내가 가고 있다.

갈림길

우리는 왜 모두
갈림길에 서 있을까

떨어져 누운 낙엽
서걱이는 날들을
밟으면서

사랑하는 사람들은
오늘을 기념하지만

날아간 낙엽은
돌아오지 않는다

갈 길은 멀고
할 일은 남아 있다
오늘 헤어짐은 아프구나

우리는 왜 모두
갈림길에 서 있을까
그러길 원치 않으면서도.

촛불 밑에

사람들은 지난날을 이야기한다
그때는 좋았노라
그를 사랑했노라고

그러나 나는 오늘
성에 낀 유리창에 새겨진 언어를
그 차디찬 아픔을 생각한다

나는 아직도 일 년 내 감기를 앓고
고드름으로 매달린 회의(懷疑)를
칼날처럼 세우고

어둠 속
촛불 밑에
밤새워 글을 쓰고 글을 읽는다

이 아픔 이 회의
햇살에 녹아
빛나는 진주로 엮어질 때까지.

이 성숙의 계절에

무게로도
향기로도
더이상 버틸 수 없다

이 성숙의 계절에
우리는 모두 벼랑 끝에 서 있다

완성의 기쁨
고요함 그리고 현란함

무르익은 과실은
떨고 있다
온몸 내던질 시간
알고 있기에.

뉘 알리

소리 없이 흐르는
이 깊은 강

속의 속
가라앉은
앙금을

뉘 알리
뉘라서 알리

얼기설기
엮어 내린
세월의 빛살.

인간은 위대하다
— 88 서울올림픽 송시

인간은 위대하다
모든 것을 극복한다

동서남북
벽을 넘어서
먼 바람 몰고 온
높고 높은 뜻이 모여
새롭게 빛나는 세계 열었다

성스러운 불
지구는 하나

손에 손을 잡고
이어가자 더 크게 둥글게 이어가자
그리고 하나의 큰 가슴으로 노래하자

전쟁도 중단하는 인류의 축제
대지의 침묵에
끝없이 도전하는 바다처럼
끊겼던 다리 모두 이어
오직 한 마음으로

더 빨리

더 높게
더 힘차게

화합하는 마음과
전진하는 기상으로
최선 다하는 인간의 아름다움

크고 작은 나라
한데 어울려
우리는 해냈다
우리는 보았다
저 하늘로 솟구치는
인간의 힘을

같이 기억되리라 1988년
제24회 역사적인 서울올림픽
새롭게 열린
빛나는 큰 세계를.

겨레의 빛을 지키며

— 한글학회 80돌 축시

목숨보다도 중하게
아껴 가꿔왔노라
목숨보다도 질기게
기어코 버텨왔노라

우리 땅 흙내 묻은
겨레의 얼
겨레의 빛을 지키며

자랑스럽게 키워왔노라

우리말 우리글
의연히 받들어온
한글학회

세월의 무늬
아프게 깊게
어느덧 여든을 새겨놓으니

이제 맑은 바람 속
푸른 옥 굴리는 소리
빛의 흐름도 순조로워라

목숨보다도 중하게

목숨보다도 질기게
우리 다 함께
길이 길이 가꿔가야 할
우리말 우리글.

제5시집 숲이 이야기를 시작하는 이 시각에

우리 영원한 아침이 있는 곳에

— 서울대학교 동창회보 1백 호 기념 축시

날마다 새로운 아침이 열리듯
해마다 쌓여가는
진실의 언어들

그 꿈
그 보람
우리 모두 가슴에
큰 의기(義氣) 안고

남모를 벽돌 쌓기
긍지가 빛을 발한다

14만 서울대 동문들이여
빛나는 별들이여

지난날 젊음을 불태운 그 언덕에서
그토록 명민하고 담대했어라
그토록 예지의 눈 맑게 떴어라

세계는 무한히 넓고
나라 위해 할 일이 기다리고 있다
뜻을 세워 힘써 개척해가는 길
서로가 힘이 되는
참여와 협력

영광의 날들을 키워가자

정녕 관악산 정기(精氣) 뿜어
마음껏 펼쳐갈
큰 하늘 있으라
우리들의 영원한
아침이 있는 곳에.

꺼지지 않는 불덩이로

— 영운(嶺雲) 모윤숙(毛允淑) 선생님

그리도 컸던 그 꿈
아득히 뻗어가
구름으로 엉겨 피었습니다

빈 들판에
꿈나무 심느라
치마폭 날리며 달려가시다가
걸림돌에 쓰러져
울기도 많이 하셨다더니

깨우침이 앞서면
아픔도 큰 법
누구라 그 뜻 깊이를 다 재오리

남달리 힘 있던 그 목소리 뒤에
열정의 시심(詩心)
고독한 영혼의 여든 평생

꺼지지 않는 불덩이 안고
용광로 불태우셨습니다
조국을 위해
사랑을 위해
"빛나는 지역" 불 밝히셨습니다

이제 아카시 향기 번지는 6월이면
우리는 다시금
"국군은 죽어서 말한다" 읊조리다가
저 너머 산 위에 흐르는
눈부신 구름
영운(嶺雲)을 바라볼 것입니다.

물 없는 연못에 물길 대듯

— 양헌(養軒) 조재호(曺在浩) 선생님

큰 산은 그늘이 깊습니다
우거진 숲에
초목과 온갖 새 생명이 더욱 번창하듯이
일하며 배우라 지성으로 살라시던
큰 스승 가르치심에
우리들 매사에
준열하게 힘써가는 인간 되었습니다

저 깊이 모를 하늘의 별들처럼
가슴에 차오르는 가르치심을
보물로 안고 사는 우리들
스승님 떠나가심 아쉬워하며
오늘 이 자리에 모였습니다

일찍이 교육에 뜻을 두시어
평생을 이 나라 일꾼 인재를 키우시고
은퇴 후 여생도 교육에만 마음을 쓰셨으니
새벽이면 소리 없이 빛이 번져가듯이
한평생 펼치신 뜻 밝아오는 날로 살아 있습니다

물 없는 연못에 물길 대듯
나라가 어려운 때일수록
잘사는 민족 되려면

자라는 어린이 잘 길러
새 세상의 주인 되게 하는 일이라시며
우리가 한번 나서 남기고 가는 건
어린이와 문화유산이라며
색동회 동인으로 그 꿈 새겨오시니
호랑이 별명 속에 속 깊은 뜻 너그러운 미소
우리들 언제까지나 잊지 않을 것입니다

사람과 사람이 믿음으로 얽히는 아름다움
눈부시게 흐르는 강물처럼
그 크신 가르치심
우리들 마음으로 이어가렵니다.

제6시집

서울의 새벽

서울의 새벽

— 역사의 숨결 1

1

이 새벽
이끼 낀 낡은 지붕이
푸르른 빛을 내뿜고 있다

용의 비늘이 일어선다
잠자던 산과 들
눈을 뜨게 하고
굳어진 흙 일구어
새 기운을 북돋는다

빛살은 도전이다
새벽은 밝음을 끌어오고
밤사이 고여 넘치는
샘물을 마시러
살아 있는 발걸음들이 바빠진다

이 땅 한가운데
큰 뜻 어린 곳
서울은 깊은 숨을 쉬고 있다

2

유연한 남산

유장한 한강
역사의 끊임없는 소용돌이 속에서
다지고 다져
이렇듯 다시 일어서기까지
참 많은 이야기가 꿈틀거린다

남산의 소나무에
삼각산 이맛전에
상투 튼 지아비의 늘어진 갓끈
지어미 앞치마 자락
눈꼬리 짓무른 이야기도 살아남아
굽이굽이 한강으로 넘쳐나더니

비바람 거세어도 끄떡없는
저 속 깊은 인왕산 바위
이 세상 어느 길로도
뚫고 들어갈 수 없었던
무거운 침묵의 바위

그 너머로 은은히
새벽 어스름을 가르고
다가오누나 새날이
솟구치는 분수처럼
부챗살로 피어가는
안개 속 햇살이
눈부시다

3
역사의 수레바퀴가
진흙을 묻힌 채
화석이 되어
박물관 진열장 안에 있다

돌아보면 육백 년 전
조선왕조 도읍 이곳에 정하고
힘차게 기둥 박던
의지의 시간이 일어선다

이태조의 청청한 눈빛
곳곳에 박혀
처마 끝 치솟은 흐름에
한민족 높은 품성
맥을 이루었나니

인간 세상의 노래와
꿈의 비단을 풀어놓은 곳
아침이 되면 이슬이
흔적도 없이 사라지지만
저 유려한 기왓골에 박혀 있는
눈빛은
결코 사라지지 않으리

오천 년의 바람 속에
슬기로운 세상인심

그 많던 고통의 신음 소리
그 많던 기쁨의 언저리에서
새 목숨은 태어나고
또 이어져가며

서울은 사대문을 활짝 열고
사람들을 안아들인다
흰 옷 입은 백성은
마음도 맑아
남의 아픔
내 아픔
함께 다스려가며 웃고 울면서
골목마다 정이 넘치네

4
지금 서울은 천만 개의 파도가
파도치는 바다
세계의 밀물과 썰물
모든 인간 고락
굽이치는 바다
어느 깊이로 다 잴 수 있으랴
그윽한 풍경 소리
가슴을 치듯
서울의 바다는 끝없는 파도의 몸짓으로
여운을 남긴다

5
한 나라가 신음하고
심장에 칼을 대는 아픔도 겪었다
숨 가쁜 비만증에 허리가 아프지만
거리는 또다시 젊은이들 넘치고
삶의 뜨거운 물결 시장 풍경

아스팔트를 비집고 자라난
나무와 풀도 꽃을 피웠다
거친 바람 자동차 홍수 어깨너머로
치솟은 빌딩의 숲

무지개가 꽂힌다
날마다 다시 일어서는
서울의 하늘은
이제 더 푸르고
더 부드러운 바람
밀물져야 하리

빛나는 세월의
챙 넓은 모자로
영화와 오욕을
함께 지켜온 서울

그러나 이제 서울은
바다의 현란함보다
더 큰 꿈의 도시

누가 뭐라 해도 힘과 의지가 넘치는
새롭게 빛나는 도시

산과 강이 어우러져
가슴을 펴고
고풍스런 숨결 위에
첨단의 열의를 심어가는 도시

빛의 언어로 엮어진 날들이
힘 있게 달려간다
세계 속의 서울은
너에게
나에게
우리 모두에게
꿈빛으로 채색된
무궁한 미래이다.

한강 흐르다

— 역사의 숨결 2

부드러운
남산 자락에
서울을 안고 도는
한강 흐르다

유순한 한민족의 동맥
의기 찬 선비의 품성
기나긴 역사의 소리를 삼키며
큰 가슴 넓은 소매
한강 흐르다

북한강
남한강
힘 있게 합쳐져
백두대간(白頭大幹)
한북정맥(漢北正脈)
한남정맥(漢南正脈)
강인한 산세에 힘입어
오늘도 속 깊이
한강 흐르다

두 팔 벌려 마음껏 커가는
우리의 서울

그 속에 여전히
어머니의 품처럼
아늑하고 정겨운 삶의 터전
예의와 법도를 지키며
심장은 뛰고
시정(詩情) 넘치는 백의민족
미소가 밀물진다

어제도
오늘도
내일도
유유히 흐르는 한강
화해와 긍지의 몸짓으로
서울을 빛낸다.

도성(都城) 성곽 사십 리

― 역사의 숨결 3

천근만근 무거운 돌
산으로 올라가고
돌로 울타리 쌓고
돌로 백성들 지키고

서울을 둘러싼
북악산 인왕산 남산 낙산
사산(四山)의 산마루로
백성들 땀이 모여
사십 리 성곽이 이어졌네

태조 5년 농한기 찾아
아흔여드레 동안
20만 명 장정이 번갈아 참여
한성 도읍 지키는 성곽 쌓았네

태조 이르기를
'성곽은 나라의 울타리이니
포악함을 막고
백성을 보호하는 터전이니라'

행여 외세 침입 있을세라
밤이면 사대문 굳게 잠그고

나라의 안위를 불 밝혀 지켰네

눈이 내리면
산마루에 이어진 눈길도 사십 리
그 가슴께 푸근히 잠든
백성들을 보노니
도성 성곽 사십 리는
나라의 울타리이니.

경복궁

— 역사의 숨결 4

아름다운 경복궁 뜰에
한 나라 꿈이 펼쳐질 때
경사로워라
마흔아홉 번 종이 울리고
광화문은 활짝 열려
조선조 문무백관
조복(朝服) 갖추고 들어섰다

나라의 조정이
기품 있게 자리 잡고
백성들은 어디서나
제 몫을 하고 있다

경복궁은 서울의 심장
심장은 힘 있게 뛰어야 하나니
어느 시간엔들 눈 감을까
어느 시대엔들 잠 잘손가

질곡으로 심장이 아플지라도
위풍당당 어깨를 펴고
심장은 힘 있게 뛰었다

힘 있게 광화문이 열렸다

숭례문(崇禮門 · 南大門)

— 역사의 숨결 5

예를 숭상하는
어진 백성들 모여 사는 곳
그곳으로 들어서는
남대문 국보 제1호

인구 10만인 한성 도읍 때나
인구 1천 2백만인 오늘의 서울이나
숭례문 기품에 변함 있으랴

백의민족 순후한 품성
예를 알고 배움을 즐기던
선비의 눈빛에 의기 넘침은
시대가 달라도 여전하여라

서울 사대문 남녘을 지키던
서울의 관문 의젓하여라.

흥인문(興仁之門 · 東大門)

— 역사의 숨결 6

한쪽 어깨가
기우뚱
그것이 운명이었다

궁궐 쪽으로 고개 숙여
경의를 표하고
동쪽 하늘로
어둑새벽을
연다

살아가는 길에는
억울한 이들도 많아
기운 동대문으로
억울한 사연들이
넘나든다.

사직단(社稷壇)

— 역사의 숨결 7

사직단 위에는
경건하게 황토색 흙이 놓이고
청 백 적 흑
네 가지 빛깔의 흙이 둘러싸
오방오색(五方五色) 화사한 꽃자리

땅은 사(社)에 속하고
농사는 직(稷)에 바탕했으니
나라를 지켜주는 국토신(國土神) 사단(社壇)과
오곡신 모신 직단(稷壇) 앞에
나라의 안위와 풍년을 비는 정성
은혜로움이 사직단에 고여 번지네

농사일에는 풍년을 빌고
목마른 가뭄에는 기우제 지내고
위난 극복 천지신명께 비옵나니

나라 이끌어감에
이 모두 나라 사랑 백성 사랑
성스러이 옷깃 여며
뜨거이 손잡아줄 빛이여
힘 있게 일어서는 정신이여.

나라 사당 종묘(宗廟)

— 역사의 숨결 8

고요한 밤으로 이어져
일렁이는 역사의 물결
용상(龍上) 군주의 옷자락
어둠 뒤에 접혀 있네

태조에서 영친왕까지
본당의 열아홉 실
조선조 역대 공적 큰 임금들 신주(神主)
왕비와 함께,
그 한 빛 비껴선 영녕전에는
선대와 후대
신주들 모셔져

밤이면 이곳에는 은은히
어둠 가르고 울리는 소리
'이 나라 천년 사직 잘 이어가는가'
'이 나라 세월의 탑 잘 다져가는가'

바람 부는 날이면
예복 갖춘 백관들
보태화악(保太和樂)

보태화춤(保太和舞)

팔일무(八佾舞)
풍등악(豊쯮樂) 울리고

축문 읽는 제관의 나직한 목소리
바람 재우려 울리네
바람 재우려 울리네.

수표교(水標橋)

— 역사의 숨결 9

침묵의 돌다리에
달빛이 내려
정교한 돌을무늬
한결 곱구나

청계천 물 맑던 시절
안존하고 아름답던
서울의 다리

한 해를 무고하게 해달라고
정월 대보름 아녀자들까지도
달빛 쏟아지는 수표교 밟던 사람들
지금은 그 그림자 모두 잠들고

오늘은 돌다리만 달빛에 젖어 있네
잊혀진 세월 속에.

인경 종(普信閣)

― 역사의 숨결 10

종을 만든 그 손
종을 치는 그 손
위대하여라 사면 사십 리
은은히 울려 퍼지는
종소리
맑게 멀리 속 깊은 그 울림

청동 4만 근의 거대한 인경 종이
조선조 도읍지에
새 기운 북돋았네

파루종(罷漏鍾) 새벽 알려
부지런한 백성들 일하기 시작하고
인정 종(人定鍾)은 밤 깊어
제 집 들기 채근했네

태조 7년 4월 4일
딩 딩 진중한 첫 종소리
가슴에 젖어들고
세종 우람한 종루 지어
태평성대 문화의 꽃

바야흐로 백성들 흥겨워할 제

임진왜란 불바다 이게 웬일
일제 침략 종루 차압 이게 웬일
종소리는 간데없고
빈 터만 남았어라

그러나 이 민족 기운은 무진하여라
8·15광복으로 다시 살아나
딩 딩 자주독립 외치는 소리
딩 딩 힘 있게 일어서는 소리

그 속 깊은 울림은
한결같아라
그 속 깊은 정신은
무궁하여라.

서울 소묘

— 역사의 숨결 11

1. 까치 · 서울의 새

솔잎 향기 묻은
남산의 까치야
새벽잠 깨우러
날아온 새야

오늘은 무슨 소식 안고 왔는지
오늘은 기쁜 소식 또 무언지

솔잎 향기 묻은
서울의 까치야
반가운 님 맞으라고
날아온 새야.

2. 개나리 · 서울의 꽃

작은 노래 모여
큰 합창 울리듯
무리져 피어 있는
노랑 노랑 개나리
꿈빛 꽃덤불

소박한 눈으로

세상을 보고
아름답게 즐겁게 노래하네
노랑 노랑 진노랑
서울의 꽃.

3. 은행나무 · 서울의 나무

약속의 땅에
거대한 황촉(黃燭)으로 꽂혀서
불을 토하고 선 나무

가는 가을의
마지막 증언이듯
허전한 가슴마다에
황금빛 낙엽을
안겨준다

노을을 등지고
영광의 잎잎은
순교자의 눈으로 빛나고 있다

한 잎 주워 입술에 대면
맑은 손끝에서
내 시력이 회복된다.

4. 북악산아 남산아

눈썹 맑은 북악산을

가슴 뜨거운 남산이
마주하고 있다

한 나라의 심장부에
속 깊은 바다가 펼쳐지고
햇살이 부서지는
바다가 출렁이고

북악산아 남산아
마주 보는 눈길이 그윽하구나

그대들 꿈은
어느 높이로 자라가고 있는가

시를 읊으면서
바둑을 두면서
함께 서울을 지키며.

5. 내 고향 서울

서울에는 흙냄새가 없다지만
내 마음속 고향에는
훈훈한 흙냄새 살아 있네

서울에는 정다운 이웃이 없다지만
우리 동네 인정은
산뜻한 인사 살아 있네

사람 사는 어디나
마음 붙이면 고향
서울에서 태어난 이나
타지에서 서울로 온 이나
힘껏 삶을 일구고 펼쳐가니
서울이 고향이 되었네

서울에는 세상살이 폭넓게 출렁여
마음껏 커가는
꿈이 있네.

6. 덕수궁 돌담길

이 가을
황금빛 호사스런 은행잎이
덕수궁 돌담길에 마음껏 깔려 있다
낙엽 밟는 이에게
감겨드는 꿈빛

서울의 번화함이
저만치 밀려가고
낭만과 그리움만 어린 곳

함께 걸어도 좋고
혼자 걸어도 좋고
정겨운 가슴 하나 가득
그리운 눈길 너머 아련

덕수궁의 가을이
돌담길 그늘에
고요히 차오른다.

7. 창경궁의 웨딩드레스

시민의 공원이 된
창경궁 잔디밭에
흰 웨딩드레스의 신부와 신랑
여기저기
수많은 백조처럼 앉아 있네
한 폭의 그림 되어
비디오 촬영으로
영원을 약속하네

한 시대는
일제의 잔혹한 동물원이 되어
가슴 아픈 모멸감에 젖어 있던 창경궁
이제 사슬 풀고
옛 궁궐 품위를 되찾고
궁궐은 신랑 신부 촬영장이 되어
신세대 물결이
밀물지고 있네.

8. 도시의 사과나무

누가 심었을까
서울 시청 앞 분수대 둘레에

사과나무 몇 그루

이 가을 바람 속에
열매가 매달려
차가운 질문처럼 익어가고 있다

매연과 경적
홍수 이룬 자동차 행렬
그 속에서 외친다
'기형아는 안 돼
향기로운 사과를 낳겠어'

도시의 사과나무는
지금 필사적이다.

9. 지하철

서울은 지금 홍역을 앓고 있다
곳곳에 파헤친 지하철 공사
우르릉 우르릉 달리는 지하철

아린 상처에 메스를 대고
잠든 땅에 괭이를 박는다
상냥한 귤 껍질이 벗겨져 나가듯
아침은 부드럽게
낡은 옷을 벗었다

결별의 손수건은 차바퀴에 찢기우고
피곤한 하루가 쓰러지면
지하도 층계로
끝없이 내려간다

지하철은 숨겨둔 연인
도시의 혼돈을 삼켜버린다.

10. 서울의 뒷골목

역사의 물결은
큰 강 뒤에
무수한 작은 샛강 흐름이 있다

끝없이 솟구쳐 오르는
서울 서울 서울의 모습
그 비대한 등 뒤로
작은 목소리들이 옹숭거린다

뒷골목에 번진
이 비릿한 냄새
한여름 장마 끝에나
깨끗이 씻겨 나갈까

그러나 해는
뒤안길에도 넉넉한 빛을 주어
도시는 구김살 없이

활기에 넘쳐 있다

아우성
눈물
눈물 뒤의 미소

사람들은 어제를 딛고 일어나
내일을 향해 문을 나서고
사람들은 저마다
자신의 세계를 열어간다

미래는 크게 자라는 이의 것
오늘 빌딩 그늘에 태어난 아기도
지켜봐주자 정겨운 눈으로

그 인생 크게 뻗어가도록
서울의 뒷골목에도
환하게 아침이 열리도록.

11. 향나무 한 그루

덕수궁 석조전 아래
향나무 한 그루
흔연히 서 있는
동양의 예지를 보다

삼백 년 나이테를

안으로 감추오고
비바람 찬 세월에
결이 엉긴 살갗이며
죽어서나 남길 향
가슴 깊이
묻어두고

오늘도 비 오는 고궁에
말없이 뿌리를
적시고 있다.

12. 횃불

시청 앞 광장에 노는
비둘기 무리는
시간이 흘리고 간
정오의 묵시(黙示)를 씹는다

어깨를 추스르며
달려가는
무수한 낙서

범람하는 차륜 사이를
누비며
오늘의 신화는 이제
꿈틀거리는 밤을
기다리지 않는다

웅성대는
도시의
한낮의 횃불은

일제히 머리를 들고
무리져 날아가는
저
비둘기 발목에
빨갛게 점화되었다.

제7시집

우수(憂愁)의 바람

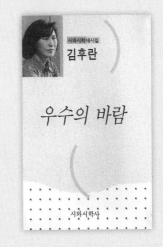

바람 부는 날

바람 부는 날
창밖으로 흘러가는 꽃송이들이
나를 끌어간다

잠이 꿈을 주듯이
잠든 나무들도 나를 따라나선다

모든 것이 바람 따라 흘러가고
지상에는 잠 깬 뒤척임
집집마다 창이 열린다

의식의 밑바닥에서
어제 불던 바람과 내일 부는 바람이
고리를 엮는다

꽃이 지고 나면
무에 남는가 묻지 말자

어딘가에 뿌리 내린
목숨
꿈을 꾸는 그때에.

어둠은 별들의 빛남을 위하여

어둠은 별들의 빛남을 위하여
더욱 짙은 어둠으로 침묵한다

밤은 어디로부터 와서
어느 깊이로 잠드는가

별빛 눈부신 밤
흐르는 것의 멈춤이 있음을 생각하며

별빛 몸짓 사이로
깊이 모를 꿈을 가늠해본다

오늘은 나도 누군가를 위하여
끝없이 먹빛으로 잠기고 싶다.

잠 자던 바다가 깨어 일어나

잠 자던 바다가
깨어 일어나
방 안으로 파도쳐 오는
새벽

미동도 않더니만
소리 없이 풍화하는 바위처럼
언젠가는 바스러질 몸
파도에 휩쓸려
부서지고 싶다

열어놓은 창으로 밀려드는
싸늘한 공기
맑게 살아 있음
그런 때.

새 생명

생이 지루할 때쯤
새 생명 태어나 웃음꽃 피듯

저 나뭇가지에
연초록빛 잎사귀들
눈빛을 바꾸노니

살아가는 재미는
이어짐에 있구나

천 근 무게로도
폭풍 속 바다에 떠가는 배처럼
보이지 않는 손
받쳐주는 힘.

마른 꽃

마른 가지 끝에
마른 꽃이 눈감고 있네

바람에 물기 다 날리고
바람에 꽃빛 다 날리고

입술이 무거워
하고픈 말
다 못한 아쉬움
가슴에 접어두고

지금은
사릉 사릉 풍경(風磬) 소리뿐.

상처

어제는 많은 걸 잃었네
폭풍으로 다 잃었네

떠나감 속에도
나를 잡고 놓지 않는
쓸쓸한 친구의 말 몇 마디
지울 수 없는
몇 개의 이름과
눈감을 때까지
잊지 못할 뜨거운 인연들이
목이 메는 추억이 되었네

비 개어 햇살 눈부신 날
부드러운 바람이 흐르는
이 시간에

차가이 돌아섰던
매운 눈길만큼
가슴 아픈 이별의
상처가 너무 깊네.

불어라 바람아

어디론가 떠나고 싶은
날들이 있다

미움이 앙금 되어
가슴을 짓누르는 걸

하늘이 무서워
울지도 못하네

바람 드센 날
머리채 뒤흔드는
버드나무처럼

다 흩어져버리게
불어라 바람아
더 불어라.

가난한 이여

가난한 이여
손이 비어 있음을 슬퍼하기보다
마음이 가난함을 슬퍼하라

장미꽃을 보고도
아름다움을 느끼지 못하는
그 무디어짐을 통한하라

바람 불 때면
미래의 나무 그늘에
그대여 멈춰 서서
마음이 가득한
시간 되거라.

나도 바다새가 된다면

물보라 위로
일제히 날아오르는 새 떼

창공에 찬란하게
물방울 퉁기는 날갯짓
시간이 깃털 속에 숨는다

날면서 잠자는 새가 있듯이
눈 감고 거친 세파
건널 수 있다면

나도
바다새가 된다면.

환상의 길

여정을 끝내면
어디로 가야 하나

방황의 끝에
어디를 향하나

어딘가에 서 있을
나 아닌 나를
그려본다

끝남이 있는 곳에
환상의 길이
보인다.

말 없는 돌 하나에도

저 그늘 짙은 숲에
흔들리는 몸짓들이 보인다

잘 자란 나무들
들짐승
날짐승
말 없는 돌 하나에도
저마다의 빛깔과 외침이 있다

그러나 어리석은 길손이
풀뿌리를 뽑아 던진다
인간의 삶을
그려 넣기 위하여.

쓸쓸한 떠나감

쓸쓸한 떠나감뿐이구나

힘겹게 살아온 생
낙엽 한 장 땅에 눕듯
맥없이 눈감고

비 내리는 황천길
추적추적 몸 적시며
떠나가누나

호상인들 다르랴
가고 아니 오는
쓸쓸한 떠나감.

산허리 깊은 계곡

산허리 깊은 계곡
잠자는 돌처럼
침묵 속에 잠긴다

이끼 낀
세월이 쌓이고
그림자가 눕는다

그러나 무명(無明)을 깨려는 이여
흐르는 물
건너가는 이여

새벽바람이
달려오고 있구나
깊은 잠 흔들어 깨우는
번뇌의 파도 자락.

나무 그늘에서 잠을 잔 새들은

나무 그늘에서
잠을 잔 새들은
나뭇잎 향기로 젖어 있다

이름 모를 새들
깃 펴는 소리에
내 어둠도 눈을 뜬다

새벽빛이 방 안으로
밀려 들어와
나를 일으킨다

일어나는 아침마다
번득이는 모든 게 달라지건만
오늘도 변하지 않고 젖어드는
저 맑은 새소리.

차를 마시며

아침
벽이 없는 집에서 나와
방향 표지 없는
길을 따라
어느 시대인지 가고 있었다

누구인지 모를 뒷모습에 이끌려
뜨거운 가슴 하나로
걷고 또 걸었다
바람 휘몰아치는 언덕에서
먼 미래를 꿈꾸었다

사과나무였을까
그 그늘에서
우리는 차를 마시며
비로소 마주 보았다
세월이 그려준
두 얼굴.

장마철 날씨처럼

어제는 쾌청
오늘은 흐리고 한때 비

장마철 날씨처럼
오락가락
이 마음 갈피 못 잡네

반석 같던 인심도
한여름 자갈밭 되어
뜨겁게 달아올라
발밑을 태우네

오늘은 흐림, 눈물 같은 날들의
내일은 비, 그리고 갠 하늘 뒤에 숨은
고통의 폭풍 주의보.

고독한 이의 비밀

정작 고독한 사람은
울지 않는다
비명을 지르지 않는다

한낮을
힘껏 소리치는
저 매미 소리에도
무심한 듯

고요히
오직 고요히

어느 쪽을 향해 좌선을 하는지
그건 고독한 이의
비밀이다.

흐름을 멈춘 강은

흐름을 멈춘 강은
강이 아니다

밤새 울부짖던
저 천둥 번개도
끝내 뛰어내려 부서지듯이

마르지 않는 강으로
우리 함께 흘러갈 수 없다면
차라리 목이 메는
빈 강바닥으로 남아

바람 속에 씻기는
아픔으로 가리라
바람 속에 헤매는
추억으로 가리라.

멀지도 않은 길

멀지도 않은 길
노을빛 따라
먼 먼 길처럼 가면서

가슴이 무거워
살풀이가 필요할 때에는
품었던 칼
벼랑 끝 파도 속에 던지고
우리 용서하며 가기로 하자

쓸쓸한 임종의 행려병자처럼
혼자 돌아눕는 일
없도록 하자

차가운 가을비
푸른 종소리.

언젠가는 바람이 되어

누가 잃어버렸나
풀밭에 뒹구는 모자 하나

바람의 장난일까
해묵은 세월을 담고
이리저리 헤매고 있네

잠자던 잎이 눈뜨는
이 화사한 봄빛 속에
잊혀진 이름들이 일어선다

그래, 사람들은
아끼던 모든 것을 두고 가지만

언젠가는 바람이 되어
그리운 가슴에
실려 온다.

이른 봄날

안개 풀리는
산허리

뒤척이며
흐르는 강물

강가에서 노니는
햇살 그리고 아이들

하얀 빨래
헹구고 또 헹구며

봄노래 맴도는
여인 고운 입매.

바람 엽서

바람 부는 오늘은
스카프 목에 두르고
꿈빛 설레는
거리를 걷자

예서 제서
화사한 꽃
스카프 휘날리며
봄이 눈뜬 거리에서
바람 엽서
주고받자.

시를 사랑하듯이 인생을 사랑해야지

시를 사랑하는 마음으로
인생을 사랑해야지

소낙비 지나간 뒤
현란한 무지개
공해 덮인 서울 하늘에
꿈처럼 걸린 날

사람들은 오랜만에
비 갠 하늘을 올려다보았다
아, 눈부신 시간

늪을 지나 언덕 위
풀밭에 쉬면서
그래, 시를 사랑하듯이
인생을 사랑해야지.

돌의 무게

돌 하나의 무게가
세상을 누르고
돌 하나의 무게가
나를 누른다
저 하늘에 떠 있는
엄청난 크기의 별보다
이 세상 작은 돌 하나의
매운 매를 앓는다
보이지 않는 바람이
나무를 쓰러뜨리고
바위 산에 꽃송이 피워내는
그 큰 힘이 두렵듯이
가슴 짓누르는 아픔이
내 눈을 멀게 한다.

산의 높이는

산의 높이는
마음 따라 높낮이가 달라지는가
어느 날의 목소리가
빛깔과 울림이 달라지듯이

오늘
저 산은
너무 높아라

사람들은 모두 어디로 갔나
흐름은 있으나
실체가 없고
바람 거센 이 시간
저 산 뒤로 사라지는 건 무언가

밤낮으로 소리 없이
부서지는 바위처럼.

영원한 바다여 아침 바다여

영원한 바다여 아침 바다여
거인의 잔등에
햇빛은 쏟아지고
천년의 잠을 깨우려
바람은 밀려오고
붕괴되는 시간 위에
바다는 언제까지나 푸르기만 하구나

은빛 늪이여
침묵의 노래여
바다는 정녕 옛스러운 오늘이며
오늘을 삼키는 미래인가

바다는 젊음이다
거듭 일어서면서
흰 이빨로 허공을 찢으면서
처녀의 볼과 노을의 깊은 눈을
함께 지니고
저 무한 공간으로 뻗치는 두 팔

출렁이는 가슴에
그물을 던지는 태양
푸른 물결

깊은 골을 헤치고
아침마다 날아오르는 새떼

바다여 생명의 모태여
새벽 햇살이 첫 삽을 대는 때
바다의 거품에서
바다의 혼과
팽창하는 꿈을 안고 태어난 목숨

나는 바다의 심장을 가지고
영원하리라
영원하리라.

겨울맞이

안개는 빠르게 달려가고 있었다
겨울을 예감한
벌레들의 몸거둠이 시작되고 있었다
어느 집 처마 밑에
혹은 나무줄기에

불타는 단풍 숲
낙엽이 죽음에 순응할 때
겨울은 조용히 고개를 든다

바람도 어느덧
거친 눈빛이 된다

모두 갈 곳을 찾아가는 시간
사람들은 제 집보다 큰
자연의 품에서
살아가는 지혜를 배운다
떠나가는 자세를 배운다.

비가 오는 하늘을

나이가 비로소
비가 오는 하늘을
보게 한다

빗물이 고여 끝없이 쏟아지는
저 깊이 모를 하늘을 생각케 한다

어려서는 강물 한 끝이
용꼬리처럼 하늘로 치달아 올라
다시 폭포처럼 쏟아지는 줄 알았다
그래서 비에 젖은 강을
지켜보곤 하였다

젊을 때는 왜 비 오는 거리를
움츠리고 뛰었던 걸까

이제 나는 비가 오는 하늘을
올려다보고 있다
가슴에 차오르는
바다를 안는다.

풀잎에 맺힌 이슬

그윽히 내뿜는
향기 그리고 빛

바람은 풀잎을 눕히고
소리 없이 일어서는 풀잎

의기찬 몸짓으로
풀빛 그림을 그린다

그러나 다 그릴 수 없는
이 세상 이야기에

병든 이 괴로운 이
슬픈 이들 말없이 눈물짓듯

풀잎에 맺힌 이슬로
하늘에 공양한다.

어느 여름날

은혜로움 가득한
첫여름 새벽

눈뜨는 것 모두가
부드러운 눈길이네

이승과 저승이
한 잎 물 위에 뜬
연잎처럼 가까운데

물 위에 펼쳐진
저 하늘만큼
큰 가슴이기를 빌며

고요히 눈 감고
고단한 삶의 언덕을 보네

비틀거림 없이
물밑도 보고 싶네.

너의 빛이 되고 싶다

빛나는 게 어디 햇살뿐이랴

침묵의 얼음 밑에 흐르는 물
저 벗은 나무에도
노래가 꿈틀거리듯

보이지 않는 곳 어디에서나
생명은 모두
제 몫의 아름다움으로 빛난다

빛나는 건 어딘가로 번져가는 것
무지개 환상 펼쳐가는 것

어둔 마음 열어주려
가슴에 흰 깃 눈부시게 날아든
까치처럼

나도 기쁜 소식 전해주는
너의 빛이 되고 싶다
이 아침에.

자모송(慈母頌)

온종일
비 내리는
아득한 들을 지나
젖은 손 겨운 짐을
홀로 감당하시었다

이 비 그치면
광화(光華) 있음 믿으시며

굳은 절개 겸허한 자세로
자손을 감싸시고
큰 가슴 넓은 소매
깊은 사랑
펴시다.

세월

내 아들이
한 여자 만나
날아갈 듯 화사한 딸 하나
바위처럼 듬직한 아들 하나
비단폭 끌어당겨
세상을 꾸미고

우리 부부
그 등 뒤에서
산 그림자 되어 걸어간다

또 하나의 아들이
또 한 여자 만나
인형같이 예쁜 딸 잘생긴 아들
안고 오고
우리 부부는
더 짙은 산 그림자 속으로
걸어간다

가면서 시간이 있으니
단성사로 〈서편제〉나 보러 가자고
커피 맛있는 찻집에도
들려 가자고…….

레이스 장갑

세월을 타는 손
문득 떠오르는 레이스 장갑

그해 여름 청미 일동
박화성 선생님 찾아뵈었을 때

칼칼한
세모시 한복 차림
그 치마폭 위에 놓인
흰 레이스 장갑 낀 손

"손이 미워져서……"
곱게 미소 짓던
그 정갈하심
그 정중하심
후진들 앞에서
끝내 아름답던 노경의 작가

어느새 나도 레이스 장갑이 아쉽다
마음은 젊기만 한데.

바람은 살아 있다

안개꽃이 하르르 떨릴 때
우람한 나무
그 많은 나뭇가지
가닥가닥 쏠리며
한곬으로 누울 때

물살이 잔주름을 지을 때
울며 몸부림치며
파도가 몰려올 때

모든 사물이
온갖 몸짓을 할 때

빛깔과 무늬를 낳는
보이지 않는 그 힘에
생의 탄력을 느낀다

바람은 살아 있다
나도 쓰러뜨린다.

바람 고리

그건 다만 흐름일 뿐
어느 기슭에 스쳐가는
노래일 뿐

떠난다는 건 슬프다
잠든 이의 평온함이
고요히 가라앉은 목소리로
허공에 사무친다

그러나 남기고 가는 것이 있다
이어짐에 얽힌 빛이
또 다른 고리가 되어
울림을 갖는다

어제와 내일을 이어주는
무한 공간의
바람 고리.

먼지처럼

먼지는 살아서 날아다닌다
어디나 앉았다가
다시 날아오른다
죽은 듯 살아 있는
먼지

나 살아 있음도
그중의 하나련만
60kg 무게로
몸보다 더 무거운
삶의 의미를 짊어지고
마음은 온 우주의 핵이 되어
더없이 소중하게
살아 있다

이 세상 무어나
그런 것이련만
가벼운 먼지처럼
살아 있건만
천근만근 무거운
삶의 의미.

떠나가는 시간

살아가는 길에
떠나감이 없다면
떠나 보내는 아쉬움이 없다면
그래, 인생은
눈부심의 순간들이지만

가슴 뜨거운 얽힘이 있어
서로를 잊지 못하네

그리운 날들
그리운 이름들
노을이 지는
아름다움처럼
눈시울이 젖으면서

먼 먼 길이
떠나가는 시간으로
이어지네.

고드름

얼어붙은 세계를
가르는
날카로움이
정적 속에 번득인다

어제 불던 바람이
창밖에 걸어놓고 간
아쉬운 이별의
흰 손수건

겨울의 창백한 미소
젖은 눈빛
차가움을 감싸는
부드러움.

불빛을 따라

고요하거라
이 밤

고요하거라
이 시간

달빛 혼자 노니는
빈 들판에

잠든 가슴 흔들어대는
저 바람 소리

나는 걸어간다
누워 있는 길을 밟듯
세월을 밟고

걸어간다 묵묵히
멀리 보이는 불빛을 따라.

이 시간

새벽의 적막함
이 시간에
잠 깨어 앉아 있는
한 사람을 위하여

들려오누나
멀리서 울려오는
깊은 종소리

은은히 떨리는 달빛 젖은 이끼
창연한 기왓골에 잔잔히 물결치고
잠든 새의 깃털
쓰다듬는 부드러움

이 지극한 아름다움에
가슴에 별 하나
심어지누나.

가짐에 대하여

나의 것
영원히라는 말의
허구를 생각한다

그토록 큰 눈을 가진
이슬도
온몸으로 보듬어 안았던
그 모든 것 버리고
흔적도 없이 스러지고

바람은 오직 바람 소리
그 누구도 껴안지 못하는
쓸쓸함뿐인걸

이슬
바람
그리고 나

만질 수 없는
우수의 날개.

너를 반기며

안개꽃
부드러운 바람
솜털 묻히고 다가온
나의 사랑아

이 세상 밝은 아침
그 조그만 발로
이 세상 험한 언덕
그 조그만 발로

그날
너의 비단 이불
은수저도
마련해놓고

유빈
정한
채빈
주한

그 조그만
발로.

저 하늘 별들은

저 하늘 별들은
빛나는 눈짓뿐
부딪침 없이
흐름만 있네

억만년 그대로인
별들의 세계
의연하게 짙푸른
우주의 질서

멀리서 별 하나가
중얼거린다
지구는 아름답다
평화롭다고

우르릉 우르릉
끝없이 부딪치며
이리 찢겨진 가슴
상처가 크건만.

고향의 쑥 냄새

쑥 두릅 냉이
순하고 부드러운
봄 냄새가
상큼하다

안개가 풀려가는
산그늘 걷듯
이런 날은
고향이 발목에 감겨든다

이 냄새
이 정취
내 몸에 배어 있는
내 나라 그리움
흙내 씻기지 않은 쑥 냄새
사랑의 굴레.

고향산

어느 날 솟아 있었다
내 안에
오래오래 잊었던 고향 산

부드러운 산허리
예리한 능선
말없이 내려다보던
그 크기가
어느덧 내 품에 안겨 있었다

풀냄새 잦은 산
먼 길 아지랑이
두렵던 그리움뿐이더니

어인 일로 이제
마음껏 품어지는
내 고향 산.

만남

언제나 이맘때쯤
멀리서 돌아오는 벗이여

보이지 않는
손짓으로
누가 부르는가
살아가는 기쁨은
만남에 있다고
소리 없이
누가 일러주던가

오늘이 흘러가
어제가 되고
내일의 아침이 오늘 위에 열리듯이
미래를 향한 떠남은
또다시
만남의 굴레가 되느니

기뻐하라
기뻐하라
작은 생명의 머나먼 만남을
작은 가슴의 넓고도 넓은
세계를.

백로를 보며

사색에 잠긴 백로
향기가 감돌다

살아가는 길목에서
암초에 부딪칠 때
문득 마음의 여유를 갖게 하는
너의 모습

높은 곳을 지향한 초연함에
정신을 맑게 하는
예지가 번득이다

천년을 하루같이
고고한 백로
속 깊은 눈으로
보고 있는 건 무언가.

저 바다

푸른 어깨 넘실거리는
저 바다

어제도 오늘도
그냥 짙푸른 눈으로
그냥 짙푸른 가슴으로

영원한 것이란
무언가

굳건히 땅 위에 서 있는 나무도
한 송이 꽃도
눈물로 지는 꽃잎이라

오늘도
바다는
그냥 푸르른데.

새날

손에서 향기가 빚어진다
귤을 벗기는 손끝에서
사방으로 번져가는 귤 향기가
햇살이 된다

사람 사는 곳에 그리운 어깨 있고
사람 사는 곳에 넉넉한 웃음 있고
사람 사는 곳에 부드러운 노래가 있고

햇살이 별이 되어
등에 가득 흐를 때
세상의 밝음과 어둠을 생각한다

떠나간 이 돌아올 것을 믿으며
가슴 뜨거운 만남을 믿으며
정답게 손잡고 일어설 것을 믿으며

새날이 새날답게
향기로 채워질 것을 기원한다
귤 향기 번지는
이 시간에.

이 눈부신 봄날에

봄이면 모든 것이
거듭나기를 기원한다

새벽녘 훈훈한 바람 속에
새롭게 일어선다

뒤척이는 몸짓으로
그리운 언어를 띄우거나
비상하는 기쁨으로
살아 있음을 노래하는

이 눈부신
눈뜸

소곤대는 풀잎처럼
솟구쳐 나르는 새떼처럼
황홀한 연출의 시작이다.

한여름

투명한 한낮
햇볕이 타오르고 있다

내 눈썹에
칼날 같은 아픔이 꽂히고
지난날의 후회가
용광로에서
뒤끓는다

모두 어딘가로 피서를 가고
남은 목숨들이 숨죽여
참선하는 시간

내 목에 감겨드는
한 자락 바람
구원의 손길.

젊음

햇빛에
바람에
비늘 돋친 온몸을 빛내면서
달린다

젊음은 의욕이다
겁 없이 후회 없이
작열하는 태양에 도전한다

저 푸른 물결 위에
바람 안고 부풀어 오른 돛폭처럼
솟구친 돛대처럼

창의와 순수
정의감과 희망

함께 쓰러지고
함께 일어나면서
힘 있게 헤쳐간다
도전의 시간.

이 가을

아람찬
열매 익어간다

우거진 숲 너머로
멀리 돌아 흐르는
강바람

울려 되울려
메아리지는
종소리

땀 흘린 어깨
잡아주는
보이지 않는 손
커다란 손

이 모두 고마운 뜻이라
가슴 뿌듯하게
열매 거둔다
겸허하게.

한가위

한가위 달이 차면
당신도 풍요로운
가을 바람

한가위 달이 뜨면
당신도 환한
대보름달

화사한 차림으로
그리운 사람
찾아가는 이 하루는

바람도 정겹고
달빛도 정겹고.

가을밤에

달 밝은 가을밤
달빛 젖은 강

바람에 떠는
옷자락

가슴 이랑 이랑에
고여 흐르는
달빛 젖은
눈길

하느님 오늘은
사랑만 하렵니다
오늘은 나직이
시만 읊으렵니다.

어둑새벽

빛을 따라 하루가 열리고
빛을 따라 생명이 꿈틀거린다

바람이 없어도
절로 출렁이는 파도처럼

저 속 깊은 바다
크나큰 가슴
저 뿌리 깊은 산
은근한 갈피갈피에

온몸 비늘 일으켜
새롭게 도전하는
파도의 눈처럼

그래, 우리도
살아 있는 기쁨을 노래하며
오늘도 어둑새벽을 나서자
힘찬 미래를
낚기 위하여.

우리글 한글

보라 우리는
우리의 넋이 담긴
도타운 글자를 가졌다

역사의 물결 위에
나의 가슴에
너는 이렇듯 살아 꿈틀거려
꺼지지 않는 불길로 살고
영원히 살아남는다
조국의 이름으로 너를 부르며
우리의 말과 생각을 적으니
우리글 한글 자랑스런 자산

너 있으므로
아버지를 아버지라 쓰고
어머니를 어머니라 쓰고
하늘과 땅과 물과 풀은
하늘과 땅과 물과 풀로
소리 나는대로 쓸 수 있으니
이 아니 좋으랴
이 아니 좋으랴

비둘기 오리 개나리 미나리

붕어 숭어 여우 호랑이
우리말로 부르고 적고 배우니
그 아니 좋으랴
그 아니 좋으랴

사랑하는 얘기도 마찬가지리
서로를 이해하고 그리워하는 정을
마주 보고 말하듯 가슴에 담긴 대로
꾸밈없이 아름다이 전하고 간직하랴

세상에서 제일 어려운 게 중국 한자
그 문자 들여다가 써왔었다

한자로 억지 표기하던
이두문자도 있었다
그러나 그 어느 것도 내 것과는 멀어라
읽고 쓰고 표현하기
정녕 힘겨웠니라

우리글 한글
백성 사랑하는 그 한마음으로
명민하신 임금 으뜸글자 창제하시니
소리글 한글 고마우셔라 세종대왕
온 백성 배움길 열어주시어
침침한 눈과 귀 안개를 거두고
바르게 쓰고 바르게 읽으며
우리의 얼을 지키고 가꾸니
의연하여라 솟구치는 힘

배움과 쓰임이
한길 사랑으로 이어져
빛나는 한글 문화의 꽃을 피운다
역사의 유장한 흐름 위에.

제1부 초장

어질고 현명한 임금 나시니

천년 이끼 낀 용마루에 걸린
오늘 저 하늘은 참으로 아름답다
흐리던 하늘 안개 걷히고
맑고 향기로운 바람이 감도누나

낮은 언덕도 들보다는 높아라
뻗어나갈 줄기 속 크고도 높은 산이야
나라에 성군 나심을
하늘의 서기(瑞氣)가 일러주고 있었다
그 이름 빛부신
세종대왕

은혜로운 새벽에
온 누리 새 옷을 갈아입으니
훈훈한 바람은 빛을 부르고
부드러운 빛살이 기왓골을 적신다

거룩한 왕업(王業)은 우뚝 솟은 산처럼
유장(悠長)한 강물처럼 깊고도 의연하여라
넉넉한 품처럼 깊고도 푸근하여라
무궁한 사랑
오 무궁한 사랑

하늘 아래 큰 집을 지었노라
면면히 이어갈 조국 땅 민족의 얼
슬기롭게 받들고 슬기롭게 이어갈
크나큰 집을 지었노라

비바람 천둥 번개
흩날리는 눈발을 가리고
만백성 덮어줄 집을 지었노라
거친 들
험한 비구름 휘몰아칠 때
어질고 영특한 임금 나시어
큰 집을 거느려
바로 세우셨도다

어지신 임금 칼을 버리고
문교(文教)를 닦고 밝히시니
궁궐과 궐 밖에 낭랑한 글 읽는 소리
시(詩)를 짓고 난(蘭)을 치고
예악(禮樂)을 즐기시어
온화한 기상에
위의(威儀)가
넘치시었다

기나긴 겨울이 가고
평화로운 인정전 뜰에 봄빛이 완연하니
뿌리 깊은 나무에 꽃과 열매가 크듯
높고 아름다운 이상(理想)의 터전에

창의(創意)와 패기가 밀물졌다

고려의 별이 지고
태조 이성계 새 나라를 세우심에
새 터전 마련에
고달파라 죄 없는 목숨 많이도 잃었어라
형제끼리 의심하고 서로를 미워하고
그래도 미심하여 칼을 들기도 하였어라
서글퍼라 사람이 사람을 두려워하는
황량한 세상이었어라

이리도 독수리도 많기만 하였다
동에는 바다 건너 왜구가 넘나들고
북에는 오랑캐 야인이 넘보나니
백성들은 고되고 군주는 괴로워라

총명한 임금
예지와 용기로 나라를 다스리고
추상 같은 결단력
무지한 이리 떼를 한칼에 물리쳤다
약탈 살인 방화로 행패 일삼던 도둑떼
왜구의 소굴 대마도를 정벌하고
파저강(婆猪江) 일대의 오랑캐 토벌하여
육진(六鎭) 설치로
대망의 국토 개척을 이룩하니
다시는 무너지지 않을
탄탄한 성곽을 쌓았노라

이태조가 뜻했던 북관 개척
세종의 대에 열매를 맺었음에
마침내 여진족을 몰아내고
북변 거친 땅에 평온의 삽을 세웠다
거센 모랫바람 살을 에는 추위 속에
결연히 진두에 선
오척 단구 김종서(金宗瑞) 장군
세종의 깊은 뜻 뼛속에 새기고
십칠 개 성상(星霜) 젊음을 바쳤다
먼 훗날 머리에 서리 얹고 돌아와
감격의 손을 잡힌 뜨거운 가슴이여

칼을 넣으니 칼집은 보물이 되었더라
지아비는 글을 읽고
지어미는 길쌈에 전념하였다
하늘과 세사(世事)는 같은 이치
아무리 작은 것도 속일 수 없나니
땅 위에서 이룸이 옳으면
하늘이 내리심도 같으니라

너른 금도(襟度)
깊은 안목
위에서 현명한 정사(政事)를 해가니
백성은 하나로 모이기 마련
덕이 쌓이고 사랑이 넘치고
하늘의 굽어보심
여기에 만 가지 꽃을 피우시다

사람이 사람답게 살아가려면
이웃의 담장을 넘지 말라
이웃에 발톱을 세우지 말라
넓고 아늑한 조선의 벌
산 깊고 물 맑은 금수강산
분수껏 가꾸고 빛을 내자
누구의 침노도 간섭도 없는
우리나라 우리 민족
정답게 가슴 펴고 살기로 하자

이제야 우리에게
진정 있어야 할 건
오로지 우리의 빛나는 얼
오로지 힘과 슬기와 의지
주인이 주인답게 살아가면서
자손만대 이어갈 문화의 꽃을 피우려
세종은 한평생 단잠을 버리셨다

어리석은 백성 일깨우고 감싸서
제발로 걸어갈 능력을 주고팠다
빌려 입은 남의 옷을 벗고
우리만의 진솔옷을 만들어 입고
주인이 주인답게
밝은 아침 떳떳이 걸어가고팠다

세종의 시대는
근대 여명이 트려는 시기

슬기로운 임금의 찬란한 치적은
역사상 가장 높은 금자탑을 세웠다

하늘의 자연법칙
과학적으로 연구하여
백성에게 낱낱이 알리었으니
이는 곧 하늘을 대신하여 만민 다스리는
책임과 사랑에서 비롯함이었다
혼천의(渾天儀) 측우기(測雨器)를 만들게 하고
서울의 삼각산 강화의 마니산 금강산 일출봉
남으로는 제주 한라산 꼭대기
골고루 높은 산에 올라
일식 월식을 관찰케도 하였다

자연의 운행 원리 바르게 알아내어
수리 사업 농서 편찬
때맞춰 농사에 힘쓰게 하고
내 고장 약재와 방문(方文)을 정리하여
누구나 손쉽게 구해 쓰게 하였다
세계 최초의 활판인쇄술, 화포의 규격화
선각(先覺)된 과학 기술
끝없이 탐구를 독려하였다

예악(禮樂)을 세우시고
편경(編磬)을 만들고
집현전에 불 밝혀 선비들을 우대하니
용비어천가(龍飛御天歌) 석보상절(釋譜詳節)

치평요람(治平要覽) 역대병요(歷代兵要)
보배로운 온갖 열매
하나같이 영롱하고 우람하여라

그중에도 가장 눈부신 업적은
위대한 한글 창제이시니
이로써 온 백성 눈뜬 참주인 되어
장엄한 새 역사의 장을 열었도다

사슬을 끊으리라
빌려 입은 옷 벗어놓고
소박하고 아리따운 우리옷 떨쳐입으니
비로소 이 땅에 문화의 꽃이 만발하였네

주저하는 이에게는 용기를 주고
거부하는 이에게는 이해를 주면서
다 함께 새 사람 새 주인 되어
힘 있게 걸어가기 시작하였다

나랏님 높으신 뜻 다 어이 펴실리야
어딘가에 두고 온 꿈 다 어이 거둘리야
별보다도 높아라
별보다도 많아라
바위 위에 꽃을 피우신
그 뜨거운 손으로
그 넓으신 가슴으로
온 세상 따스이 안으시니

뒤끓던 바다도 잠자듯 가라앉는다
소리치던 나무도 다소곳이 머리 빗었다
푸르고 푸른 정기(精氣) 너그러운 손길로
밝고 맑은 하늘을 펼치시다

빛나는 임의 말씀 금빛 말씀 입고서
눈뜨고 입 열리고 가슴 열린 백성들
눈부신 임금님의 큰 뜻 새기며
우러러 노래하네
세종 임금 기리네.

제2부 중장

예(禮)로써 큰 별을 세우시다

화사한 홍양산(紅陽傘) 받쳐 쓰고
스물두 살 젊으신 임금
보위에 나아가시니
때는 태종 18년
1418년 7월 초파일
하늘엔 빛물결 화기로운 음악이
천지에 가득 퍼졌다

친상의 꽃이 향기를 보내고
홍수 끝 비 멎은 자리마다
영롱한 빛살이 박혀
세상은 다시 한 번 현란하게 꿈틀거린다
바람도 잔잔히 새 임금을 맞았다

만조백관 미소 띠고
백성들 웃음소리 밀물지고
화락한 삶의 모습 평화로운 노랫소리
만백성 축복의 잔을 높이 들었으니
이분이 조선 제4대 왕
휘는 도(祹) 자는 원정(元正)
재위 32년간 우뚝 서 계심이라

밝기도 하셔라
예(禮)로써 큰 별을 세우시니
왕위 다툼에 그토록 냉혹하여

칼로 다스리기 주저 않던 태종이
후대를 위하여 과감히 서열 바꾸어
세종을 받들어 모시었다

세상이 어지러운 때엔
공이 있는 왕자를 세움이 마땅하니
이제 겨우 기틀을 잡은 나라
백성을 위해 할 일이 무엇인가
무공(武功)보다는
문(文)에 따른
예의와 학덕 겸비한 세자
천품이 너그럽고 총기 넘치던
셋째아드님 충녕대군에게
감연히 왕위 물려주셨으니
실로 미래를 꿰뚫어본 처사였다
먼 먼 세월을 내다보심이
마치도 손 안의 구슬 보듯 하였다

영특한 충녕대군
과연 이 땅에 길이 남을
큰 인물 되시니
그 이름 거룩한
세종대왕

고요한 밤 이슥한 때면
사람들은 때로 옛정을 그리며
고려 오백 년 불씨 잠긴 잿더미를 뒤적인다
신하들은 그들을 벌하라 하나
어지신 임금 고개를 저으셨다

제가 섬기던 나라 잊지 못해함은 충절
그 귀한 마음 감싸주리라
언젠가 내게로 돌아오기까지
언젠가 내게로 돌아오기까지

세종은 새 임금
새롭고 착실한 정치를 원했다
그 정신은 백성을 위한
민본(民本)에 있음이며
역사의 아름다운 전통
바르게 이어가려 함이었으니
학문하는 임금의 깊고 깊은 사려가
민심을 사로잡았다

억울한 이 풀어주고
착한 일 하는 자 높이 내세웠으니
그중에도 효(孝)는 삶의 근본
나라 안의 효행자를 고루고루 찾아내어
정표(旌表)의 문을 세워 널리 세상에 알리었다
효자절부(孝子節婦) 의부순손(義夫順孫)
숨은 효행 찾아내어
상을 주고 벼슬 주어
삶에 용기를 북돋아주었다

효행록(孝行錄) 널리 펴내어
순후한 마음씨
두루 깨우치게도 하였다

임금 모시고

어버이 받들고
지아비를 섬기는 삼강행실(三綱行實)은
하늘에 근본 둔 윤리의 원리이니
웃어른 받들기를 하늘같이 알고
사람과 사람이 믿음으로 얽힌다면
불충이 어이 일고
부정이 어이 스밀까

맑은 샘물 초목을 꽃피우듯
눈부신 아침 햇살 온 누리 밝혀주듯
나라 정사 구김살 없고
집안에는 평온한 숨결
태평성대 바야흐로 이 땅을 수놓는다
강산에 온당한 기운
평화로운 그림이 펼쳐지고 있었다
세상살이 본받을사 어진 임금
호탕이 지나쳐 세자 폐위된 양녕대군이며
지나치게 안존하여 물러앉은 효령대군
지금은 궁 밖에 핀 철 지난 꽃이지만
영화 높을수록 사무쳐라 형제간 우애
때로는 한자리 모셔
쌓였던 정분 나누었더라

효를 가르치되 몸소 실천하고
글과 그림으로 만백성 일깨우니
집집마다 삼강행실도(三綱行實圖)
삶의 지침이 되었다
어질고 덕망 높은
세종대왕.

칠 년 가뭄 이겨내다

내 마음의 근심이여
깊은 시름이여
자갈밭에 발 닿으니 발바닥이 데었도다
갈라진 논밭은 모래밭이 되었노라
하늘은 어이 무심하여 이토록 침묵을 지키는가
물 없는 연못에는 잡초 우거져
무심한 소가 풀을 뜯누나
강은 메마르고
마른 허구에 바닷물이 밀러드니
짜디짠 골바람이 가슴을 찢는다

비를 부르나이다
비를 부르나이다
살아 있는 모든 것
미미한 풀꽃까지도
훈훈한 비바람
비를 부르나이다

지난날 순리 거역했던 죄
죄 없는 사람 미워하고
뒤에서 칼을 내리친 죄
거짓으로 사욕을 채운 죄
무심히 나는 새 화살로 떨어뜨린 죄
우리들의 죄를 용서하시고
비를 내려주시길 비나이다

허기져 지치고 허기져 싸우고
시퍼렇게 날이 서서 서로가 등 돌리는
슬픈 백성을 구하소서
가엾다 어진 임금 가슴을 치나니
궨 상을 물리고 미음으로 연명하며
백성과 더불어 고난을 함께 하고
곳곳에 진제소(賑濟所) 세워 가난을 구하셨다

하늘도 마침내 기리도다
태종 제사날
후두둑 후두둑
후박나무 잎사귀에
소리도 요란스레
굵은 빗방울 내리었다

고마워라 태종우(太宗雨)
늘어진 어깨 시든 꽃 죽은 나무에
가슴 트이게 생명수 쏟아지다
마침내 칠 년 가뭄
매듭이 풀리도다

온 세상에 생기 돌아 팔팔 살아나고
목이 타던 사람들 빗속에 춤을 추네
덩실덩실 어깨춤 추며 논물 대고 밭을 갈고
다시 한 번 살아보세 신나게 살아가세
강바닥에 물이 차니 물고기가 헤엄치고
샘물 우물 물이 괴니 사랑 노래 숲이 되네.

한 쌍의 원앙새

바람도 없는데
절로 흔들리는 촛불 밑에
눈물을 감춘다

어버이의 불행을 보고도
달려가지 못하는 불효의 딸
무겁고 무거운
중전의 몸

아비 심온(沈溫) 태종 앞에
누명 쓰고 자진(自盡)하고
어미는 관비(官婢) 되어 고생을 하니
가슴에 맺힌 한을 어이 풀리요
슬프다 허상의 국모의 자리여
슬프다 죄 많은 중전의 몸이여

뼈를 깎는 아픔을 소복으로 가리우고
벼랑 위에 서서 고요히 눈을 감는다
지금 나를 구할 이는
따뜻한 지아비의 손
상감의 지엄한 너울 속에
나를 구할 이는 따뜻한 지아비의
연민의 눈길

나를 일으켜주오
나를 잡아주오
벼랑 밑으로 뛰어내리고만 싶은
이 몸을 잡아주오

아내여 중전이여
나를 떠나지 못하리라
그대는 나의 배필 내 목숨이니
그대가 아프면 나도 아프고
그대가 울면 나 또한 울리
두 샘이 모여서 한 내(川)가 되듯이
우리는 한 몸 한마음이요
비바람 몰아쳐도
그대 잡고 놓지 않으리라
그대 잡고 놓지 않으리라

가슴에 피멍울 꽃이 피고
꽃이 지고 꽃이 피고 다시 꽃이 지면서
바람결에 어느덧
눈물 자국 마르네

한 많은 심씨 소헌왕후(昭憲王后)
가녀린 어깨를 정겹게 감싸주는
부드럽고 자상한 그 손길 계시니
달이 가고 해가 가도 변함 없는 사랑
애틋하여라
월인천강지곡(月印千江之曲)의 그윽한 사연

아름다워라 현숙한 국모로
십 남매의 어머니로
서른일곱 해 지극한 세월을
한 쌍의 원앙새가 궁 안에 사네.

비단 끈의 노래

소리도 없이
내 가슴에 들어온 임이시여
임금은 하늘같이 높으시니
용상 발 아래 앉아
목소리만 듣기로 하옵니다
그윽한 목소리만으로
이 몸은 만 가지 빛깔의
환희의 너울로 감기옵니다

새벽 이슬이 아침 햇살에 찔려
영롱하게 뒤척이며 꿈을 꾸다가
기쁨 속에 절로 눈물이 되어
형체도 없이 스러지듯이
이 몸도 언젠가는 그리 될 운명
한 방울 이슬로 족하옵니다
한 방울 눈물로 스러질 것입니다

내게 노래를 청하시니
노래를 부르오리다
내게 춤을 청하시니 춤을 추오리다
그러나 달빛이 영창에
창백한 그림자를 던질 때
떠나는 저를 잡지는 마오소서

임금은 하늘같이 높으시니
임께서 그리는 마음속 그림을
알 길 없습니다
그림자 한 가닥도 흐트림이 없도록
이 몸을 티없이 하고자 애쓸 뿐

이 몸은 작은 새
임께서 던진 끈을 입에 물었습니다
무지개 빛깔로 현란한 비단 끈에
단단히 매였습니다
임이 잡아당기면 끌려가고
임이 놓으면 날 것입니다
임께서 놓지 않으시면
이 몸은 날 수 없습니다
천 리 길 바다로 떠내려갑니다

임은 이 몸을
영광되게 하시고
정신의 맑은 샘을 틔워주셨나이다
새 글자 창제의 크신 뜻
순백의 옥양목에
금빛 언어를 새겨넣으실 때
한 바늘 거드는 영광을 주셨습니다

새 글자 한 자에
임의 피가 마르고
새 글자 한 자에

임의 눈이 짓무를 때
이 몸은 오직
노래로 위로를 드립니다
노래로 임의 곁에 가옵니다

열매를 다 따실 때까지
바구니에 넘치도록 거두어 담으실 때까지
이 세상 빛살 모두
임의 창조에
축복의 손길이 되기를 비옵니다
억만창생 수없는 목숨이 모래 위를 걸어가고
자취가 없이 사라진다 해도
임께서 뜻하신
성스러운 일은
돌에 깊이깊이 새겨지이다
변하지 않는 저 하늘의
붙박이별처럼 빛나지이다

내게 노래를 청하시니
노래를 부르오리다
내게 춤을 청하시니
춤을 추오리다

그러나
그러나 밤이 깊어
골짜기 산 물소리 높아지기 전에
떠나는 저를 잡지는 마오소서

떠나는 저를 잡지는 마오소서

임금은 하늘같이 높으시니
이 몸은 한 발도 다가설 수 없습니다
노래를 청해놓고
노래에 취하여 잠이 드신 임이여
이 몸은 노래로 임의 곁에 가지만
잠든 임은 아직도 잡은 끈을 놓지 않으시니
꽃은 피었다가 지고 나면 그뿐
향기도 머물지 않는 것입니다
지기 전에 꺾기를 저어하신다면
잡은 끈을 놓으소서

이 몸은 작은 새
임께서 던진 끈을 입에 물었습니다
무지개 빛깔로 현란한 비단 끈에
단단히 매였습니다
임이 잡아당기면 끌려가고
임이 놓으면 날 것입니다
임께서 놓지 않으시면
이 몸은 날 수 없습니다
천 리 길 바다로 떠내려갑니다

내 귀여운 작은 새
그대 있어 사람 입매
자연스런 글자 모양 새기고
그대는 나에게

생명의 생명을 안겨주었네
나를 두고 떠나겠다는 말
믿을 수 없어라

내 귀여운 새
아리잠직 어여쁜 비오리
숲을 돌아 들려오는 청아한 목소리
그대 바라보면
내 눈이 맑아지고
그대 노래 나를 위로하네
고달픈 날이 저문다 해도
그대가 타는 거문고
내 가슴에 꿈이 되나니
보내고 싶지 않아라
인연의 끈을 놓고 싶지 않아라
진정 가슴 찢기는
아픔이 오네

그대는 나에게
불의 끈을 안겨주고
이제 이별의 잔 안겨주니
나는 또다시 허무의 사슬에
매이노라

구중궁궐 열두 대문
저 담은 높아라
맺지 못할 인연은

아득하여라
그대와 잡은 끈
무지갯빛 비단 끈을 놓으리라
그대와 잡은 끈
이 무지갯빛 비단 끈을 놓으리라
천 개의 등을 밝혀
떠나는 그대 발밑
밝혀주리라.

제3부 종장

한글, 그 빛나는 창제

태초에 말씀이 있었으니
말씀이 곧 마음이라
마음을 글로 적어
하늘에 고하고
자손만대 전하니
이 아니 기쁜 일이랴

마음을 글로 적어 뜻을 펴기를
우리는 우리 것으로 하고자 했다
우리의 얼을 심고 가꾸어 갈
빛나는 날빛 같은 우리글이 있어야 했다
나라 사랑 뜻을 심은 이 거룩한 사업은
하늘이 내린
한글 창제이어라

저기 굽이치는 강을 보라
강을 타고 흐르는 길목마다
소리 없이 피고 지는
그 여리고 아픈 목숨
어여뻐하라

창조의 몸부림은
삶의 아름다운 표현이었다
누에가 혼자서 저를 죽이고

현란한 나비로 다시 태어나듯이
눈부신 새 아침 맞을 때까지
뼈를 깎는 아픔을 견디고 이겨내리
그 용기 그 혜지(慧智)로 미래를 열어
내 어진 백성의 힘이 되리라

세상에서 제일 어려운 게
중국 한자
그 문자 들여다가
삼국시대부터 써왔었다
우리말을 한자로 억지 표기하던
이두문자도 있었다
허지만 그 어느 것도
내 것과는 거리가 멀어라
읽고 쓰고 표현하고 전하기
정녕 까다롭고 힘겨웠니라

집집마다 효행 심고 때맞춰 농사짓기
알기 쉬운 우리말 우리글로 일깨우고
죄 지은 이에게 죄목 가르침에
누구나 알 수 있는 우리글로 적어서
바로 알아듣고 따르기로 한다면
그릇 형벌받는 억울함 없으리니

마음에 구름 덮인 답답함을 지우리라
눈과 귀 침침한 안개를 거두리라
가슴 펴고 걸어갈 밝은 새 길 내리라

마침내 세종 25년 12월
백성 가르치는 바른 소리글
스물 여덟 자 완성하시니
백성 어여삐 여기사
혼신의 한글 창제
훈민정음(訓民正音)이어라

과감한 문자혁명이었다
놀랍고 아름다운 창조였다
새 역사 찬연한 새 장을 펼치신
용단의 그 크나큰 힘

간결하나 무궁무진 표현이 자유롭고
사람마다 쉽게 익혀 날로 씀에
편하기 이를 데 없어라
초성 중성 종성 합치어
오묘한 글자 마음대로 이루니
이로써 우리말 그대로 적느니라

무릇 생을 받은 무리
하늘과 땅 사이에 섰음에
음양(陰陽) 오행(五行)에
그 소리 근본 있어
사시(四時) 오음(五音)에 맞추어
우주의 섭리를 따랐느니라

물 나무 불 쇠 그리고 흙

목구멍 어금니 혀 이 그리고 입술
깊고 윤택한 물처럼
넓고 크고 모나고 합쳐진 땅처럼
몸에서 밖으로 나오는 차례대로
다섯 소리 각기
우주 자연 현상의
오행운용(五行運用)에 어긋남이 없네

네 귀가 반듯하고 풀이가 정확하니
실로 철학과 과학에 바탕하다
〈아! 정음이 만들어져서 천지만물 이치가
모두 갖추어졌으니 신기하도다〉

사슬을 끊으리라
우리를 끌어안고 놓지 않는
사슬을 끊으리라
두려워 말라 주저 말라
흰옷 입은 정갈한 이 가슴에
먹물로 덮쳐오는
보이지 않는 손을 힘껏 뿌리치라

사대모화(事大慕華)의 탈을 벗고
바르게 서기로 하라
바르게 걷기로 하라
만만세대(萬萬世代) 우리 민족
바르게 서서
바르게 말하고

바르게 쓰고
바르게 읽으며
우리의 얼을 지키고 가꾸라

말하는 품도 마주 보는 얼굴도
살아가는 삶의 자취도 모두 우리 것이언만
소중한 정신은 먼 곳에 있으니
끌어가는 사슬을 끊고
우리 힘으로 서기로 하라

무에 두려운가
무에 어려운가

아버지를 아버지라 쓰고
어머니를 어머니라 쓰고
하늘과 땅과 물과 풀은
하늘과 땅과 물과 풀로
떳떳이 쓰고 읽고 남길 수 있으니
이 아니 좋으랴
이 아니 좋으랴

비둘기 오리 개나리 미나리
붕어 숭어 여우 호랑이
우리말로 부르고 적고 익히고 배우니
그 아니 좋으랴
그 아니 좋으랴

사랑하는 얘기도 마찬가지리
서로를 이해하고 그리워하는 얘기를
가슴에 담긴 대로 옮겨 적어 전하라
정겨운 숨결
향기로이 전하라 간직하라
마주 보고 말하듯
꾸밈없이 아름다이
전하고 간직하라

선구자의 피는 뜨겁고 진하여라
옳음을 위해서는 굽힘이 없어라
완고한 유신(儒臣)들의
끈질긴 반발 결연히 누르시고
뼈아픈 고독을 이겨내셨다
마음과 뜻이 같은 중전과 세자
총명한 학자들의 괴이심 받으시니
그로써 위안받아
마음이 든든하다

밤 깊도록 불 밝힌 집현전 옥등잔 아래
맑은 헌신 얽히어 밤 도와 날이 밝다
정인지 성삼문 신숙주 박팽년
최항 이선로 이개 강희안
충(忠)과 성(誠)으로 힘을 모으니
당대의 별들
그 이름 길이 기억하리라

세종 눈병으로 고심하사
청주 초정온천 어려운 행차에도
한글 창제의 작업 품고 가시다
고달픈 몸 일으켜 지칠 줄 모르던 연구
오로지 이 나라 이 민족 위함이라
솟구치고 솟구치는 샘물처럼
끝없이 나를 바쳐
도도히 흐르는
큰 강을 이루었다

예지(叡智)의 눈을 들어
하늘을 우러른다
자애로운 눈길로
백성을 지키시다

정치 경제 과학 국방
문화 예술 의학 교육
그 어느 분야 새롭고 뛰어남 아닌 게 없지만
그중에도 가장 위대한 성업(聖業)은
오늘에 이르러
더욱 빛나는
오, 훈민정음 창제이시니

세종 28년
하늘도 짙푸른 9월
훈민정음 마침내
천하에 반포하시다

어둠의 늪에서
찬연한 연꽃 피어나니
소슬한 바람결에 은은히 울리는 가락
잠자던 푸른 바다 검은 숲이 일어서고
하늘에 잠긴 별
일제히 빛을 내뿜는다

살아 있는 목숨은
저마다 영광의 뜰로 나와
춤을 추었다

의연한 잣나무
너울대는 버드나무
누웠던 풀잎도 일어나 흥겹게 춤을 추니
침묵의 고목에도 꽃눈이 트고
바람조차 피리 되어
오늘의 기쁨
널리 알리었도다

일찍이 밝으신 임금 나시어
역사의 언덕에
슬기로운 손으로 심으신 꽃
신묘하고 아리따운 크나큰 꽃송이
자랑스럽다 우리 한글
영원히 피어나는 생명이어라
영원히 향기로운 꽃이어라

조선조 초창기
어지러운 누리를
예와 문화로 평정하시고
사대주의 두터운 벽을 헐고
백성 마음바탕에
민족의 얼 심어 가꾸시었다

그 현철하심
그 과감하심
고귀하여라
여민동락(與民同樂)
너그러운 아침이 열렸어라

하늘 아래
큰 집을 지었노라
면면히 이어갈 큰 길을 열었노라
꿈이 있는 이 땅 젊은이들이
밝은 새 아침 새 길로
힘 있게 나아갔으니

영명하신 성군
그 이름 빛부신 세종대왕
거룩하셔라 온 겨레
흠앙(欽仰)하는
세종대왕.

제9시집

시인의 가슴에
심은 나무는

□탑계

눈 오는 새 아침에

그날 아침
겨울 하늘 가득
춤추는 분홍신의 발레리나

보이지 않는 소리가
소리의 향내가
나를 사로잡았다

생명의 원초적인 빛깔
새로운 것
미지의 것
눈송이는 끝없이 날아오르면서
춤을 춘다

온 세상 넓은 하늘에
그 현란한 침묵 속에
미래의 만남을 기약하며
나도 높이 떠오른다
새 아침에.

첫날

아무도 밟지 않은
깨끗한 눈길
첫사랑 솜사탕 같은
순백의 눈밭

하느님 고맙습니다
이렇듯 고운 선물

올해는 환한 가슴으로
이쁜 발자국 찍으며
소박하게 열심히
걸어가렵니다.

첫새벽

새해 첫날 새벽
생수 한 잔 목 축이고
창문을 활짝 여는 순간
하르르 나뭇가지 퉁기며 날아가는
작은 새 날갯짓을 느끼다

이 칼바람 매운 추위에
날아가는 새가 있었던가?
보이지 않는 생명의 존재감에 놀라며

아, 또 한 해가 바뀌고
새날이 왔구나
습관처럼 깊은 감회 혼자 중얼거리다

어지러운 세상사
빠르게 흘러가는 시간 속에
그래도 굳건한 얼음장 밑에는
맑은 강줄기
흐르고 있음을 믿으며.

겨울 숲은 쓸쓸하지 않다

밤새 쌓인 눈이 세상을 바꿔놓았다
맑은 얼굴로 고요히 잦아든 소리

그 속에 뚜벅뚜벅 걸어온 나무들이
오늘은 성스럽게 침묵하고 서 있다
오랜 연인들처럼 지그시 서로를 바라보며
가슴 깊이 껴안은 깊은 사연들 얼비치며
이따금 생각난 듯이 눈을 털어내었다

바위도 눈에 덮여 잠을 자고
그 그늘에 작은 짐승들 숨죽이고 있는데
겨울 숲은 잔잔히 미소 지으며
환하게 일어설 날을 기다리고 있다.

자연의 신비

눈이 날리듯
쏟아지는 흰 배꽃
꽃분홍 복사꽃

산허리 연초록빛 물결조차
다시 보면 만 가지 빛깔이네

자연은 위대한 예술작품
온갖 생명
신비롭게 어우러져

사람도 짐승도 애벌레까지도
저마다의 얼굴로 제 갈 길 가며
끼리끼리 모여 사는
이 놀라움.

목련꽃 편지

환하게 길 밝혀준
목련꽃 아래서
꿈꾸듯 눈부시게 올려다보네

저 하늘 속 깊은 푸르름 앞에
새봄의 첫 손님
걸어 나오네

나는 그냥 서성이다
생각에 잠겨
순백의 꽃잎에 편지를 쓰네

아, 물 오른 나뭇가지
풀빛 눈웃음
예서 제서 그리움 터뜨릴 제

목이 긴 여인
목련꽃 편지
그대에게 보내노라
이른 봄소식을 보내노라.

이 세상 모든 아픔

그토록 부드러운 물살에
바위 부서져
모래가 되고

모난 돌 깎이어
결 고운 자갈 되고

신비로워라
작은 물방울 모여
큰 바다 이루니

크고 작음이 한결같지 않아라
많고 적음이 한결같지 않아라

부푼 욕심 누르고
맑은 눈빛으로 바라보면

이 세상 모든 기쁨
내 것이어라
이 세상 모든 아픔
내 것이어라.

예감의 숲길

그늘 짙은
숲 속을 거닐면
군때 묻은 소리꾼의
깊은 소리 맛처럼
그 고요 찾아든
세월의 숨결 느끼다
땀 젖은 그림자
동반하고

어제 온 길
내일 갈 길
자유로워라 무한히 높은
예감의 숲길.

시 한 구절

새벽에 일어나 앉아
시를 생각한다
가슴에 고인
부딪치는 말들 잠 재우고
가장 연한 풀잎 같은
생각 한 가닥
가만히 끌어내어 종이에 적는다
부드럽게 눈물 번진 가슴속 이야기
그러나 때로
펜촉에 찔린 시 한 구절이
고요한 새벽
몸살 난 아기처럼 소리친다.

세상 보기

가슴속
향기 감돌게
깨끗이 비우고 고마워하기

차오르는 목소리
다스려 누르고
미소 짓는 여유로
세상을 보기

목마른 세월에
훈훈한 차 한 잔
세상에서 가장 소중한 사람
가만히 손잡고 정다운 눈길

아무것도 아닌 것
서운해 말고
서로가 그리운
느낌이 되기.

시간의 그물

누가 짠 그물일까
끝이 없는
시간의 그물

투박함과 정교함이 어우러져
빛깔도 현란하게 뒤척인다

그물에 걸리는 건
바람뿐

모래를 털어내고
장식도 버리고
햇살에 찔려
스러져갈
이슬을 달고 있다

누구의 눈물인지
알 수 없는.

일어서는 생명

고요한 새벽
은회색 노래가 다가오는 시간
멀리서 빛나는 그 무언가가
눈뜨임이
속삭임이
꿈꾸는 가슴에 안겨온다

그렇다, 매일 아침 어김없이
눈부신 해 떠올리고
지구를 돌게 하는 그 힘
생명 일어서게 하는 그 의지
살아 있음을 감사하며
살아 있음을 눈부셔하며

오늘도 신비스런
하루가 열리고
한 해가 열리고
한 세대가 열린다
산이 되어 솟구치는 우리들의 포부
부추겨 끌어주는 보이지 않는 손
가슴이 부풀어 터질 것만 같다.

안개 짙은 날

안개가 짙다
젖은 얼굴로 다가서는 사물들
바바리코트 깃을 세우고
그냥 걷자 이런 날은

안개 속에 일어서는 집도 나무도
스쳐가는 온갖 차도
어디 먼 나라 그림엽서처럼
처음 보는 영화 장면처럼

모든 게 신기하다
이른 봄날의 판타지

나는 그냥 걸어가면서
꿈꾸듯 아득하다

오늘은 이렇게 갈 곳 없는 아이처럼
모두가 혼자이다.

섬진강 갈대밭

이른 봄
부드러운 섬진강 허리께
젖은 갯벌에

어느 꽃으로도
다 못 피운 마음속 이야기
갈대숲으로 우거져
바람 안고 울어

같은 쪽 같은 하늘
바라보며
아무도 보지 않는 밤
달빛에 쓰러져
은은히 흐느껴.

나무 그늘 아래서

눈부셔라
내일을 꿈꾼다는 건

나무 그늘 아래서
가슴 뜨겁게
시를 사랑하듯이
인생을 사랑해야지

아름다워라
그리운 추억이 있다는 건

바람결에 흔들리며
마음속 강물에
종이배 하나 띄워

나 흘러가야지
흘러가야지.

풀꽃처럼

저 맑은 하늘에
마음 놓고 안겨 가는
산처럼

뿌리 든든히
노래하는
나무처럼

숲 그늘에
조그맣게 빛나는
풀꽃처럼

그렇게 살고 가는
고운 생이고 싶다.

새를 기다리며

고요로워라
나무 그늘에서
잠꼬대하던 새들
다 어디로 갔나

기대어 잠들 곳 없는 사람처럼
그 어린 생명들이
나를 잠 못 들게 한다

어디로 갔나 작은 새들
새벽이면 부산스레
재재거리더니

눈 덮인 겨울 산 털고 일어서면
눈뜨는 나뭇잎 따라
날아오려나

내 살얼음 낀 가슴에
봄 안겨주려고.

비 오는 날의 단상

비 오는 날
비를 맞으며 걸었다
빗방울이 가슴속으로
뛰어들었다

동글동글한 웃음소리가
내 입에서 튀어나왔다

조급하고 아팠던 감정들이
사그라지면서
내일이 보이기 시작했다
이제는 웃음만이 있을 것 같은 예감

비는 멀리서 달려와
내게 부딪쳐 기대는
누군가의 귀여운 투정이다.

자연의 약속

자연은 위대하다
빛을 따라 하루가 열리고
빛을 따라 생명이
꿈틀거린다

한자락 바람에
절로 출렁이는 바다처럼
우리의 사랑도 수채화 한 폭으로
가슴 깊이 밀물지는 파도가 된다

봄이 되어도 눈뜨지 않는
쓸쓸한 이들도 있다
공해와 황사에 숨 가쁜 생명들
지구 저편에선 여전히 참담한 전쟁 소식
곳곳에 찢겨진 날개로 누워 있는
이 시대의 아픔의 옷자락

그러나 의연한 자연의 약속
겨우내 숨죽인 마른 나뭇가지가
다투어 연초록빛 손을 내밀며
사월은 오직 사랑할 일만 있다고
황홀한 변신으로
생의 노래를 부르네.

황사 바람

때 아닌
황사 바람으로
서울이 잠겼다
눈이 가렵다
목이 아프다

몽골에서
중국에서
멀리 날아온 괴로운 손님이다

천만군 원병이듯
높은 산 낮은 산
마을 숲 도시 숲
겹겹 숨어 있던 숲이
달려나와

멍든 가슴 쓸어주며
숨을 쉬게 해준다

이제 무법자 황사도
무릎을 꿇을 것이다.

난지도에 햇살이

어디서 날아왔을까
난지도 그 모진 땅에
이름 모를 풀꽃들
무더기 무더기 피어 있네

소리 없이 뿌리 내린 나무들도
눈부신 햇살 아래
미래의 숲을 그리네

유장하게 흐르는 한강변
아름다운 서울의 한쪽 가슴에
하늘공원
노을공원

죽음 딛고 일어서는
생명의 소리
힘 있게 맥박이 뛰는 소리.

초록빛 세상을

아이들은 천연색 자연이다
아무도 그 노래 막을 수 없고
아무도 그 웃음 지울 수 없다

뿌리에서 물기 차오르는 나무처럼
절로 솟구치는
희망과 꿈

전쟁이 휩쓸고 간 폐허에서도
눈 비 몰아치는 벌판에서도
쑥쑥 속눈 틔워 일어선다

속눈썹 파르르 미소 지으며
평화로운 초록빛 세상
힘껏 끌어안고

저 하늘 높이 높이
온 우주 내 세상
그렇게 자란다
내일도 그렇게 자라갈 것이다.

속삭이는 빗방울

저 높은 허공에서
겁도 없이 뛰어내린
빗방울 하나

날개 젖은 천사의 모습으로
이제 막 눈뜬 잎에
내려앉는다

추상의 그림으로
하늘 누비던 구름
둥글고 투명한 빗방울 되어
추락의 모험 끝에
매달려 속삭인다

— 내 이름은 자연이에요
— 친구들과 만나 큰 물이 될 거예요
— 물의 일생을 사랑해주세요.

언젠가 심은 나무

안개비 서린
이른 봄날
산길을 걷자

어느 추억으로도
마음 달랠 길 없을 때
손짓하는 자연의 손길

보송보송 다시 살아나
빛나는 몸으로 일어서는
산을 맞으러 가자

그곳에 파랗게 눈떠가는
나무를 찾아서

언젠가 심은
그 나무 찾아서.

메아리

보석 같은 햇살
온 산에 넘치네
빛깔도 천만 가지
신록의 나뭇잎 하나하나
꿈꾸듯 웃고 있네

산아 두터운 가슴의 산아
그리 넓은 너의 가슴
어느 갈피에

내 부르는 그 이름
울려 되울려
이 마음 전해주듯

나도 억만년 세월 담긴
너의 마음 전해주랴
누군가에게.

미래의 세계에 꿈을 심고

― 우리 강산 푸르게 푸르게, 신혼부부 나무 심기 축시

오늘은 바람이 불고 있다
나무는 두 팔을 들어
오랜 감사 기도 드리고 있다

처음으로 낯선 여정에 오를 때
꿈과 기대로 가슴 설레듯
이 땅에 뿌리내려 홀로 도전한 나무
강한 생명력을 내뿜는다

해마다 그래왔다
산에, 들에, 마을에, 수많은 나무를 심어
우리 강산 푸르게 푸르게
아름답게 풍성하게 우리의 꿈을 심었다
이제 성숙의 계단을 올라
나무와 나무 어우러져 숲을 이루고

숲의 옷자락에 기댄 가슴에
훈훈한 입김을 불어넣어주는 나무

고요한 밤이면 생각에 잠겨
나무들은 속으로 중얼거릴 테지
사노라면 기쁨과 즐거움 뒤에
고통의 수렁 아픔도 있으리라

그런 때는 희망의 나무 심은 그날을 기억하며
다시 한 번 가슴에 불꽃을 피워보라
그리하여 언젠가는 찾아오리라
정답게 손잡고 추억의 오솔길 거닐면서
숨은 들꽃 푸른 숲의 요정을 찾으며
사랑으로 심은 나무 돌아보라

새로운 인생 출발 순수한 마음 그대로
그대들 젊음이여 사랑이여
같은 쪽 같은 하늘 바라보며
불멸의 힘으로 피어나는 날들을
가꿔가라 힘껏 가꿔가라

오늘처럼 바람이 흔들어대는 날
나무들은 또 속으로 다짐을 할 테지
먼 먼 후일을 위해
미래의 세계에 꿈을 심은 그대들 위해
새벽이면 온 세상 깨끗이 닦아놓고
환하게 밝은 날을 안겨주겠노라고
은은히 피리 소리 울려주겠노라고.

제9시집 시인의 가슴에 심은 나무는

태초에 우리를 찾아온 산

하늘 아래 산이 있었네
산이 있고 산 너머 더 깊은 곳에
아낌없이 품어주는 어머니 가슴이 있었네

자연은 참으로 오묘하여라
매운 겨울바람에 침묵하던 나무들이
봄이면 꿈처럼 다시 살아나고
얼음장 밀치는 물소리
내 심장으로 흘러든다
여름이면 우거진 숲 그늘에서
하늘을 찌르는 벌레 소리
현란한 빛깔의 향연 가을 산 이야기
그리고 눈 쌓인 겨울 산
그 신비스런 눈빛이 우리를 압도하면서

산은 어디나 있고
어디서나 우리에게 손을 내민다
뜨거운 생명의 이름으로 일어선다

아름다운 산, 태초에 우리를 찾아온 산
지리산 계룡산 설악산 속리산
내장산 가야산
덕유산 오대산 주왕산

치악산 월악산 북한산 소백산
저 남쪽 월출산 제주의 한라산
그리고 북녘의 백두산 금강산
아, 우리의 이웃에 함께 살며
면면히 민족의 얼 지켜온
우리의 자산 풍성하여라

크신 어른으로 좌정한 산
한 발 한 발 기도하는 마음으로 오르며
이 세상 먼지 털고 경건한 삶의 뜻 새기며
무한한 하늘을 만져보게 하는 산

모든 생명 품고
깊이 사색에 잠긴 산
우리의 아이들과 그 아이들의 아이들
대대손손 우거진 숲에서 자라고
날짐승 들짐승 모든 미물
그 어진 품에서
사랑 꽃피워간다

그곳에 산이 있고 숲이 있었네
우리들의 정성으로 고이 가꿔갈
산이 있고 산 너머 더 깊은 곳에
사시사철 들려오는 아름다운 노래와
유구한 세월 눈부신 빛깔이
우리들 가슴에 꿈빛으로 번지네.

천년의 나무 심자

그대여 일어서라
새벽바람 불고 있다

멀리서 달려온
바람과 손잡고
푸른 바다 물결 차고
세상을 보자

당당하게 큰 걸음
미래를 보자

그대여 일어서라
창의의 노래 부르자

우리들의 희망
천년의 나무 심고
새롭게 정의롭게
큰 포부 펼치자

꿈이 있는 새 천지
아침을 열자.

흐르는 강물에

부드러운 몸짓으로
천년을 가는
저 강의 가슴은 향기롭구나

강가에 스쳐가는
그 많은 노랫소리
오늘은 다만 한자락 바람이네

아서라 애틋한 그리움 실어
누군가를 부르는
그 목소리
노래로 바람으로
흐르는 강물에 몸을 씻누나.

아름다운 그림

때는 여름
빛나는 신록의 눈빛

노래하는 숲을 세우며
그토록 바쁜 세월
뛰어가는 시간에도
시나브로 문득 멈춰 서서
빛 고운 저 하늘
바라보는 여유
가슴에 물결치는 정감

그중에도 해질녘
아내 손잡고 걷는
그의 모습 아름답다

풀빛 번지는 그림처럼
향기롭게 살아 있다.

장미의 꿈

장미가 피어나는 순간의
그 여린 몸짓을
생각한다

보드라운 속눈썹
이슬 머금고 뒤척이는
고운 살결

날카롭게 빛나는
젊음 속에
더운 피가 돌고
꿈꾸는 세계가 수채화로 번진다

슬프도록 아름답다 장미는
그래서 외롭다

어진 이의 눈매로 미소하며
혼자만의 우주를
안고 있다.

시인의 가슴에 심은 나무는

시인의 가슴에
심은 나무는
산수유 마을에선
노란 산수유꽃으로 피고
매화 마을에서는
뽀얀 매화꽃으로 피네

허공 가로질러 날아가던 새가
잠시 아주 잠시
깃을 접고 쉬어가고
피어 있는 잎사귀마다
그리운 이름이 적혀 있는

시인들은 저마다
다른 나무를 키우면서
저마다 잘생긴 나무로 키우면서

밤이 깊어지면
나무 한 그루씩 품어 안고
길을 떠나네
맨발로 먼 길을 떠나네.

5월의 미소

아기들의 푸른 잠 깨우는
저 연초록 잎새들
몸짓 좀 보아

옥비녀빛 모시하늘
잔잔한 호수
온 강산이 어머니 눈빛 되어
비단 자락 펼치네

엄마 품에 어린것
어리광 부리듯
자연은 지금 큰 팔 벌려
사랑의 교감 바다 이루고

세계가 밤의 어둠에 잠겨도
홀로 잠들지 않는
뜨거운 가슴처럼

만 가지 풀빛
속 깊은 미소로
나를 끌어안네 언제까지나.

시골길

코스모스가 행진하고 있었다
이름 모를 들꽃 속에서
귀여운 채송화
천진스런 웃음 머금고 쳐다보고
있다

긴 장마 홍수 끝에
그래도 다시 일어난 논밭
강한 생명력
햇볕 불타는 늦더위에
마지막 안간힘 들여
살아 있음을 증거하려

고향의 흙내 묻히고 온 날
우리가 돌아갈 길이 보였다

뛰면서 맞이하는 매일 아침에도
저 흙먼지 일던 시골길
우리네 땀내 밴 고향땅이
보인다.

바다는

바다에 떨어진 거울이 부서져
천만 개의 눈짓으로 나를 부른다

눈이 부시다
날카로운 칼로
찢어도 찢어지지 않는 바다

파도가 달려오고
　　　　달려오고
　　　　　달려오고

나는 달아나고 달아나고 달아났다

오늘 나는
저 무한대의 세계를 향하여

화석이 된 슬픔 하나를
힘껏 던졌다

바다는 여전히 출렁거린다.

폭풍 속에

바닷가 소나무 숲에
폭풍이 몰려온다
바다의 비늘이
다 일어선다

비바람 거친 돌풍
머리 산발한 소나무들이
우우 우우
바다와 하나 되어
세상의 많은 이야기
다 쏟아놓는다

우주가 팽창하는 순간을
경험한다

바다는 거대한 짐승
푸른 잔등
속깊은 눈
한여름 폭풍우에
산 같은 파도로 달려와
꿈꾸는 소나무 숲에
새로운 생명을
낳는다.

폭포수 만나다

콸콸 콸콸
저 물소리
물소리!

바위 밀치고 소용돌이치는
힘찬 물살에
이 가을 질펀한 단풍에
너와 나
하나 되어 쓰러지다

어디서 와서 어디로 가는지
산허리 깊은 계곡
오랜 세월 인적 없이
홀로 부서져 내리는 물소리에

세속의 귀를 씻고
머릿속 씻고
어지러운 마음도 씻고

그냥 그렇게 온몸 던지는
저 물소리에 취해……

숲 속 이야기

큰 나무 밑에
작은 나무 살고
작은 나무 밑에 작은 풀꽃 사네

풀벌레 업고 놀던 꽃송이들이
소곤소곤 세상 얘기
속삭일 적에
큰 나무 몸 흔들며
크게 웃었네
"그래그래 세상은 그런 거란다
너희도 세상일 다 아는구나"

꽃도 나무도 눈짓으로 말하고
말없이 기대어 사랑도 하고
서로의 가슴에
물이 되어 흐르네
큰 나무 그늘에서 정답게 사네.

장마

한여름 내내
비가 오고 있다
오는 비가 빗발 세워
유리창을 때릴 때
온 세상 젖은 몸으로
숨죽이고 있다

막을 수 없는 절규
가슴속 폭포마저도
오늘은 절망적이다
온종일 비가 오는 이런 날은
차라리 눈을 감고 누워 있자
갈 곳 없는 사람 되어
외로워지자.

노을공원에서

갈대숲이 손짓하는
하늘과 만나는 노을공원

새빨간 햇덩이가 저 지평 너머로
포도줏빛 구름 긴 옷자락 끌고
떠나가네 침묵하는 어머니의 얼굴로

아쉬움과 황홀함
생명의 원천은 영원히 새롭고
장엄한 밤 끝에
또다시 열릴 내일 있음을 믿으며

그 어느 손으로도 잡을 수 없는
가슴 뜨거운 순간의 노을빛.

노을이 아름답다

수채화 물감 번지듯
서쪽 하늘에
부드럽게 흐르는
노을이 아름답다

하느님은 참으로 정겨우셔라
묵상하는 가슴에 손 얹어주시며
머뭇거리는 나를 위해
기도 함께 해주시네

세월의 무늬
추억의 그림자 길게 남기며
빠르게 빠르게 달아나는 바람처럼
나도 하루해가 짧다고
달려왔지만

문득 멈춰 서서
저기 서쪽 하늘에
노래로 흐르는 노을을 보네
사라져가는 것의
소중함을 생각하며.

꿈빛 은행나무

비췻빛 하늘
상쾌한 바람
그 아래 우뚝 선 꿈빛 은행나무
빛나는 잎잎이 황금물결 이루네

나무 그늘 벤치에 앉아
펼쳐 든 책에서
마른 잎새 하나
언젠가 끼워준 그대의 손길

어디선가 진양조 흐드러진 가락
내 마음 뒤흔들고 가는데

추억은 강물로 흐르고
이 가을
황금물결 은행나무 아래서
뜨거운 가슴으로
책을 읽는다.

수국섬

꿈꾸는 새벽
멀리서 배 지나가는 소리
몸 작은 섬들이
여리게 흔들린다

충무 앞바다에
점 찍힌 섬들
어머니 품에 안겨
잠자는 아기처럼
가만히 가만히
흔들린다

바다의 푸른빛
목에 두르고
그중에서 맨 먼저
눈이 큰 소녀
수국(水國)이
반짝 눈을 뜬다.

가자, 가을 숲으로

가자
가을 단풍 손짓하는
저 숲으로

살아 있는 모든 것의
황홀한 몸짓
무르익은 과일의
원색적인 도발

무거이 열매 안은 만삭의 몸
겸허하게 하늘에 공양하는
나무들 그 선한 눈길 따라
불붙은 가슴으로

가자, 벌레 소리 귀 적시며
우거진 숲
향기로운 품속으로
우리들의 꿈빛
무한 세계로.

열매의 무게

과수원 울타리 너머로
이제 가을이
큰 걸음으로 오고 있다

어디선가 경쾌한 음악이
들려온다

우리 오늘 너무 많이 생각 말자
지난 여름 폭우 이겨내고
힘껏 햇살 끌어당겨
온몸에 둥근 가락 가득 실린
과일들의 충만감을 생각하자

지금이 소중하다고
열매의 무게가 고맙다고
가슴을 펴자

비 그친 뒤
아득히 높아지는
저 푸른 하늘을 보자.

우리 손잡고 일어서면

지난여름 어인 비 그리 내리고
몸부림치던 태풍
많은 가슴 찢더니

비 그친 뒤 발그레
겨우겨우 살아남은 과일의 등에
햇살이 가만히 내려앉는다

흰 무명옷 얼룩을 지워주고
상처 입은 살갗을 아물게 하는
그대는 누구신가
쓰러진 벼 포기 일으켜 세우는
농부의 무딘 손마디 애틋하게 잡아주는
그대는 누구이신가

내 기도 소리는 너무 작고
나눌 고통은
너무 크고 무거워라

그러나 알겠네
우리 서로 손잡고 일어서면
보이지 않는 그분의 숨결
따뜻이 손잡는 힘의 크기를.

가을의 언어

오늘 저 하늘의 속 깊은 푸르름
한여름 한껏 키운 나무들의 열매가
풍성한 가을 언어로
내 안에 있네

강물이 불어 출렁이고
이 세상 소리와 빛깔이
물보라 치는데

〈하루를 얻었다 하나
그 하루가 지나가고
한때를 얻었다 하나
그 한때가 지나감〉을
공자의 말씀대로 겸허히 새겨보면서

살아 있음을 증거하듯
소리 없이 무성한 나무와 열매
성숙과 공양의
눈부신 무게를 생각하네

그 손길에 이끌려
이 가을 내 가슴에 가득한
향기로움.

저 불타는 단풍

몸짓 푸른 산
끝없이 향기와 빛 내뿜더니
물들어 더욱 눈부신
가을 산 허리께에
내 눈길 젖어들어
가슴 벅찬 환호 터지다

몇만 년 세월이 되풀이되었던
긴 긴 흐름을 가늠해본다
여전히 변함없는 계절의 순환

굴레에 끝이 있던가
우리들의 삶도 그렇게
이어가면서
자연의 순리 따라 피고 지고

어이하리
겨울은 또 오고 있는데
오늘 저 불타는 단풍.

늦가을에

가을걷이 끝난 논은 시원하다
산뜻하게 이발한 목덜미같이

곳곳에 보기 좋게 짚더미 쌓여 있고
밀레의 〈이삭 줍는 여인〉
먼빛으로 보인다

가는 해의 그림은 이렇듯
아름다운 정경이건만
지구 저쪽은
고통의 전쟁으로 불가마 되고
허기진 어린것들 눈물범벅 얼굴이
세상을 아프게 한다

무더운 여름 목마른 일터에서
그토록 땀 흘려온 농민들도
자연의 재해에 비틀거리며
미진한 가슴 고개 숙이고

늦가을 풍성함 속에
사람 사는 세상은 쓸쓸함 많아
낙엽 쌓인 숲길에서도
발을 헛딛는다.

어딘가로 모두 떠나가네

우리들은 모두
어딘가로 떠나가네
어딘지 모를 그곳으로
떨어지는 낙엽처럼
빛의 나그네처럼
어딘가로 모두 떠나가네

쓸쓸한 헤어짐
잎 지는 나무의 속 무늬처럼
시인은 가고 시만 남으니
가슴에 차오르는
고독한 그림자
어딘가로 모두 떠나가네.

새벽 산길 걸으며

— 덕유산 자연 휴양림에서

안개 자욱한 새벽 산
잠 덜 깬 나무들
가만가만 흔들어대는 바람

해가 떠오르자 안개 밀려가고
보석 같은 햇살 머리에 인
눈부신 잎새들
향기로운 초록빛 성큼 다가서네

오순도순 모여 있는
잣나무 전나무 느티나무 낙엽송
산딸나무 대죽나무 굴참나무 층층나무
독일에서 이주해 온 독일가문비나무
그중에도 삼백 년 된 반송나무의 위용

사람들은 말없는 자연에
절로 취하고
수천 가지 빛깔 휘감은 산허리에
또 하나의 추억의 길을 품었네

어느새 나도 한 그루 나무 되어
향기와 빛깔 내뿜는
가슴이 되네.

지리산 숲의 바다

— 지리산 자연 휴양림에서

우리는 알고 있다
밤이 깊어도 잠들지 못하는
깊은 계곡 물소리

지리산 숲의 바다
출렁이는 그 많은 사연들
누워 있는 바위 뒤척이는 나뭇잎마다
처연한 역사의 지문이 찍혀 있다

그러나 숲은
또다시 계절을 안고 일어서서
무심한 듯 초연한 듯
우리를 맞이한다

자연은 순수하다
우거진 지리산 숲은
여전히 깊은 숨결
말없이 가슴을 열어준다.

그곳에 소나무 숲이 있었다

— 대관령 휴양림 금강송 숲에서

그곳에 소나무 숲이 있었다
무리지어 서 있는 의연한 금강송
곧게 뻗은 자태 강건한 기상
신비로워라 그곳에
조국의 눈빛이 있었다

얼마나 오래 서 있었던가
나를 내려다보며
먼 훗날에도 너를 품어주리라 한다

밤이 깊어지면서
더욱 높아지는 물소리
산바람도 잠이 든 이 시간
나는 한 개 바위로 정좌하여
풀 냄새 흙냄새
가슴 깊이 스며드는
세월의 흔적을 마신다

먼 먼 옛적부터 나를 기다려준
어느 날의 산의 품에 기대어
기품 있는 금강송 숨결에
귀를 세운다.

살아 있는 망각의 땅, 비무장지대

그곳에는 소리가 없다
그곳에는 만남이 없다
그곳에는 어제만 있고
태양도 절반만 떴다가 지나간다

고통의 강이 가로지른 비무장지대
숨겨둔 애인 그리워하듯
사람들은 꿈길에서만 오간다

반세기 전에는 그 벌판에서도
아이를 낳고
밥 짓는 연기가 올랐었다
뛰노는 아이들 웃음소리
마을에 골짝에 울려 퍼졌었다

정겨운 논밭, 산과 들
샘물과 나무와 풀뿌리들
사철 싱그러운 자연의 숨결

아름다운 혼(魂)자리여 무덤이여
살아 있는 망각의 땅, 비무장지대에는
남북이 찢겨 포화에 산화한
아픈 혼령들이

우거진 원시림 속에 누워 있다

그러나 결코 죽음의 길이 아니다
언젠가는 정녕 다시 살아나
바람 속에 일어서는 생명들 있으리
날갯짓 화사한 새 떼
하늘에 길 열어 오가듯이
우리 겨레 마음 놓고 그 땅 걸어다니리.

별들은 둥글다

시뻘건 불덩이
동해 바다 수평선 저편에서
둥실 떠오르누나

누구랄 것도 없이
간절한 소망의 기도
마음으로 외치는 소리
일순 지구는 무겁게 긴장한다

별들은 둥글다
태양도 달도 지구도
화성도 토성도 토성의 위성들도
모두 모두 둥글다

우리의 몸은 풀잎처럼 가녀리나
지상 60억 인구의
평화로움 열망하는 높은 열기가
자전하는 별들을 둥글게 하고
모가 난 세상을 둥글게 한다.

밤하늘

깊어가는 밤
하늘을 올려다본다
검은 옷자락 날리며
보석으로 치장을 한
숙녀 같은 밤하늘의 미려한 모습

누구에게 보이려는 걸까

사람은 저 혼자서 잘나지 않고
나무는 흙 속에 뿌리가 받쳐주듯
오늘 밤 저 하늘의 속 깊은 사랑
누구를 위해
무슨 힘으로

저리도 눈부시게
이 마음 뒤흔드나.

문득 멈춰 서서

문득 멈춰 서서 생각해보니
지구가 자전함을 잊고 지냈다

내가 딛고 있는 이 땅이
높이 솟구친 빌딩이
의젓하게 좌정한 저 산들이

지구의 축이 중심이 되어
무서운 속도로 돌고 있음을
엄청난 굉음으로 돌고 있음을
잊고 지냈다
내 생활이 바빴다

고요한 밤의 침묵 속에
누군가가 떠난다는 유성 하나가
금을 긋고 사라진다
깊은 어둠을 뚫고 가로질러
어딘가로 가는 항공기 불빛이 보인다

문득 멈춰 서서 둘러보니
참 많은 이들이 떠나갔다.

12월의 기도

찬바람이
목둘레에 스며들면
흘러가는 강물 같은 시간의 흐름 앞에
아쉬움과 그리움이 여울목 이룹니다

한 해가 저무는데
아직 잠 잘 곳이 없는 사람과
아직도 병든 몸, 고통받는 이들과
하늘 저편으로 스러질 듯
침묵하는 자연에 압도되어
나는 말을 잃어버립니다

이런 때
가슴 가장 안쪽에
잊었던 별 하나 눈을 뜹니다

그 별을 아껴 보듬고
그 별빛에 꿈을 비춰보며
오늘은 온종일
무릎 꿇고 기도를 드립니다
누군가를 위하여
무언가를 위하여.

청춘의 기상 드높이

— 성년을 맞은 젊은이들에게

그대들은 자유라는 이름의
길 위에 서 있다
청순한 목둘레
꿈이 서린 가슴
미래의 언어는 희망과 도전이다

그대들의 몸짓은
연초록빛 잎으로 피어나고
저 무한 공간 우주로 향한
날렵한 새처럼
길 없는 하늘에도 길을 열어간다

의욕과 창의와 용기
생명을 사랑하는 그 마음으로
작은 풀꽃도
어둠 헤쳐가는 반딧불이도
하늘로 치솟은 의연한 나무들도
이 모두 사랑하는 우리들의 친구
순수한 열정과
불 같은 정의감은
생명 이끄는
보이지 않는 힘이다

당당하게
슬기롭게
겸허하게
청춘의 기상 드높이
그대들의 미래
크게 크게 열어가라
그 날개 아름답게 펼치고
마음껏 큰 세계
헤쳐가라.

독도는 깨어 있다

영원한 아침이여
푸른 바다여
몇억 광년 달려온
빛의 날개가
어둠을 밀어내는 크나큰 힘이 되고
빛을 영접하는 손길이
미래의 문을 연다

시간의 물살이 파도치는
동해 짙푸른 물결
독도의 돌, 나무, 풀 한 포기도
어둠 속에 결코 잠들지 않았다
독도는 깨어 있다
조국의 수문장이라 외치고 있다

아득한 천년 전 신라 때에도
독도는 우리 땅이었다

마음이 넉넉한 겨레의 초연한 의지로
아름답게
당당하게
거센 바람 회오리치는 파도를 딛고
울릉도와 더불어

조국을 지켜왔다

저 백두산에서 제주 한라산까지
한 흐름으로 내닫는
조국의 맥이 용솟음친다

우리는 독도에 등대를 세우고
불 밝혀 난파선을 돌보았다
한류와 난류가 교차하는 이 수역(水域)에
모든 어족이 몰려들고
바닷새가 정다이 인사한다
그 어느 때도 우리는 문패를 바꾸지 않았다

역사는 정직하다
누기 기웃대는가
역사는 증언한다
누가 거역하는가
어리석은 탐욕의 노를 꺾으리
진노하여 바람도 일어서리라

독도, 예리한 눈빛 청청히
오늘도 조국을 지키는 불사조여
이 땅을 지키는 의로운 사람들이여
천년 세월이
영원으로 이어지게
겨레의 자존으로 지켜가리라
겨레의 영혼으로 지켜가리라.

고려인의 하늘

— 중앙아시아 우스토베에서 만난 고려인들은 말했다

밤마다 별들이 쏟아지는
저 깊은 밤하늘
얼마나 아득했던지
북두칠성이 잡힐 듯 보이건만
고향에서 보던 때가
얼마나 그립던지

우리는 고려인
우스토베 이역 땅은 서럽다
지도에는 있으나 머나먼 조국

마을 가로질러 달리는
시베리아 철도는 눈물의 강이었다
가슴 짓뭉개고 달리는 철도
날이면 날마다
비 오는 가슴이다

정 붙여 살던 곳 하루아침 빼앗기고
허기지고
병들고
쓰러져 누운 채
고통의 지팡이로 일어서기까지
그 하늘은 처연한 그리움이었다

그곳에

길은 없었다
길이 없는 벌판에 길을 만들며
슬픔을 씀바귀 씹듯 눈물로 씹었다
메마른 땅 흙먼지를 헤집고
그래도 끊임없이 씨 뿌리고 가꿔온 세월
삶의 빛깔이 없는
그곳에
역사의 뿌리를 심으며
빛바랜 그늘에 우두커니 서 있던 그 많은 시간들

아버지가 쓰러지면 아들이 부축하고
어머니가 누우면 딸이 일어서면서
정녕 너무나 긴 시간이었다
너무나 뼈아픈 시련이었다
고국을 떠나 산다는 건 외로운 투쟁이었다

그러나 살아남았다
짓밟히고 버림받은
모욕의 강제 이주
고려인의 자존으로 살아남았다
무너져 내리는 하늘, 이 악물고 받쳐들고

모진 세월 질경이처럼 이겨내면서
살아 있음으로써 고통을 승화시켜
무디어진 손끝으로 꽃피워낸
높고 높은 정신의 승리였다

그렇게 멀리 달려온 길이었다
그렇게 먼 세월의 그림자를 끌며

고려인의 하늘은 그래도 푸르렀다

1937년 어린 딸을 껴안고
죽음의 열차에서 내린 곳 우스토베
카자흐인들의 둥근 식탁이
얼어붙은 고려인을 녹여주었다
버림받은 고려인들을
따뜻이 껴안아주었다

고향의 날씨와 바람까지 닮아 있던
온화하고 축축한
극동 연해주에서 쫓겨나
겨울에는 살갗을 찢는 매운 바람
여름에는 숨 막히는 무더위
토굴 창고 마구간 혹은 폐허가 된 사원에서
혹독한 객지 생활에 몸서리쳐야 했다

아, 그러나 그보다 더 괴로운 건
꿈에도 못 잊는 내 조국
흙내 나는 조상들의 손길에서
언젠가는 가리라던 그리운 조국 땅에서
너무나 멀리 내동댕이쳐진 일
머나먼 중앙아시아로 밀려난 일

냉혹한 소련 정책 이민족의 동화 강요하고
우리 교육, 우리 문화, 우리 언어 버리게 했다
우리 책 수십만 권 불태워졌다
한인학교 폐쇄되고 한국어 교과서가 사라졌다

그건 조국과 단절된 아픔
고향을 잃어버린 고아의 신세
부평초 신세 된 일 제일로 가슴 저려
밤이면 밤마다 눈물 삼켰다
조국과 가까워
위로받고 살았던 극동 지역에서 쫓겨나
정녕 이곳은 어디인가
광막한 시베리아 가로질러
중앙아시아는 너무 멀었다
지상에는 이리도 넓은 벌판 버려진 땅이 있었다

아기자기 금수강산 꿈속에서도 아득해라
아, 우리는 고려인
우리말로 소리쳐 울부짖고 싶어라
마음껏 웃고 떠들고 우리 노래 부르고 싶어라

처절한 세월이었다
수저 든 손이 떨리도록
매운 추위 속에
분하고 아파서 눈물 얼어붙은 뺨 쓰다듬으며
그래도 살아가는 길 닦아나갔다
살아가는 길을 걷기 시작하였다

모진 시련 이겨내는 불굴의 의지로
새로운 역사를 만들어나갔다
고려인의 긍지로 힘껏 살겠노라고
고려인의 꿈으로 결코 쓰러지지 않겠노라고

그 길은 아직도 멀고 험하나
고려인의 뿌리 지킨 뜨거운 손 뻗어
조국의 손을 잡는다
고려인 잊지 말라고
깊은 주름 속에 그리운 눈길 보낸다
그렇다 우리는 한민족이다!
그렇다 우리는 한 형제다!

* 2001년 여름, 이미지앙상블(대표 한명희)의 한국 전통예술단 중앙아시아 지역 공연이 있을 때 나는 문학평론가 유종호 교수와 이왈종 화백과 함께 뜻깊은 여행을 하였다. 우리는 우즈베키스탄, 카자흐스탄, 키르기즈스탄에서 교민들을 만났다.

그런 중에도 카자흐스탄의 옛 수도인 알마타에서 자동차로 7시간을 달려 도착한 우스토베, 그곳에 뿌리내린 고려인들 땀 젖은 손을 잡았을 때의 가슴 저릿한 동포애를 잊을 수 없다.

그들은 고국에서 찾아간 예술단 공연을 보기 위해 온 마을을 텅 비워놓고 허름한 시민극장에 전부 모여 있었다. 그리고 정이 넘치는 감동의 박수를 치고 또 쳤다. 깊은 주름살로 나이를 짐작하기 어려워진 세대와 우리말은 몰라도 화사하게 한복 차림으로 모양을 낸 소녀들을 말없이 그냥 껴안았다.

우스토베는 중앙아시아 카자흐스탄에 있는 한 작은 마을이다. 1937년 겨울, 소련 정부의 소수민족정책으로 19세기 말부터 함경북도와 가까운 극동 지역 연해주에 자리 잡아 모범적인 농사로 안정된 생활을 하고 있던 한인(고려인)들을 갑자기 1주일 후 출발한다는 통고와 함께 무조건 화물차에 태워 강제 이주시키면서 최초로 내던져진 눈물의 고장이다.

이후 90회 이상에 걸쳐 20,789가구, 98,454명의 한인이 아시아 대륙의 한쪽 끝에서 다른 한쪽, 즉 블라디보스토크로부터 타슈켄트까지 기나긴 고통의 여정을 목적지도 모른 채 대이동을 한 것이다.

추위와 질병과 좌절 속에서도 살아남은 한인들이 정착, 집단농장으로 재기(再起)하여 어언 60여 년 세월이 흐른 지금, 잊혀진 듯 퇴락한 쓸쓸한 우스토베에서 여전히 힘겹게 살고 있는 고려인 2세, 3세들은 모국의 방문단 일행에게 어설픈 우리말로 말했다. "잘사는 우리 한국에 가보고 싶습니다."

제 *10* 시집

따뜻한 가족

한국의 서정시 014

따뜻한 가족

김후란 시집
Kim Hu-Ran's New Poems

시학
Poetics

그 섬은 어디에 있을까

그 섬은 어디에 있을까
파도의 옷자락 날리며
물보라 일으키며
잠길 듯 잠길 듯 바다를 헤쳐간

수천 개 수만 개의 거울이
햇빛에 부서지고
다시 눈부시게 일어서는
파도에 밀리며

그 섬은
아무도 가보지 않은
먼 바다 어디에 있을까.

어느 새벽길

안개 짙은
새벽길을 걷는다
함께 가는 우리 두 사람과
한옆으로 지나가는 자동차와
잠 덜 깬 집들이
천천히 밀려간다
세계는 아득히 멀어져가고
가장 가까이 서로를 느끼며
환상의 길에서
떨어지지 않으려고 손을 잡고
걸어간다 우리는
세상의 안개 속을 꿈속처럼.

은빛 세상에서

안개 짙은 날은
세상이 온통 은빛이다
빗줄기 내려친 흔적마저도
눈을 감고 있다
오늘 나는 손으로 만질 수 없는
진주 목걸이 그대에게 주노니
신기하다 평온한 바람 속에
젖은 얼굴로 다가서서
서로의 눈빛만이 빛난다
고통의 세계는 잠시 침묵
모든 종소리도 그치고
진주 목걸이만이 은은하다
세상이 다시 눈을 뜨고
환상의 안개가 사라질 때까지.

꽃의 눈물

누구 가슴 딛고 피어난
꽃들이기에
저리 애잔한 숨결이런가

가는 곳마다
지천으로 피어 있는 꽃들이
눈부셔라
너무 고와 슬퍼라

여린 빛깔로 형체를 그리며
말없는 말로
노래를 하며

누구 가슴에 피었다 지는
꽃들이기에
한 송이 한 송이
눈물방울이네.

풀꽃을 보며

봄날의 연한 풀빛은
왜 이리 가슴이 아릴까
어느 새벽 가만히 눈떠
세상 밖으로 나온 너

봄날 긴 해 그림자 안고
어느 밭 둔덕에
부끄러이 조그맣게 핀 풀꽃

우리의 육체도
풀꽃 한 송이

무심한 듯 스쳐가는
세상 빛 속에
내 순수도 절로 짙어져 스러질 테지
한세상 잠시 눈떠본 풀꽃처럼.

향을 피우다

향기로운 눈빛
사라지는 것을 위하여
어딘가로 한 가닥 연기가 되어
사라지는 것을 위하여
온 세상이 기울어도
올곧게 떠올라
매운 향 공양으로 그리움을 태우고
자유로움으로 해체되는
언어의 별을 띄우며
홀로 묵상하며.

목련 절창

이른 봄
목련꽃 하얀 노래
허공에 사무쳐
잎보다 먼저 깨어나
온몸으로 내뿜는
울리고 되울리는
목련 절창.

이 순간

지상에는 온갖 소리가 흐르고 있다
그중에서 내가 좋아하는
작은 새소리 벌레 소리 나뭇잎 바스락대는 소리
우리들의 아침 밥상
사각대는 소리 은수저에 꽂히는 빛살
그대의 눈웃음에 번지는 은은한 향기
오늘 나에게 강한 메시지를 안겨주는 우리만의 약속
밖에는 바람이 불고 있는가?
바람결에 날아온 낙엽에 언젠가 읽은 시 한 구절이
빛깔도 선명하게 새겨져 있다
시간은 강물 되어 흘러가고
지금 잠시 나를 사로잡던 감동의 순간들도 흘러가겠지
내가 그대를 바라보는 이 순간도.

김후란 시 전집

나무와 새

내가 다시 산다면
나무가 되랴
새가 되랴

발끝으로 뿌리가 내려가는 동안
처음으로 세상이 열릴 때처럼
저 광막한 하늘에
두 팔을 벌리고
무한 공간 크게 크게 끌어안으며

나무는 천년을 살고
다시 뿌리를 딛고 일어선다
삶의 기쁨과 슬픔까지도
혼자만의 몸짓으로 속울음 토해내는
의연한 한 그루 나무로 살다가

이 끝없는 갈망의 눈빛
어느 날 저 하늘을 나는
황홀한 새가 된다면
새가 된다면.

농부와 소

얼어붙은 땅이 녹으려면
아직도 먼 날이지만
묵묵히 일하는 농부와 소가 보였다
농부는 소를 의지하여
소는 농부를 의지하여
워 워 한 번씩 힘을 북돋우며
세상을 다지고 다져간다
이렇게 해두면 봄에 농사일이 쉽다네
누구에게랄 것도 없이 중얼거리며
힘겹게 논밭을 일궈간다
올해도 할 일 많은 날들 아닌가
부지런히 일하면서
세상을 열어가야지
묵묵히 걸어가는 소에게
농부는 정답게 중얼거린다.

고래 바다에서

고래 바다 울산 앞바다에
오늘도 수천 마리 돌고래가 파도를 가른다
부침하는 젖은 고래등에 사정없이 덮치는 햇살
바다는 고래를 쓰다듬으면서
몇천 년 세월이 가도 죽지 않을 바다의 품에
마음 놓고 살다 가라 다독이면서
놀이를 함께 즐긴다
그 옛날 고래 떼를 바위에 기어오르게 한
울산 반구대 선사인들의 매운 손끝처럼
이제 또 고래 떼를 어딘가에 살게 할
깊고 깊은 암각화*를 새겨 넣을 때까지.

* 울산 반구대 암각화(국보 285호) : 울산 앞바다와 연결된 태화강 중상류의 거대
  한 바위벽에 새겨진 선사시대 고래 그림 50여 점.

문화의 뿌리

아득하여라 그 옛날 5세기 때부터
백제의 배는 일본으로 향했다
총칼 대신 문화의 뿌리를 싣고
규슈로 나라로 오사카로
이웃집 정 나누듯 삶의 길 터나갔다

열매 따 먹고 바닷가 조개 캐 먹던
일본인들 일으켜 세워
벼 농사법 보리갈이 채광 철공기술 등
차분히 일깨우며 가르쳤다
베틀로 옷감 짜고 바느질로 옷 지으며
문자도 종교도 삶의 질 높이는 정신의 눈뜨임

미소 어린 얼굴로 손 내민
선비 나라 백제인들 문화의 꽃
손에 손 잡고 함께 일어섰던
아름다운 역사를 기억한다면
꿈과 사랑이 있었던
그 시절 정을 생각한다면
사람 사는 세상 좀 더 한 물결로 출렁이리.

무령왕의 인물화상경(人物畵像鏡)*

바다는 너무 멀었다
밤낮으로 출렁이는 동해 바다 저 너머에
오호도 왕자 내 아우여
잘 있는가 아우여 백제의 넋을 끌고
우리 눈물로 헤어져
일본 땅 오시사카 궁에 서 있는 그대
그리워라 머나먼 그대에게
이 청동거울을 보내노라
아우의 장수(長壽) 기리며 구리쇠 200한으로
그 무게보다 더 무거운
내 깊은 사랑 증표로 보내나니
밤이면 그쪽 향해 누운 나를 보라
내 마음 그 거울에
달이 되어 떠오르리라, 아우여.

제10시집 따뜻한 가족

* 인물화상경(人物畵像鏡) : 503년 백제 무령왕이 일본 오시사카 궁에 있는 친아
우 오호도 왕자(後에 게이타이 왕이 됨)에게 보낸 청동거울. 뒷면에 백제 왕과
신하들 모습과 '사마(斯麻)'가 아우의 장수를 빌며 이 거울을 보낸다는 명문(銘
文) 48자가 한자로 새겨져 있음. 1971년 7월 8일 공주에서 무령왕릉이 발굴됨
으로써 무령왕의 휘(諱)가 인물화상경에 쓰인 대로 '사마(斯麻)'였음이 확인됨.

베틀 앞에서

이역 땅 일본의 별들도
백제의 하늘에서 보았던 그 별일까

밤 깊도록 베틀 앞에 앉아
옷감을 짜는 백제 여인은
낯선 땅에서 낯선 사람들 말소리 귀에 담으며
고향에 두고 온 정든 얼굴들
마당의 감나무 대추나무 그리며
말없이 눈물 젖은 옷감을 짰다

저고리 앞섶 다소곳이 여미는 바느질법
일본 여인들에게 올올이 심어주며
작은 바늘 하나의 큰 지혜를 나누었다
어머니의 정성으로
어머니의 사랑으로

천오백 년 전 백제는 험한 바닷길 마다 않고
이웃 나라 사람들 손을 잡은 형님이었다
큰 하늘에 별들이 사이좋게 반짝이듯이.

불국사의 석탑

천년 도읍 유서 깊은
서라벌 하늘 아래
들리는 새소리 목탁 소리
절로 이끌려
불국사 뜰에 서다

아, 저 어깨 넓은 석가탑 앞에
유려한 다보탑 아름다워라

맑은 옥 찬바람에
긴 머리채 흘려 빗고
지금 막 일어선 여인같이
부드러운 어깨 물기 어리어
속 깊은 빛을 내뿜는다

사랑의 말 눈으로 나누며
영원한 한 쌍으로 서 있는
살아 있는 석탑.

살아 있는 기쁨

세상이 아무리 넓다 해도
우주가 아무리 크다 해도
나 없으면 불은 꺼지고
나 없으면 모든 빛 눈을 감는다

살아 있다는 건 얼마나 고마운 일인가
풀벌레 우는 소리 담 넘어 울리고
새벽이면 긴 팔 뻗어
내 어깨 흔드는 햇살

소중하여라 오늘도
나를 일으켜 세우는 힘
신비하여라 흐르는 세월의 강물
기다림을 입술에 물고 쳐다보는
내일 모레 글피
또다시 내일 모레 글피
우주는 청순한 부챗살로 열린다.

별을 따는 밤에

유연한 몸짓 하나로
억겁을 사는 강물은
한 방울 한 방울이 해체되고
다시 결속하여
깊은 아름다움으로 일어선다
별들을 품은 만삭의 어머니다

시간은 강이다
때로는 몸부림치며 달려간다
누구도 앞질러 뛰어갈 수 없는
강물로 그려지는
실체다

뒤를 돌아볼 수 없는 강물이기에
돌아본들 손잡을 수 없는 날들이기에
우리의 삶은 꿈이런가
나는 매일 밤 별을 보면서
내 어머니처럼 손을 뻗어 별을 따다가
시간을 업고 달려가는 강물에
몸을 던진다.

밤하늘에

문득 저 아득한 밤하늘에
신비의 눈길 던진다
부드럽게 흐르는 은하계에
수천억 별이 있고
또 그만 한 은하계가
우주에 헤아릴 수 없이 많다고 하면
생각할수록 아찔 현기증이 난다
우리는 너무 작은 일에 가슴앓이하면서
자주 사람끼리 상처를 입고
자주 돌부리에 걸려 넘어지지만
그 많은 별 중에 지구상에 태어나
사랑으로 만난 우리
이게 어디 예삿일인가
이게 어디 예사로운 인연인가
나에겐 그대가 필요하다
시(詩)가 된 그대
별들이 눈부시다.

가족

거치른 밤
매운 바람의 지문이
유리창에 가득하다
오늘도 세상의 알프스 산에서
얼음꽃을 먹고
무너진 돌담길 고쳐 쌓으며
힘겨웠던 사람들
그러나 돌아갈 곳이 있다
비탈길에 작은 풀꽃이
줄지어 피어 있다
멀리서
가까이서
돌아올 가족의 발자국 소리가
피아니시모로 울릴 때
집 안에 감도는 훈기
기다리는 사람이 있다.

따뜻한 가족

하루해가 저무는 시간
고요함의 진정성에 기대어
오늘의 닻을 내려놓는다
땀에 젖은 옷을 벗을 때
밤하늘의 별들이 내 곁으로 다가와
벗이 되고 가족이 된다
우연이라기엔 너무 절실한 인연
마음 놓고 속내를 나눌 사람
그 소박한 손을 끌어안는다
별들의 속삭임이 나를 사로잡을 때
어둠을 이겨낸 세상은 다시 열려
나는 외롭지 않다
언젠가는 만날 날이 있을 것으로 믿었던
그대들 모두 은하(銀河)로 모여들어
이 밤은 우리 따뜻한 가족이다.

우리 가족

우리 집 네모난 방들은
저마다 다른 얼굴로
치장을 하고
저마다의 향기로 채워져 있다
발그레 뺨이 고운 아이들
거실에서 식탁에서 침실에서
노상 쏟아지는 웃음소리 음악이 되어
천장을 울리고
창밖으로 새어 나가고
레이스 커튼 하르르 날리고
피어나는 화분에 빛이 넘친다
정겨운 낡은 풍금처럼
언제 보아도 편안한
우리 가족.

577

스위스에 띄우는 편지

눈의 나라 스위스 알프스 자락
내가 떠나보낸 햇덩이를
그대들은 안고 산다
서울에서 저녁식사 준비할 때
지구 반대편에서 깨어 일어난 그대들은
밤새 쌓인 집 둘레 눈더미를 치우고
방금 구운 빵을 자르며
향기로운 하루를 시작하겠지
신선한 스위스 바람 속에도
매운 삶의 엉킴이 있고
눈보라 휘몰아치는 날 있으리
그런 때는 창가에서 〈고향의 봄〉을 노래하라
말은 달라도 고국을 잊지 마라
틈틈이 한글로 메일을 보내고
한글 책 열심히 읽는 내 손주 채빈 주한
너희들의 큰 울타리 고국을 잊지 마라
네 핏줄은 고국의 심장에 이어져 있다.

수유리 모과나무

김정이 김진이 미술 가족이 사는
수유리 숙부님 댁 뜰에서 자란
모과 몇 개가
올해도 정겨운 가을 소식으로
내 거실에 좌정하고 있다

가부좌한 모과는 선비처럼 의젓하다
샛노란 살갗에 난초를 친 듯
갈색 석란이 피어 있다

말수 적은 숙부님처럼 뜨락을 지키던
늙은 모과나무 한 그루도
오랜 세월의 튼실한 둥치 이끌고
슬며시 내 집에 납시어
향 짙은 시조를 읊고 있다.

이른 봄

봄볕은 엷다
아직 눈뜨지 않은
앙상한 나뭇가지에
듬직한 새둥주리 얹혀 있다
아기 새를 품은 어미 새
몸으로 찬바람 자르며
침묵의 시간 흐르다
포도줏빛 노을 한자락
입에 물고
날개를 접으며 들어서는 새
퇴근한 아버지의
기운 어깨가 겹친다.

가족 · 코끼리 떼

벌판에서 물을 찾아
묵묵히 코끼리 떼 이동하고 있다
어린 코끼리 한 마리
이따금 어미젖에 매달린다
보는 듯 아닌 듯 눈만 끔벅이며
모든 코끼리 기다려준다
다시 코끼리 떼 이동한다.

가족 · 토비 도슨

해외 입양 스키 선수 토비 도슨
혼잡한 저잣거리에서
어린 손 놓아 잃었던 그 아들

미안하다
미안하다
미안하다
26년 만에 끌어안고 오열하는 아버지
호적을 움켜쥐고 아팠던 세월이 일순 나비 되어 날아갔다

"붕어빵이 무언지 아니?"
"노우"
아버지는 구레나룻
아들도 구레나룻
동생도 구레나룻
세 부자는 마주 보고 크게 크게 웃었다
장맛비 같은 눈물이 목으로 넘어갔다.

첫 출발

그날 예식장
삐거덕대는 나무 계단은 물었다
어디로 가시나요
모두들 어디로 가시나요

"죽음이 우리를 갈라놓을 때까지"
이미 낭독된 결혼 선언문

붉은 카펫 위로
웨딩드레스 자락을 끌며
세상 끝으로
이제 막 시작인 어디가로
신랑 신부는 우리를 끌고 간다

구름 같은 드레스 자락을 밟지 않으려
우리 모두
조심조심 따라가고 있었다
어디서 끝날지 모를
세상의 먼 길을.

이 오월에

산빛 푸른 오월이면
산그늘도 풀빛이다
모든 것의 시작인 빛과 생명으로
아이는 그렇게 태어났다

맑은 샘물 큰 강물 되듯이
절로 고여 넘치는 웃음소리
포근하여라 가족이라는 울타리
서로가 가까이 다가가며
거친 바람 지나가게 가려주면서

그러나 내 품에서 그들을 끌어가는 힘이 있다
저 빛이 뻗어가듯 어딘가로 가려 한다
소용돌이치는 곳으로
홀로서 미래의 꿈을 안고 걸어간다

나를 거쳐 일어섰으나
그들의 생각은 나의 것이 아니며
그들의 내일은 나의 것이 아니기에
나는 다만 미소로 지켜볼 뿐
빛나는 오월의 햇살 아래
사랑으로 지켜볼 뿐.

그날 밤

그날 밤 때 아닌 이상기온으로
폭설이 내려
사람도 차도 집에 갇혔다

바쁘게 나뉘었던 가족이
오랜만에 만난 친구처럼
가까이 다가앉는다

외부와 단절된 공간에서
비로소 서로를 지그시 마주 보며
은은히 감도는 난초꽃 향기의
순수를 맡았다

그 옛날 화롯불 둘레에
손 내밀고 앉아
도란도란 얘기꽃
불꽃으로 피어나듯.

사랑의 말

빛나는 아침 햇살
창문을 노크한다
은혜로운 시간의 시작이다

날마다 새롭게 찾아오는
오늘을 감사하며
사랑으로 만난 우리
깊은 인연을 생각한다

그러나 너무 가까워 무심한 우리
우리는 참 멀리 서 있었다
벽에 걸린 한 폭의 그림처럼
으레 그곳에 있으리라 믿으며

흘러가는 물길에 나뭇잎 떠내려가듯
떠나가는 사람 잡을 수 없는 법
이승은 너무 짧아 후회는 이미 늦은걸
바쁘게 스쳐가는 바람 속에서
새삼 지그시 그대 눈 들여다보며
마음의 말 비로소 해본다
"사랑해요 이 세상 끝까지."

어머니꽃

무슨 꽃일까
송이송이 이 가슴에 피어나
잠들 때 소리 없이
함께 눕는 꽃

속눈썹엔 눈물 진주
그리움이 묻어나
부드럽고 포근한
무명 옷자락

오월은 어머니의 질박한 손
상처 많은 가슴에 대고 문지르며
열 번 스무 번
부르고만 싶은
어머니
어머니
어머니꽃 피네.

우리들의 고향

숲에는 어머니가
살고 계시다
우렁우렁 울리는 그 목소리
정겨운 우리들의 고향이다

숨죽여 매운 바람
이겨내면서
철따라 푸르름 눈부시게 살리는
놀라운 저력의
넓고 깊은 품

이 여름 또다시
서늘한 그늘 주시는
그 사랑 가슴에 기대어
어머니이…… 마음 놓고 소리쳐본다

오냐 오냐
멀리 돌아 내게 오는
어머니 목소리
이 가슴에 메아리지고.

비 오는 밤

빗발이 점점 굵어지고 있었다

저녁 뉴스로 전해지는 연쇄 살인 사건
부도 사태, 가출 가장 노숙자 폭증 소식
후식으로 입에 물던 과일 한쪽이
목에 걸려 기침이 쏟아졌다

목에 걸린 과일이 쑥 내려갈
무슨 빅 뉴스라도 나오길 기다리며
TV 켜놓은 채 밤을 샌다

아무 탈 없이 하루가 지나고
우리 가족 이웃 가족
모두 다 평온하기를!

빗줄기가 더욱 거세진다
귀가가 늦은 아들에게 핸드폰을 건다.

희망의 별을 올려다보며

어린 동생같이
애틋한 2월에
어깨 시린 이 쓸쓸한 시대에

풀잎 같은 언어로 시를 쓰고
사랑이라는 한마디에 기대어 산다

누군가가 말했지
2월은 짧으니
고통도 그만큼 적으리라고

그래, 얼어붙은 산기슭 들풀조차도
기다림 끝에 오는 새날이 있기에
몸 사려 이겨내듯

손잡고 걸어갈 친구가 있고
저녁이면 돌아갈 집이 있는 안도감
작은 일에 감사하며 뜨거운 가슴으로 일어선다

보드라운 아기
품에 꼬옥 안고
세상은 살아갈 만하다고
창을 열고 싸늘한 밤하늘
희망의 별을 올려다본다.

내 시계

내 왼쪽 손목의
30년 함께 살아온 시계
정든 이 시계가 요즘 이상하다
매일 하루 5분 빠르게 달린다
아무리 혼자서 빨리 간들
우주의 시간은 양보가 없어
떼쓰는 어린아이 붙잡아 세우듯
매일 아침 다시 줄 세워주면서
아니다 혼자 뛰어가지 말라 달래보면서
살아가는 걸음 나도 다시 매무새를 바로 한다
잘라도 또 자라는 머리카락처럼
아낌없이 처음부터 다시 시작이다
혼자 바쁘게 달려가는
이 낡은 시계가 나의 스승이다.

봄날

정원의 나무에 감겨든
아기 손가락 같은 햇살
솜털 옷 보송한
나뭇가지 때리는 꽃샘바람

올해는 개구리도 달포 먼저 튀어나오고
개나리 진달래도 잔치 벌일 날 머지않았다고
지구 온난화로 온통 계절이 앞당겨졌네

중국 몽골 황사 바람에 눈이 아파도
세상사 어지러워 투정을 부리다가도
추위 이겨내고 예서 제서 예쁘게 눈뜨는
봄을 바라보며

따뜻한 차 한 잔에
하르르 떨리는 우리만의 시간
잔잔히 흐르는 〈엘리제를 위하여〉가
가슴에 젖어드는
이른 봄날.

요술쟁이 이슬

여름엔 잠 덜 깬 새벽을 만나자
요술쟁이 이슬 보러
뜰에 나서보자
새벽바람 목을 간지럽힐 때
보석 같은 이슬이
나뭇잎에 조롱조롱 매달려 있다
기도하듯 두 손 가슴에 모은 자세로

신비하다 그토록 작은 물방울이
어떻게 그 먼 강으로 달려가는지
살아 있는 생명의 목을 축여주고
이 세상 얼룩을 씻어주고

알 수 없어라
내가 아는 건 작은 물방울들이 모여
강이 되고 바다가 되고 구름이 되었다가
우리 집 어둑새벽에 가만히 다가와
고운 이슬방울이 되어
나를 부른다는 것뿐.

산 이야기

사람이 산에 오르면
신선이라 하고
계곡을 내려오니 속인이 된다던가
산이 산이되
사람을 안팎으로 흔들어놓는구나
이끌어 손잡아주던
자연의 풍성한 그 품이
이제 나더러 어찌하라고
어찌하라고
신선도 아니 속인도 아니
갈 곳 없이 어찌하라고.

어느 날 문득

어느 날 문득
가슴 명치끝을 찌르는
생각 한 가닥
담을 헐자 서로를 옭아맨 담을 헐자
이웃끼리 높은 담으로
세상을 절반쯤 눈감고 사는
이 허망한 삶
담을 헐고 감나무든 대추나무든
아니 사철 푸른 상록수 심어
아침마다 환한 웃음
깨끗한 눈빛을 나누자
우리들의 짧은 생
눈 가리고 달리지 않기로 하자
광망한 우주 한끝에 서서
오늘 명치끝이 아프다.

추억의 보물

추억만큼 소중한 보물이 있을까
명절에는 고향을 만난다
비탈진 숲길이 그리워지고
손잡고 걷던 돌담길 이야기도 살아나
나를 잡고 놓지 않는다
그곳엔 영원히 조상들과 어머니 계시고
떠들썩한 형제들의 웃음소리
이웃 사람들 정겨운 고향 사투리가
맛깔스런 내 고장 음식에 버무려져
푸짐한 상차림이 된다
그렇게 고향은 흩어진 가족들의 빛깔과 향기로
가슴 밑바닥에 젖어 있는데
아직은 소중한 추억으로 보듬고만 살 뿐
그리운 수채화 한 폭으로 걸어둘 뿐.

새벽에 일어나서

새벽에 일어나서
무릎 꿇고 앉아
화선지에 묵화 한 점 띄우다

열어놓은 창으로
밝아오는 날의 정기를 느끼며
오늘 하루
내일 또 모레 글피
모든 날 모든 가정 이웃과 나라의
평안을 생각하며

가슴 벅찬
희망의 뿌리를 껴안는다

은혜로운 자연의 순환 속에
할 일 많은 세상 마음이 바쁘다
그 많은 별 중에 사랑으로 만난 우리
그래, 오늘도
힘 있게 일어선다.

거울을 보며

차가운 너의 살갗에
손가락을 댄다
적막한 침묵

홀로 서 있는 나와
나를 보고 있는 또 하나의 나
무언가 할 말이 많은 채
모든 숨소리가 죽고
모든 움직임이 정지된다

선잠 깬 아이 한낮의 정적을 깨듯
거울을 깨고 싶다

어디선가 따스한 손길이
다가온다
거울 속으로 걸어오는 너를 본다
이제 혼자가 아니다
풀빛 미소가 번진다
온 집 안에 번진다
나도 웃는다.

희망

우리에겐
건너야 할 강이 있다

그 너머에 마을 불빛 보이고
어린 아기 울음소리 들린다

어두운 숲에서
잠자던 새가 푸드득 난다
새벽이 오고 있었다

그래 우리에겐
건너야 할 강이 있다
혼돈의 시간을 딛고

어둠을 거둬내는
빛이 흐르고
먼 길이 보인다.

꿈꾸는 새여

아름다운 대지여
꿈꾸는 새여
너의 빛나는 눈빛을 본다

새날의 큰 획이 그어지는 시간
사랑을 하는 이들은 새 집을 짓고
그리움에 사는 이들
추억의 창가에 앉아
멀리 그려지는 미래를 바라본다

대지에 굳건히 뿌리 내리고
높이 두 팔 벌린 의지의 나무들
그 긴 손가락이 가리키는 하늘에
은은히 노랫소리 가슴 적실 때

아, 인간 세상 모든 흐름 정의롭기를
슬기롭고 평화로운 날들이기를
열의에 찬 걸음 이웃을 손잡아주며
땀 흘려 일하는 이 기운 넘치고
바른 길 활기차게 열려가기를
사람답게 사는 세상 큰 나라여
패기 넘치게 일어서라.

생명의 빛깔

어디로부터 오는 걸까
잔잔히 흐르는 이 음악 소리
바람인가 향기인가
가슴에 스며드는 감미로움

오랜만에 비 내려
공해 걷힌 날
손으로 만지고 싶은 저 가을 하늘
눈먼 사람에게도 보여주고 싶어라
저 하늘 투명한 울림
진정 나누고 싶어라

문득 들려오는 소리
'보고 있어요 느끼고 있어요
마음의 눈으로 감성으로'

그래, 생명의 빛깔은 세속의 덫으로
그 날개 찢을 수 없네
세상사 눈뜬 나도 마음의 눈으로
보고 싶어라
깊은 울림 함께 듣고 싶어라.

젊은 그대여

청순한 목둘레에
내일을 감고 서 있는 사람
너의 먼 앞날은 아득하고
무한히 뻗어가는 어딘가로 향해 있다
젊은 그대여
쌓여가는 추억 속에
말없이 미소 짓는 인생에도
그대여 밝은 날
함께 가자 말하자
귀 기울이자
손때 묻은 문설주
오랜 포도주
세상은 너무나도 할 일 많은 곳이라고
나직이 이르는 그 목소리
지붕 밑 고요한
흔들림이 있는 곳에.

바람 부는 언덕에

첫 눈뜬
그리움처럼
내 가슴속 한 그루
소망의 나무
말없이 자라나 두 팔을 벌린다

밤새 속삭이듯 내린 봄비가
부드럽게 정겹게
온 세상 적실 때

바람 부는 언덕에
잠자던 나무와 돌
내 꿈과 함께
환하게 일어선다.

가야 할 길이 있으므로

이 밤의 끝자락 잠들기 전에
우리에겐 건너야 할 강이 있다

할 일이 있고
찾아야 할 길이 있고
주춤거리는 시간을 다시 깨워야 할
가슴 벅찬 과업이 있다

어디선가 아기 울음소리가 들린다
멀리 마을 불빛이 보이고
푸드득 푸드득 잠들지 못한
새의 날갯짓이 숲 그늘에서 흔들린다

아직 갈 길이 있다는 건 고마운 일이다
어둠이 걷힐 때까지
빛이 흐르는 먼 길이 몸체를 드러낼 때까지
아직 깨어 있으므로
희망이 있으므로
더 가야 할 길이 있으므로.

나의 사랑 서울숲

이 세상에 꽃이 없다면
나무가 없다면
나뭇가지 흔드는 바람과 새가 없다면
이 세상에 그가 없다면
빛이 없는 세상 어이 살리

마음 바쁜 도시의 서울 사람들
복잡한 가슴에
홀로 깨어 있는 철학자 같은
향기로운 쉼터 숲이 없다면
마음 놓고 걸어볼
서울숲이 없었다면

아이들이 사슴과 뛰어놀고
사철 눈부시게 일어서는 서울숲
정겨운 연인들이 손잡고 걷는
사랑의 보금자리 즐거워라
자연이 숨 쉬는 세상 아름다워라.

산아

산아
두터운 가슴의 산아
전설의 숨결 밀물지는
깊은 골짜기 나무 그늘에서
뭇 생명 기대어 잠들게 하는
산아 너그러운 품의 산아
때로는 불현듯 일어서서
가슴 깊은 곳에서 솟는 샘물
흐르다가 뛰어내려
마침내 깨끗이 부서지는
폭포가 되면서
서 있음도 가고 있는 세월이기에
산아 네가 업고 있는
저 크나큰 하늘이
오늘은 더 아득하구나
천년이 하루같이.

새벽

창을 열자
새벽이 몰고 오는
청정한 새 기운을 맞는다

머무르지 않고 나아가는
물살처럼
내일을 향한 첫걸음

빛으로
향기로
바람으로
생명 이끄는 힘을 느끼며

할 일 많은 날들
나는 내일의 언덕을
오르기 시작한다
이 새벽에.

강물은 살아 있다

강물은 살아 있다
미물조차 사랑으로 품어 안고
토닥토닥 어미 노릇
살아 있는 기쁨이어라

먼 길 나그네로 살면서
사랑의 노래 흥얼거리며
어느 산길 외로운 가슴
뒤척이며 뛰어내리며
어제도 오늘도 유유히 흐르면서

미래의 언어로 바다를 부르네
작은 물방울 흩어지지 말자고
우리 모두 정답게
손잡고 가자고.

풀밭에서

아무도 밟지 않은
풀밭에서
풀잎에 맺혀 있는
빗방울을 보면서

내 가슴 위로 흐르는 강을 보면서
나는 세상이 다 담겨 있는
영롱한 한 개의 물방울에 압도되어
숨을 죽인다

이 작은 숨결로
어떻게 영원의
엄청난 바다로 가는지
알 듯 모를 듯
세상의 신비를 껴안고 서서
목이 메는 부르짖음 같은
방울방울 맺혀 있는 빗방울을
한없이 들여다본다.

새날의 빛을

새날은
모든 빛깔이 찬란해야 한다
새로움에 대한 기대로
가슴이 절로 부풀어 올라야 한다
고요한 새벽녘
잠 깬 바람 소리 새소리 어우러져
가로질러 흐르는 음악 소리에
가슴에 스며드는 재스민 향이
어제까지의 우울을 거둬가야 한다
스테인드글라스에
세상의 빛이 몸 비비며 들어서고
거룩한 이의 손길을 이마에 느끼며
눈이 부셔서 절로 퉁겨 일어나야 한다
멀리서 다가오는 희망의 날갯짓을 보면서
빛을 움켜쥐어야 한다 사랑의 빛을.

사라지는 모든 것이

서울에선 그리도 멀었던
밤하늘 별들
시베리아 벌판에서
몽골 고원에서
어찌 그리 큰 별들이 쏟아지던지
별들은 어디서나 존재하련만

급행열차였네 내가 탄 인생열차는
빠르게 사라지는 풍경들
다시 볼 수 없지만
그 세계는 여전히 존재하듯이

시간은 은하수로 흐르고
나는 어느 길로 왔던가 돌이켜보네
그러나 고독한 숲을 지날 때
혼자이면서 혼자가 아니었네
말없이 등불 밝혀준 분 있기에
담 허물어 나무를 심는
훈훈한 이웃이 있기에

인생은 너무 빨리 지나가 서운하지만
사라지는 모든 것이 별이 되어 빛나고
어디선가 또 불꽃놀이가 한창이네
아이들 웃음소리도 여전하네.

운악산 절경

우람한 바위들이
구름 뚫고 솟구쳐
운악산 이름으로
세상을 내려다보네

산세 아름다운 활엽수림 그늘에
홀연히 기품 넘치는
은난초 숨어 있고
그 옛날 도자기 가마터에
세월처럼 부서진 도기 조각들
이제는 이 깊은 산
잊힌 듯 고요해라

누가 일렀던가 궁예 성터 유적에
은은히 비감 서린 이 절경
차라리 소금강이라
이름 붙여 부르자고.

비 오는 날

비는 멀리서 오는 손님이다
낮은 곳으로
낮은 마음으로
모든 이의 가슴에 스며드는
부드러운 눈짓이다

이 여름 소리쳐 울 때도 있다
이게 아닌데, 아닌데, 하면서
어지러운 세상사 고개 흔들며
소용돌이치고 달려온다
내 근심 한 가닥까지도
다 쓸어갈 듯이

오랜 세월
참 많은 이야기를 품고 있는
비는, 멀리서 오는 비는
한 방울 이슬로도 세상을 보여주는
맑은 눈의 고요한 헌신

생명을 키우는
어머니의 그윽한 눈빛으로
새벽잠을 깨우는
저 빗소리.

여름 산

오늘은 온종일
비가 내리고
어느 추억으로도
마음 달랠 길 없을 때

문득
저기 저 산 목둘레
부드럽게 흐르는
넘치는 관능미

어느 나무 밑에
숨죽이고 있을
작은 짐승들

자연은 인생을
풍요롭게 한다
너그럽게 기다림을 가르쳐준다

나도 비 오는 산으로
다시 살아나
빛나는 시간에
안겨본다.

산에 오르리라고

산이 좋아
등산이 취미라 말해놓고
나의 생활은 그냥 흘러만 간다
오늘도 오르지 못한 산을
내일이나 모레쯤엔 오르리라고
주말을 겨냥하여 다짐한다

내일이나 모레가 오늘이 되면
또다시 다음 주말 가보리라 다짐하며
나의 하루는 언제나
헛된 약속을 바구니에 담는다

산이 좋아
산의 정기 마시며
생명의 끈을 잡고 무릎 꿇으리라고

모든 게 새롭게 시작되는 날
그중에도 꿈꾸는 기다림 있으니
멀리 돌아 흐르는 강바람 따라
저 하늘의 속 깊은 푸르름을
산에 들에 팔 벌린 여름 숲의 푸르름을
온몸에 휘감고
나도 신선한 바람이 되리라고

저 산 산 너머 산을
그리움으로 바라본다
내일 모레쯤엔 그래 이번 주말엔
꼭 오르리라고 산의 품에 안기리라고.

늦가을의 선물

그렇게 멀리 있던 산이
붉게 타오르며 손짓할 때
내 뜰에 오랜 은행나무도
눈부신 낙엽 융단 깔아놓고
바쁜 걸음 쉬어 가라 붙잡는다

삶의 언덕에
풀잎 사운대는 바람길 따라
곳곳에 훈훈한 끌림이 있다

산이 깊으면
메아리도 우렁차리

자연도 사람도
덕이 있는 날을 가꾸며
이 늦은 가을
화사한 은행잎 융단 위에서
세상을 빛내는
깊은 가을빛에 취한다.

새벽의 노래

새벽은 밤이슬로 치장한 나뭇잎이
잔잔히 노래를 부르는 시간

하늘과 땅이 입맞춤하고
사랑의 징표로 남긴 이슬로
내 이마를 적신다
숨어버린 별 대신
반짝반짝 온 세상이 눈웃음친다

알고 있었다 잠자는 이 시간에도
무언가 이뤄지는 은밀한 성사를
1백 30년째 짓고 있다는 바르셀로나의 성당처럼
세상은 무언가를 향해 쉬임 없이 걸어가고
내 가슴에는 매번 새로운 감동이 눈을 뜬다

새벽은 별무리가 숨고 바람이 일어서고
우리 모두 두 팔 벌려 껴안는 이가 있다
새벽이슬 깨물어 소리치게 하는
저 햇살과 함께.

나도 파도가 되었다

이 여름 나를 부른 바다
비단폭 펼쳐 뒤척이는 바다
그 가슴 앞에 서면
나는 세상의 크기를 알 것 같다

파도치는 바다는 하나의 거대한 보석
햇살이 수만 개의 빛을 쏘아대고
나는 도전하듯 화살을 쏘았다

맞춰야 할 과녁은 있었던가?
물의 깊이만큼 파랗게 입술이 질린
저 무한 세계의 심장에
나는 쓰러졌다
나도 파도가 되었다.

자연은 신의 선물

숲은 어머니 가슴
산에도 들에도 우리 마을에도
아낌없이 품어주는
어머니 가슴으로 우거져 있네

매운 겨울바람에
죽은 듯 침묵하던 나무들
봄의 잎눈 틔우는 여린 숨결
신비하여라 살아 있음이 감격스러워라

숲은 어디서나 우리에게 손을 내민다
나무가 모여서 숲을 이루고
우리들의 꿈이 되어 함께 자란다
미래는 자연의 아기
자연은 신의 선물

우리의 아이들과
그 아이들의 아이들까지도
대대손손 우거진 숲에서 자라고
날짐승 들짐승 작은 벌레까지도
너그러운 숲의 품에서 꿈을 꾸면서
향기로운 노래와 그 눈빛으로
사시사철 너울거리네.

길을 묻는 이에게

이 시간
청정한 기운을 품어 안으며
지금 길을 묻는 이에게
머리 숙여 응답하노니

길은 어디나 있었다
저기 풀빛 안개 밀려오는 쪽
우리에게 미래를 보여주는 손길

올해의 끝자락
아직 할 일이 남아 있고
어디선가 아기 울음소리 들려오고
숲 그늘에서 깨어 날갯짓하는 새들이 보이는데

길을 묻는 그대에게
경건히 응답하노니
밀려오는 햇살 손으로 막을 수 없듯이
길은 어디나 있었다

지금 보이지 않는 길
아무도 가지 않은 먼 길일지라도
힘 있게 내어딛는 새벽의 첫걸음 앞에.

시간은 강물인가

시간은 흐르는 강물인가
누구도 잡을 수 없는 옷깃이며
누구도 앞당겨 뛰어갈 수 없는
흐르면서 그려지는 실체인가

지난날을 돌아보면 참 많은 일이 있었다
결코 풀리지 않는 속매듭이 가슴에 박혀 있다
많은 사람을 떠나보냈으며
가지 않았어야 할 길이 상처로 그어져 있다

차가운 살갗에 새겨진
어제 오늘 그리고 내일
해는 또다시 떠오르고
새날의 빛은 강물을 타고 흐른다
후회 없을 눈부신 날들이
너에게
나에게
다시 펼쳐지기를 기대하며.

섣달 그믐에

한 해의 마지막 캘린더 한 장이
나뭇가지에 걸려 있습니다
환한 달빛 밟고 걸어오는 그대가 보입니다
그대 어깨에 얹은 그 커다란 손이 보입니다

문득 뒤돌아본 어제 그제 그끄저께……
낙엽 밑에 누운 발자국
밟으면 소리치는 추억과 함께
가슴 뻐근히 고개 드는 숱한 사연들

그리움에 젖은 편지
그대에게 띄웁니다
솟구치는 큰 새의 빛나는 날개에
꿈
사랑
눈부심
내일의 햇살이 기다리는…….

눈이 오는 날은

눈이 오는 날은
하늘도 낮아지고
온 세상이 무릎을 꿇는다
경건하게 부드럽게

날리는 눈송이조차
흘러가는 강물 같은 시간 위에
그리움과 아쉬움의 언어로
조심스레 내려앉는다

이런 때 흠뻑 눈에 덮인 숲 속 나무들의
침묵의 기도 소리 들으며
살아가는 길에 보이지 않는 아픔이
비수로 남아 있음을 참회하며

저리 빛나며 흩날리는
눈 내리는 하늘을 향하여
새날은 정녕 미소로 맞아야 함을
덕성과 은혜로움의
눈처럼 모든 걸 덮어야 함을
생각한다.

축복의 날

젊음은 축복이다
나이는 잊고
우리 젊은 정신으로 세상을 살자
이 겨울 눈 덮인 설원 앞에서
힘차게 활강하는 의욕을 보이자

아름다운 대지여
성취의 날이여
아득한 하늘 두 팔 높이 들어
찬란한 빛을 불러들이자

나무가 모여 숲을 이루고
강물이 합쳐져 바다 되듯이
기도에 응답하는 소망의 산 일어서고
화해와 협력의
뜨거운 손 잡을 때

정신은 나이를 이기는 것
우리 모두 새롭게 맞을
밝은 가슴 드높은 하늘
희망의 지도 그려가자.

바람 부는 날의 추억

아득히 먼 곳에서 달려오는
바람 소리 따라
무지개 꿈으로
곳곳에서 일어서는
눈부신 몸짓들

내 발밑에 무너졌던
지난 겨울의 이야기조차
삐죽삐죽 작은 싹으로 되살아나
안개 속에 뿌리를 내린다

추억은 아름답다
버리고 싶은 기억까지도
썰물로 밀려와
봄빛 서러운 꽃덤불로
무더기 무더기 안겨오누나

바람 부는 날
가슴 휘젓고 가는
저 휘파람 소리.

세월의 이끼

세월은 이끼를 입고
침묵 속에 자란다

세상 근심 뒤척이며
잠 못 이룰 때
밤사이 가는 빗줄기
소리도 없이
부드럽게 부드럽게
온 세상 촉촉이 적시고

한결 짙어진 이끼
고요함뿐이다.

믿음 있기에

겨울이 신선한 건
보이지 않던 모든 것이
드러나는 때문이다 솔직하고 담백하다

잎 다 진 겨울나무를 보라
보듬었던 새 둥지 모습을 드러내고
엉킴 없는 가지들 손가락 활짝 펴
차가운 하늘에 연필화를 그린다
입 꾹 다물고
내면의 의지는 숨죽이고 있다

그러나 보이지 않는 몸짓이 있다
냉혹한 지상에 발은 얼어붙어도
결코 죽지 않음을 알기에
역동적인 분수로 솟구치는 생명
부드럽게 잡아주는 그 큰 손 있기에
물결치는 세상 헤쳐나갈 수 있다

그렇다, 힘겨운 겨울 이겨내고
우리 모두 겨울나무처럼
신선하게 일어서고 싶다
맑은 눈으로 향기롭게
빛나는 새 아침에.

이 기쁜 성탄절에

벼랑 끝 같은 한 해의 마지막 달에
너무도 경건한 만남 안겨주신 은혜로움

순결과 헌신의 희디흰 눈이 내려
기쁜 성탄 축복의 날이 열리고
추운 겨울 그늘진 자리 후미진 곳까지
당신의 크고 부드러운 손길
생명의 빛이 되어
맑은 샘가에 서게 하심 고맙습니다

캄캄한 땅에
구원의 빛으로 홀연히 오신 메시아
인간에게 말씀을 주시기 위해
인간의 몸으로 오시고
인간다움 일깨우기 위해 오신
그 향기로운 숨결

그러나 당신의 순수와 젊음이
못 박혀, 피 흘려, 죽으심을 보았으므로
당신의 태어나심 슬프고 두렵습니다
인간 세계의 가시 돋친 불협화음
불 같은 대결 의식 피로써 씻어주며
다시 거듭나라고 가르치시니

그 높고 거룩한 뜻이
우리들 가슴에
눈물 젖은 사랑의 말씀으로 꽃피게 하소서
이 기쁜 성탄절에!

촛불 하나 켜놓고

해가 저물었습니다
올해의 짐을 내려놓을 시간입니다
오늘 이 시간 촛불 하나 켜놓고
그리운 포도줏빛 꿈을 꿉니다
창가엔 꽃 한 송이 놓아두고
은빛 종을 달겠습니다

숲에서 불어오는 바람에
은은히 울리는 종소리
향기로운 찻잔을 들고
추억의 별들이 하나둘
떠오르는 걸 지켜봅니다

지난 한 해 즐거웠던 시간들
슬프고 아팠던 일들
쓸쓸한 이야기 다 흘려보내고

아, 오늘밤 촛불 하나 들고 오는
그대의 미소를 기다립니다
촛불과 촛불이 만나
가슴에 물무늬로 번져가는
평화 그리고 사랑
외로운 이의 어깨 쪽으로

숲이 움직이고 파도가 출렁입니다

이제 눈물을 거두고
그리운 얼굴 떠올리며
따사로운 눈길 이웃에도 나누며
우리 모두 행복을 나누는 빛의 파도가 되고

새날이 밝으려 합니다
내일은 또다시 할 일이 있고
새로운 그림이 그려지는 새벽이 오겠지요
은혜로운 사랑 충만한 새해가 오겠지요.

제 *11* 시집

새벽, 창을 열다

한국의 서정시 064

새벽, 창을 열다

김후란 시집
New Poems by Kim Hu-Ran

의자를 보면 앉고 싶다

— 빈 의자 1

의자를 보면 앉고 싶다
누군가를 기다리는
빈 의자
살아 있음을 증거하듯
바람이 쉬어 가는 그 품에
삶의 무게를
내려놓고 싶다.

눈 덮인 언덕에서

― 빈 의자 2

눈 덮인 언덕길을 걸었다
아무도 밟지 않은 길
힘겨울 때면 잡아주는
보이지 않는 손이 있었다
훈훈한 바람이
목에 감겨든다
앉을 자리를 둘러본다
뚜벅뚜벅 걸어온 내 발자국이
나를 쳐다보고 있다.

마음의 고리

― 빈 의자 3

사라져가는 것의 작은 흔적도
다시없이 귀한 눈물이다
내 가슴을 딛고 가는 어떤 형상이
떠난다 해도
그 울림이 영원으로 이어진다
지구를 박차고 날아오른 새 떼
하늘 아득히 물무늬 지듯
법정 스님의 나무쪽 이어 붙인 의자도
삼천 년 전 투탕카멘의 황금 의자도
침묵하며 칼바람 소리
스르릉 허공에 획을 그으며
마음의 고리를 이어간다.

생명의 깃털

— 빈 의자 4

저 거대한 산이 앉았던 자리
고요함을 딛고 흔들리고 있다
일렁이는 물거울에
얼비치는 존재가 보인다
광막한 우주 휘돌아
다시 돌아온 생명의 깃털
모든 곳은 누군가가 앉았던 자리
보이지 않아도 영원히 숨 쉬며
다음 분을 위해
햇살이 가만히 손을 얹고
기다린다
한없이 다사롭다.

비밀의 계단

— 빈 의자 5

수채화 풍경이 흐르는 배경
오르간 소리 울리고
정든 골목길 담장에 얼룩진 그림들
냉이 달래 씀바귀 혀끝에 쌉쌀한
낡은 시간 위에
비밀의 계단을 오르며
지나간 일들
지나간 사람들
다가올 일들
모두가 익숙하고 모두가 낯설다
의자는 무거운 나를 보듬고
쉬어가라 쉬어가라 자장가를
불러준다
가만 가만히.

안개와 파도 속에

— 빈 의자 6

그림인 듯 그 자리에 있다
모든 것이 변하고 묻혀버려도
흔적은 그 자리에 있다
은은히 소릿결이
내 가슴속에 들어와 있다
떠나간 이들이 남긴 이야기
안개와 파도 속에
물보라 일으킨 세월
결 삭은 흙냄새에 기대어
깊이 생각에 잠기다.

한 잔의 물

— 빈 의자 7

누군가가 앉아 있었다
기다림을 알게 하는 의자
기다릴 줄 아는 이에게
자리를 내어주는 의자
바람에 휘둘려 숨 가쁘던 생
한 잔의 물 건네는 공양의 손길에
먼 바다 끝에 있는
작은 섬에 오르듯
비로소 빛부신
그분의 옷자락을 잡는다
경계를 허물고
지혜의 눈이 뜨인다.

그대와 나란히

― 빈 의자 8

고요함을 헤치고
살아나는 소리
기억의 저편으로 나를 끌어가는
언젠가의 그대 목소리
그 소리 들린다
온종일 숲길을 걸었다
걸으면서 들었다
그대와 나란히 앉고 싶다
나무 그늘 언젠가의 그 의자에.

낙엽이 되어

— 빈 의자 9

바람이 분다 은행잎이
흩날린다
내 마음속 빈 의자에
황홀한 몸짓으로 떨어진다
나를 버리라 한다
나 물들어
고운 낙엽이 되어
이리저리 바람결 따라
헤매다가
적멸* 문턱에 놓인 의자에
고이 눕는다.

* 적멸(寂滅) : 번뇌의 경계를 떠난 열반.

등불 들고

깨어 있음이
존재함이라면
잠들지 못한 이 시간이
나를 존재케 함이라면
짙은 안개 헤치고
등불 들고
영원히 살 것처럼
꿈을 꾸리라
실존의 언덕에서.

짧은 광채

굽이쳐 흐르는 세월
문득 벼랑에 핀 풀꽃에서
내뿜는
아주 짧은 광채

밝음을 지나
어둠을 지나
언젠가는 모든 게 사라진다 해도

지금 깨어 있으므로
눈부시다
묵은 짐 내려놓고
날마다 새롭다.

수묵화

화선지 흰 가슴에
먹물 먹은 붓이
내리꽂히는 순간
산과 강이 몸을 떤다

고요하기론
세상이 정지된 듯도 하다만

산 너머 또 산 너머
메아리지는 울림이 있고
누군가의 뒷모습이
등성이 굽이돌아 사라지고

바람 한 점 스쳐가는
크고도 깊은 세계
잠긴 듯 떠오른다.

문을 열면

닫기 위한 문과
열기 위한 문
문을 닫는 사람과
문을 여는 사람

큰 집 작은 집
일상의 번뇌 속에 뒤척이고
깨어 있음의 새로운 눈으로
닫혀 있음과 열려 있음
세상을 향한 문 여닫힌다

그러나
그러나 마음의 빗장을 풀면
공간 가득 넘치는
빛과 노래
사랑으로 마음의 문을 열면.

꽃 한 송이 강물에 던지고 싶다

꽃 한 송이
흐르는 강물에 던지고 싶다
일만 년 전 빙하기(氷河期) 끝나면서
인류의 역사 바뀌었듯이
우리 사이에 가로놓인
빙하기 풀고
너의 가슴에 고운 꽃 한 송이
출렁이게 하고 싶다
살아 있음을 증거하는
우리의 길
꽃잎 띄운 강물이고 싶다.

노트북 연서(戀書)

허공에 떠도는
언어의 축제
클릭한다
침묵의 대화로
사랑을 나눈다
목이 마르다
네 목소리가 듣고 싶다
젖은 글씨로 쓴
편지를 받고 싶다
살아 있는
연인이고 싶다.

연필로 쓰기

부드러운 연필로
그 이름 써본다

지우개로 지우고
쓰고 또 쓰고

인생도
다시 살 수 있다면

나무 향기 그윽한 연필로
쓰고 싶은 이름
쓰고 또 쓰듯이.

별과 시

밤하늘 별들은 너무 멀구나
찢기는 심정으로 바라본
윤동주 시인의 별들
정다운 너 하나 나 하나
어디서 무엇이 되어 다시 만나랴, 던
김광섭 시인의 별들
오늘 이 가슴 뜨겁게
나를 사로잡고 놓지 않는다
산다는 건 무언가
어디서 와서 어디로 가는가
까마아득하게 세월을 뛰어넘어
우리의 눈 맞춤은 그윽하고 슬프다
가고 아니 오는 사람
따라나선 길
오늘 밤 별들도 눈물을 흘리고 있다
별이 시가 되어 나에게 기댄다.

눈밭에 서 있는 나무

온종일 눈이 내린
그 이튿날
눈밭에 발을 담근 겨울나무들
여럿이서
혼자서
세상을 응시하는 철학자 되어
장엄한 침묵으로 서 있다
모차르트의
구도자의 저녁기도가 흐르고
추운 겨울나무에겐
길게 흘러내린 그림자뿐
내 발밑에 기댄 그림자처럼.

추억의 시간

그날 아침 아우와 산책을 하면서
훌쩍 건너뛴 세월을 보았다

나이 들어가는 건 자연의 순리라고
이따금 마주 보며 미소를 지었다
장장 열두 시간 항공 여행길
감회 젖은 미국에서의 만남을
서로가 위로하는 눈빛으로

어느 주택가에서
개러지 세일*이 열리고 있었다
차고 문을 열어놓고
오밀조밀 늘어놓은
살림살이 앞에서
금발 여성이 상그레 웃고 있다

무슨 사연일까, 그림 커피잔 장신구들……
추억이 묻어 있을 잡동사니 속에서
대리석 작은 촛대 한 쌍을 집었다
그녀의 식탁을 장식했을 행복의 순간을

누구나 그렇다 살아가면서
지우고 싶어지는 순간이 있고

보듬어 안고 있는
추억의 시간들이 있다
만남과 헤어짐의 시간들이
애잔한 울림으로 나를 따라왔다.

* 개러지 세일(garage sale) : 미국 주택가에서 연 1회 차고 문을 열어놓고 이웃과
  나누고 싶은 물건들을 싸게 파는 가정 행사.

푸른 도시의 문패

그 집 앞을 지나면
피아노 소리가 들렸다
아무도 없는 창가에서
부르는 손짓이 있었다
알 수 없는 훈기가
나를 사로잡는다
정다운 이웃은 참 좋아라
우리는 누군가의 부름을 느낀다
푸르러가는 이 계절에
서로가 서로의 친구가 되어
어깨를 감싸주는 바람 자락
이 고장 모든 집에는
푸른 도시의 문패가 반짝인다.

사랑 이야기

새벽 창을 열자 속삭이듯
다가오는 빗소리
환상의 입김이 한없이 부드럽다

사랑은
눈빛으로 부딪치고
폭포의 추락으로 부서지는 것이라면
오늘 내리는 저 비는
또 누구 가슴에 폭포가 되고
흘러 흘러 강이 되려나

비가 오는 날은
누군가의 사랑 이야기
흠뻑 취해서 듣고 싶어라
잊고 있었던 누군가의
애틋한 사랑 이야기를.

사랑의 손을 잡고

당신은 내 손을 잡고 걸으니
그것은 당신의 기쁨입니다
당신의 체온이 실려 오는 동안
그것은 나의 우주입니다

같은 쪽 같은 하늘 바라보며
가슴 뜨거운 이 순간
휘청대는 발걸음
서로 부축하면서
절로 차오르는 이 행복감

비바람 거센 밤
깊은 눈 험한 길도
당신이 내 손을 잡고 걸으니
우리의 우주는 맑은 하늘입니다.

어머니 손길

반달 등허리
얼레빗 고운 물결

볕바른 마루 끝에 앉아
긴 머리 빗겨주던
어머니 손길

내게도 어린 시절
그리운 날들
바위 같은 이 마음
훈훈해지네.

형제여

둥근 그릇에
네모 그릇에
우리는 다른 세상을 보고 살지만

그윽한 눈빛
멀리 있어도
혼자서도 혼자가 아닌

형제여
우리 등나무로 얽혀서
향기로운 등꽃으로 세상을 밝히자

바다로 달려가는
물방울로 만나서
손을 잡고 흘러가는 강이 되자.

고향의 기침 소리

어디선가 시작되어
모든 것의 시작인 생명의 원천
넉넉히 흐르는 강을 따라
우리는 간다

먼 길 돌아 다시
휘돌아 든 강줄기처럼
또다시 모여 편안한 고향 사투리로
마음 놓고 주고받는 삶의 이야기

오래된 나무 한 그루도
잊힐 듯 아득한 얼굴들도
어깨 스치는 바람과 함께
그 기침 소리 정겨운 인심
그리움뿐이다.

예감

이처럼 눈이 많이 오는 날은
내 이마에 빗물이 되어 흘러내리는
무의미의 의미를 알 것 같네

어디선가 눈발을 헤치고
오고 있을 그대여
우리는 부딪쳐 부서질
운명임을 알면서
그러나 결코 스러지지 않을
운명의 핵을 보듬고

저 별들이 환한 대낮에도
소리 없이 살아 있고
눈비 올 때도 그대로 빛을 쏘는
거대한 우주의 비밀처럼
우리는 이미 하나의 빛
깨끗한 눈물 한 줄기로
흐르고 있어

그대의 손이
나를 잡고 일어설 때
아, 그때 나는 알겠네
결코 무너지지 않을 나를
보게 된다는 것을.

시의 집

어느 때부터인가 연필이
좋아졌다
백지에 언어의 집을 짓는다
짓다가 잘못 세운 기둥을 빼내어
다시 받쳐놓고
저엉 성에 안 차면
서까래도 바꾼다
그렇게 연필로 세운 집
고치고 다듬고 다시 일으켜 세우는
잠들지 못하게 눈 비비게 하는
연필로 집 짓는 일이 좋았다
작은 기와집 한 채
섬돌 반듯하게 자리 잡아주고
흙 묻은 고무신 깨끗이 씻어놓고.

소망

생애 끝에 오직 한 번
화사하게 꽃이 피는
대나무처럼

꽃이 지면 깨끗이 눈감는
대나무처럼

텅 빈 가슴에
그토록 멀리 그대 세워놓고
바람에 부서지는 시간의 모래톱
벼랑 끝에서 모두 날려버려도

곧은 길 한마음
단 한 번 눈부시게 꽃피는
대나무처럼.

빛으로 향기로

알고 싶어라 존재의 실상이
어디로 사라지는지
저기 밤하늘을 꽉 채운 별무리들
태양보다 더 밝은 별조차
부서져 블랙홀에 빨려 들어간다지
생성과 소멸의 화두(話頭)는
영원한 비밀이다
광막한 우주에 외로운 지구
그러나 우리에겐 너무나도 큰 세계
풍요와 기근, 전쟁과 평화가 파도치면서
생명의 결곡한 의지가 일어서고
정서의 고리로 이어져
빛을 내뿜는 길이 보인다
무리 져 피어 있는
꽃길이 있다.

새벽, 창을 열다

어둑새벽 창을 열다
쏘는 듯 신선한 바람
부드러운 햇살
깨끗한 눈뜨임에 감사하며
오늘도 하루가 시작된다

고요함 속으로 걸어오는
발자국 소리
존재하지 않는 소리가
태어나고
힘 있게 일어서는 생명의 빛

길 없는 길 열어가는
새 떼처럼
나도 이 아침 날개를 펴다

도전과 극복이다
큰 세계가 있다
미래의 만남을 향하여
날자 크게 크게 날자.

착한 새가 되어

어제 불던 바람이
빗줄기를 몰고 다시 찾아왔다
산처럼 덮쳐 오는 파도가 되어
유리창을 때린다

이런 날은 세상사 덮고
침묵할 수밖에 없다
클래식 음악을 틀어놓고
차를 마시며
마음 놓고 책 속으로 빠져든다

그래, 상념의 시간
꿈꾸는 언어로 추억을 부르고
나는 오늘 착한 새가 된다
날카로운 발톱을 감추고
둥지를 지키는 솔개처럼.

달아

달아 후미진 골짜기에
긴 팔을 내려
잠든 새 깃털 만져주는 달아
이리 빈 가슴 잠 못 드는 밤
희디흰 손길 뻗어
내 등 쓸어주오
떨어져 누운 낙엽
달래주는
부드러운 달빛으로.

그림자

부르지 않아도
너는 내 곁에 있다
바쁘게 돌아서도
옷자락 지그시 잡고
휘파람 불며 따라나선다
평생을 같은 길 가는
정다운 친구 내 그림자여
언젠가는 함께 쓰러질
충직한 네가 있기에
나는 혼자이면서
혼자가 아니다.

별을 줍다

별들이 뜬 강물이다
황홀한 노랫소리 함께 흐른다
밤이 깊어도 세월이 가도
바다에 합쳐지는 먼 그날을 향해
끝없이 별을 주우며
별과 노닐며
이 세상 어느 기슭에나
눈물 젖은 사랑의 말 꽃피우는 강
속 깊은 정 넘치는 그 눈빛에
부서지면서 다시 일어서는 강건한 의지
이 강물에 별들이 찾아와
함께 취해 흐르는 꿈길이다.

청춘은 아름다워라

길을 걸었다
경쾌하게 찍힌 구두 자국에
매끄러운 깃털의 비둘기
부리를 찧는다

목에, 꿈 언저리에
농익은 포도주 향기 절로 배어나
젊음의 빛이 고여 내뿜는다

골목길은 정겹다
비틀거린 추억마저도
그리운 노래로 살아나는
아름다운 청춘!

빛이 다가오듯이

이상한 일이다 모든 종소리가
동시에 침묵하고
모든 사람이 다 깊이
아주 깊이 잠들어 있다는 것은
어제를 잊은 듯이 쓰러져
할 일을 꿈꾸는 이들의 계획은
잠 속에서 무얼 기다리는 걸까
기다림은 살아 있다는 증거
깊은 잠 끝머리에 새벽이 되면
감은 눈에 생기가 돈다
모두가 죽었다가 다시 살아난다
빛이 다가오듯이
빛을 바라보듯이
고요함을 딛고 일어서는
맑은 새 얼굴.

보랏빛으로

내게 남은 시간에
빛깔을 준다면
보랏빛 언어로 채우고 싶다

연보라
화선지에 번지듯
은은하게

꿈도
잊고 싶은 상처도
아릿한 연보랏빛으로
물들이고 싶다.

손톱을 깎다

오늘의 근심 지나가게
창문을 열라
그리움 하나로 채우시라
어제의 미움 다 털어버리라

묻혀 한겨울 난 잡초
밟혀도 흙 털고 일어나듯
깎아도 깎아도 자라나는
손톱 산뜻하게 깎는다
부질없는 잡념 털어버린다

너무 빨리 흘러가는 인생
창 너머로 눈부시게 번지는
초록 물결 바라보며
이 봄날 시력을 회복한다
초월의 언덕이 보인다.

어느 도공(陶工)의 노래

젖은 흙으로 그릇 빚어
불가마 속에서 환생하는
높은 멸도(滅度)의 하늘

손바닥 닳도록 주물러
그 땀이 스며든
진흙의 맛이 살아나
불가마 속에서
환희의 도자기 되듯이

나도 차라리 흙이 되어
한 개 도자기로 태어나기를
그렇게 살아나기를
마른 진흙처럼 갈라진 이 손바닥
하늘에 공양드리며.

숲 속 오솔길

숲 속 오솔길
걸어가면
떠나간 그대 그리워라

저 새소리 바람 소리에
보고 싶은 얼굴
허공에 일렁이네

낙엽이 누워
결 삭은 흙냄새
상처 입은 날들이
삭아 내리고

우리 손잡고 걷던 그 길
흘러간 시간은
돌아오지 않네.

슬픈 축제

창가에 놓인 시든 화분에
아직도 물을 주는가
미련인가 집착인가
시든 꽃에 물을 주면서
다시 돌아올 건지 묻는
허망함이여

한때 그리도 영롱했던 삶이었다
너에게서 내뿜는 빛이
가슴을 출렁이게 했건만
산다는 건 무언가
빛깔이 있고 눈물이 있고
뜨거운 가슴이 있어
그냥 벅차기만 했던 순간들

어느 날 찬란했던 꿈을 접고
목마른 너는 눈을 감았다
추억은 아름답고 아프다

생각의 굴레에 날개가 나오고
깃털 고운 새가 되어
멀리멀리 날아가고
빛바랜 축제는 슬프다.

종소리

오늘 멀리 떠나보낸
이 종소리가
그대 가슴에 안기기까지
얼마나 걸릴까

서로를 원하면서도
서로를 지나쳐
어딘지 모를 곳으로 간다면
산 너머 나무숲에 잠겨버린다면

미래는 이미
활을 떠난 화살

함께 물에 들어가도
젖지 않는 그림자처럼
종소리 나를 끌고
떨리는 숨소리로
그대 가슴에 묻힐 수 있다면.

거울 앞에서

마주 보면서 왜 나는 혼자일까
마주 서 있으면서
왜 손잡을 수 없을까

문득 외로움에 몸이 떨리는
이 적막한 시간
모든 소리가 정지되고
울림이 없는 두려움

차가운 이마에 차오르는
가슴의 열기

젖은 달빛 안고 가는
너를 본다
어디선가 나를 보고 있는
우수(憂愁)의 눈길을 본다.

이별

너무 이른 새벽
안개에 감싸인
어둠을 찢으며
먼 길을 나서는 일은
쓸쓸하다

새벽길은 아득하다
고집 센 아이의
질긴 울음같이
끝없이 바닥으로
떨어져가는 시간

우리는 다시 만날 길 없는
이별의 순간을 껴안고
함께 부서져 내렸다
안개 짙은 그날 새벽에.

눈물

저 하늘에서
뚜욱 떨어진
푸른 눈물 한 방울
이 가슴 울리는
그대 목소리.

* 서울삼성병원 영안실 앞, 최재은 작 조소를 보며.

비를 맞으며

저 유리창에
부딪쳐 흘러내리는
빗방울의
숨 막히는 아픔
거울 앞에서
눈물 흘려보지 않은 이
알 수 있을까

저 창밖 비 오는 세상을
한없이 바라보는 심정
돌아앉아 가슴 찢기는
눈물 삼켜보지 않은 이
알 수 있을까

비 오는 날
젖은 세상 지켜보며
가슴속에 내리는 비를 맞으며
운다 울면서
손잡을 수 없는
너를 생각한다.

그곳에

산도
강도
한 자락 바람이었을까

아득하다
멀리서 바라보면
눈부신 흐름이다

이른 새벽
다시 만날 길 없는
이별의 순간을 껴안고
부서져 내린 때

울타리가 없는 세상
갑자기 다가선
산 그리고 강

그곳에 너 있다
나 그리 가고 있다.

바다에 비 내리네

바다에 비 내리네
내 가슴에 비 내리네

늘 푸른 언어를 토하던
바다
오늘은 잿빛으로
저리 큰 눈 가득
눈물 고인
바다

정녕 잊을 수 없는
삭지 않는 멍울로
떠 있는 섬 하나
내 가슴에 내리는 비.

환청

어디선가 들려온다
멀리서 가까이서 메아리지며
이 산 저 산 헤매는
속 깊은 너의 노랫소리

깃털처럼 가벼워서
사라져버릴 듯
다시 다가와 은은히
나를 사로잡는다

지구 밖 저 우주를 휘돌아
서로를 찾아 맴도는
그리운 목소리.

유성(流星)을 바라보며

무심히 바라본 밤하늘에
유성 하나 금을 긋고 사라진다
깊은 어둠 뚫고 가로질러 가는
저 항공기 불빛도 떨고 있다

사람들은 먼 곳으로 여행을 한다
돌아올 것을 기약하고
손을 흔들어 인사를 나누고

허나 오늘 밤 나에겐
신음하며 돌아눕는 이들이 보인다
갈 곳 없는 이들이 서성이고
꺼질 듯 날아다니는
숲 그늘 반딧불이가 보인다

참 많은 사람들이 떠나갔다
밤마다 별을 안고 살면서
나도 모르게 말소리 죽이고
그냥 허전하다.

은행나무 아래서

그날 은행나무 아래
우리가 앉았던
그 벤치 오늘은 비어 있네

바람에 취해
비 오듯 쏟아지던 샛노란 은행잎들
산처럼 쌓여가던 우리 이야기
은행잎 집어주던 그대의 손
그리운 얼굴 눈앞에 있네

몸이 아파라 초록이 단풍 들어
온 천지 불붙어
열기에 찬 산허리 몸살을 앓는데

추억은 강물 되어 흐르고
멀리서 돌아 울려오는
가슴 저미는 진양조 가락

그날의 벤치는
오늘 비어 있지만
내 가슴에 그대 살아 있네.

제비꽃 눈빛으로

잔디 속에서
보랏빛 제비꽃으로
눈뜬 그대
나는 그 곁에 바위가 된다
말없이 흘러간 세월을
짚어보며
떠난 이 보내지 않고
이 가슴 안에 함께 살면서
무연히 제비꽃 눈빛으로
천 길 바다 깊은
침묵의 대화 나눈다.

황홀한 새

처음으로 세상이 열릴 때처럼
광막한 하늘이 어둠을 찢고
눈부신 빛이 쏟아졌다
생명은 그렇게 태어났다

발끝에서부터 오묘한 핏줄이
온몸 온 세상을 휘감았다
내 삶은 그렇게 뻗어갔다

때로 수레 끄는 어깨는 아팠다
침묵의 나무뿌리 깊지만
뜨거운 불길의 가슴 있어
열정의 노래 부르다가

마침내 이루고 싶다
그분의 손길 따라
저 하늘로 날아오르는 것
황홀한 새가 되는 것.

생명의 신비

존재하는 것 무어나
빛이 있어 볼 수 있다

낡은 책갈피에서 기어 나온
점 하나 벌레
바위 곁에 피어난 풀꽃 하나

야들야들 보들보들
눈뜨는 나뭇가지에 흐르는
여린 봄빛
집 안에 울리는 아기 소리

이 모두 생명의 신비
천국을 본다.

사과를 고르다

사과는 우주를 품고 있다
사과 바구니에서
잘생긴 사과를 고른다
이리 뒤적 저리 뒤적 사과를 건드린다

사과가 몸살을 앓는다
나 다쳐요
파르르 소리친다

그래 내가 틀렸다 너희들 모두
맛있는 사과다
모양새만으로 사과를 고르는 건
내 욕심이다

실팍하게 응집된 속살을 깨문다
향기가 세상 밖으로 튄다.

봄빛 속에

봄은
거친 바람 속으로 오네
움트는 꽃봉오리 시샘하는
꽃샘바람

흙 속에 묻혀 한겨울 난
마늘종 새파랗게 솟구치듯
마른 나무줄기에 초록 물기 흘러
연한 잎새 다투어 세상을 보네

우리들 멍든 가슴에도
다시 만나는 생명의 꽃눈
환하게 트이거라
이 봄빛 속에.

생명의 바다

바다는
깊이를 알 수 없는 침묵이다
너무 크고 너무 깊다

모든 생명
미쁘신 가슴으로 키우며
그냥 짙푸른 몸짓
수억 년이 지났어도
저 바다의 넓은 어깨는
여전히 건장한 청년이다

때로 핏줄 터진 짐승으로
몸부림치다가도
살아 있음을 증거하듯
황금빛 등비늘 빛내며
새로운 해맞이를 한다

황홀한 변신이다 언제나 새롭다
생명의 원천인 바다
미래에 도전하는 백마들이
갈기를 날리며
오늘도 파도를 타고 있다.

여름비

빗줄기가 거세질수록
나무는 고개를 들고
하늘을 끌어안는다

나도 두 팔을 벌려
흔연히 서 있는
나무가 된다

혼돈과 열기의 도시에
내리 퍼붓는 여름비
내 안에 끓는
비감(悲感)의 언어들을
쓸어 가는 비.

가을에 깨달음을 받다

성숙의 가을이
말없이 내게 묻다

모든 열매에 단물이 오르면서
둥글게 떠오르는 이치를 아는가고

멀리서 달려온 바람 자락이
스르릉 가슴 활 울리고 갈 때
문득 정신이 들면서
알 것 같아라 그분의 뜻

뿌리 깊은 열기에
이어지는 생명의 고리
작은 씨앗 속 할딱이는 숨결에
새삼 그 커다란 손 느끼며

고개 숙인 황금 들판 바라보다가
높은 가을 하늘 올려다본다.

태풍 앞에

태풍은 미친 바람이다
때 없이 폭풍우로 지상의 리듬
삶의 기틀 짓밟는다

지난여름 세계 곳곳에서
바다가 일어서고 강이 범람하고
산도 도시도 무너져 내려
네가 할퀴고 간 상처에 넋을 놓았다

자연이 몸부림치고 덮칠 때마다
숲 훼손 자연 파괴 부끄러웠다
일산화탄소 과다 배출, 지구온난화, 기후변화

인생은 모험의 연속이지만
낭떠러지가 끝이 아니다
선한 생명들 다시 살리는 지혜와 의지
생의 굴레에서 다시 일어서는 힘

돌아온 사랑 같은
자연의 부드러운 손길을 믿으며
푸른 묘목 또다시 심고
모든 게 새로운 도전이다
우리에겐 내일이 있다.

가을 햇살로

참 신비하여라
생명이 있다는 건
바위 짓눌려 죽은 듯 숨죽여도
그 옆으로 비집고 나오는
작은 풀꽃 여린 손가락

사과 배 복숭아
포도 감 대추
무겁게 열매 가득 자랑스레 서 있는
과일나무들의 소리 없는 합창

아 놀라워라 살아 있음의 환희
이렇게 좋은 가을날
이 세상 온갖 얼룩진 이야기
저 산마루 구름에 다 실어 보내고
사락사락 만져지는
환한 가을 햇살로 살았으면.

달걀

이 세상에 태어나
눈도 코도 입도 없는
무명둥이라 한다면……
맨몸으로 나선 세상
있음이 없음이요 없음이 있음이라
닫친 벽 그 안에 향기가 있고
출렁이는 심장
안으로 충만한 생명의 오묘함
그 깊은 침잠을 깨고 눈뜨는 생명이여
고통도 희망의 계단
죽은 듯 살면서
놀라운 세계를 호흡하며.

작고도 큰 지구에서

사람들은 지구의 기슭에서
보폭 넓은 행보에 의미를 부여하지만
내일을 모르는 운명에도 소리 크게 살지만
지구는 우주의 한쪽에
너무 조그만 몸을 하고 있다
그래도 지구인들은 움츠리지 않는다
새벽마다 새로운 기운으로 일어나
맑은 바람에 뺨을 적시며
훈기 서린 땅을 힘 있게 밟는다
언제나 새로운 출발이다
새벽은 푸른 음악으로 열리고
빛으로 그림을 그리는
화려한 손을 가졌다
생명을 이끄는 의지
담장 밑에 꽃피는 작은 얼굴의
풀꽃들을 사랑하며
지구가 온 세상이다.

제*12*시집

비밀의 숲

매혹의 장미

꽃잎 보드라운 향기
보이지 않는 바람
젖은 숨결에 취하다

아련하게 겹겹 잔물결 치는
매혹의 장미

날카로운 가시보다
가슴 저릿한 꽃잎 그 빛깔에
눈 멀다.

이 고요한 밤에

댓잎 떠는 소리
물 흐르는 소리

누가 불고 있는가
자연을 흔들어대는
대금(大笒) 소리

이 고요한 밤에
가슴 저미는
울림의 속잎.

침묵의 노래

저 휘날리며 내려앉는
눈송이들
생명의 깃털
빈 나뭇가지 소복이 덮고
하얀 노래 부르네

그 많던 새들 다 어디로 갔나
사람들 발소리는 다 어디 잠겼나

온 세상 고요함 속에
침묵의 노래
멀리 멀리 울리네.

깊어가는 겨울밤

고요한 밤
눈 오는 창밖을 지켜본다
흰 눈 덮인 언덕이 보인다
빛나는 눈발이 젖은 옷자락으로
내 창문에도 매달린다

창을 열고
손으로 눈송이를 받는다

이런 날은 사슴의 발자국 따라가고픈
나는 아직도 어린 사람인가
잠들지 않고 귀 기울이는
나는 아직도 꿈꾸는 가슴인가

문득 나이를 되짚어보는
깊어가는 겨울밤.

그리움

늦은 밤 실비 속에
산자락 적시듯
스며드는 소리

마음의 끈 놓지 않은 이에게만
들리는
먼 먼 그대의 기척.

행복

강물에 별들이 쏟아지고
우리는 별을 주우며 흘러갔다
그대 속 깊은 눈빛에 가슴 벅차
이냥 함께 부서졌다

오늘 우리는 행복하다.

행복한 시간

뽀얗게 젖살 오른 우리 아기
그 보드라운 감촉
달콤한 숨결

아기 안고 들여다보는 시간은
파도치는 바다도
거친 돌길도
다 사라지고 곰삭은 사랑뿐

물보라 솟구치듯
하나의 생명 보듬어 안고
그냥 행복한 시간.

네 잎 클로버

그렇게 찾아도 보이지 않더니
바로 내 발밑에 있네
행운의 네 잎 클로버

애타게 찾던 책
책장 한구석에서 불쑥 나타나듯이

내 인생길에서 어긋났던 그대여
어디 있는가
네 잎 클로버로
지금 오라.

유순한 눈빛으로

바람은 손으로 쥘 수 없다
모든 게 사라질 허상이다
매일 부딪치는 뉴스의 범람 속에
쓰레기 너무 많아 숨 쉬기 괴로워라

다투어 움켜쥔 탐욕의 손들이
순간 절벽 아래로 추락하는
부러진 날개들 보면서

아, 없음이 있음인가
따뜻한 차를 나누며
비 그치니 하늘이 참 맑다고
유순한 눈빛으로 마주 웃는
작은 행복.

별빛은 그곳에

오늘 밤 별빛이 떨고 있다
어딘가로 가고 있는
나도 떨고 있다

그 하루가
그 한 해가
추억을 만들며 살아가는 길

스쳐 지나간 누군가의 얼굴도
목소리도 옷깃 냄새도
지금은 지나간 바람이다

그러나 세상은
내일도 빛날 것이다
사랑하는 사람들이 모여 사는
작은 마을

별빛은 그곳에 머문다.

생성과 소멸

태양보다 더 밝은 별들도 있다지
그 별도 목숨 다하여 산산조각 부서져
블랙홀로 사라진다지

광막한 우주에 눈감고 의기 뻗치던 생
막무가내 달려가던 길에서

이제 알겠네
생성과 소멸의 이치를
언젠가는 사라지는 것임을
모랫벌에 그리운 이름 써보며
가슴 먹먹해지네.

비밀의 숲

— 자연 속으로 1

나는 파도의 옷자락을 끌고
이 숲으로 왔다
변화를 기다리는 생명들이 있었다
바위조차 숨죽이고 기다렸다

푸른 잎새들 이마에
천국의 새들이 모여들고
들꽃을 피우려고 비를 기다리던 산자락에
바다가 입을 맞춘다

겹겹 옷 입은 산 황홀하여라
비밀의 숲은
깊이를 알 수 없는 안개 속에서
어린 나무들과
키 큰 나무들의 숨소리에
저 소리꾼의 진양조 가락이 울린다

눈부셔라
언제나 새롭게 태어나면서
아침햇살에 비늘 번득이는 바다처럼
산은 살아 있다 청렬하고 푸근하다

신(神)이 만든 숲이다 나를 끌어안는다
나는 영혼의 긴 그림자를 끌고
천천히 걸어간다.

생명의 얼굴

— 자연 속으로 2

오랜만에 옛 숲을 찾아왔다
보이지 않는 그 무엇이
곳곳에서 변하고
다시 태어나면서
나를 사로잡는다

바위는 그 자리에 그대로인데
새삼 눈부시게
바위에 떨어지는 빛

세월은 모든 것을 품고 가면서
마음 깊숙이 들어앉았던
추억의 자락들을 일으켜 세운다

나이는 지울 수 없는 것
너와 나 문득 손을 맞잡고
나뭇잎 하나하나
풀꽃 하나하나
사랑스런 생명의 얼굴이다.

이슬방울

— 자연 속으로 3

새벽의 선물이다
나뭇잎에 매달린 영롱한 이슬방울
이렇듯 고운 자태 촉촉한 숨결
가슴에 젖어든다

돌아온 길목에서 처음 만난 듯
그동안 너무 먼 곳을 바라보며
나 예까지 왔네

작고도 큰 우주
한결같은 그대를 두고.

물방울 하나의 기적

— 자연 속으로 4

어느 시대
어느 역사의 소용돌이에서
푸르른 나뭇잎에 떨어진
물방울 하나

만나고
만나고
만나고

너와 나
더불어 흐르는 큰물이 되어
마침내 이르른
낭떠러지에서

후회 없이 눈 감고 투신하는
폭포
그 대담한 물줄기
그 아름다운 포말의
투혼!

저 산처럼
— 자연 속으로 5

고요로워라
잠든 듯 말이 없는 산
그 안에 품어 키우는 세상은
참으로 놀라워라

말없이 솟구친 산
너무 크고
너무 깊어

산속의 겹겹 산
고행하는 수행자 되어
어여쁜 미물들까지 보듬어주고
조각 무늬로 이어지는 우리들의 삶도
서로를 부축하며 가자 이른다

이제 날카로운 겨울옷 벗고
흐르는 계곡물에
어제의 아픔 흘려보내고

뜨겁게 빛나는 산처럼
이 봄날
힘 있게 일어서라 한다.

작은 행복

— 자연 속으로 6

처음으로 눈을 뜬 꽃이든 애벌레든
빛부신 세상 밖으로 나올 때
햇살은 조심조심 사랑의 손길 얹는다

생명은 참으로 소중하여라
지구 한쪽에선
여전히 피 흘리는 전쟁이 있고
불붙은 재난과 다툼이 있고
병든 이 가난한 이
외롭게 누워 있어도

우주를 가로질러 온
방글거리는 아기들
향기로운 흙 헤치고 나온
연한 풀잎들까지

어머니 위대한 자연의 햇살 속에
초록의 소슬한 바람 속에
작은 행복이 너를 키운다.

말씀의 비를 맞으며

— 자연 속으로 7

세상은 고요하고
나 혼자 빈 들에 서 있네
누구에겐가 할 말이 있었지만
후회의 칼날이 스치고
심장을 찌르는 아픔뿐이다

〈사람아 너는 흙이니
흙으로 돌아갈 것을 생각하라〉
성회례*일 사제가
성스러운 재로 이마를 찍을 때
메아리지는 말씀의 비를 맞으며
비장한 침묵이다

화의죽정(花意竹精)
꽃처럼 어여쁘게
대나무처럼 의기롭게 살고 싶었건만
산 같은 후회의 시간.

* 성회례(聖灰禮) : 사순시기 첫 수요일, 지난해에 축성한 성지(聖枝)를 태운 재를
  사제가 신자의 머리와 이마에 묻혀 세속의 헛됨과 죽음을 상기시켜 죄의 보속
  을 북돋는 가톨릭 예절행사.

슬픔에 대하여

— 자연 속으로 8

아무도 나에게 말하지 않았다
아픔보다 더 깊은 게 슬픔이란 걸
세월의 이끼 같은 슬픔이 그리움이란 걸

아득히 높은 산
바위 위에 홀로 피어
한여름 분홍 꽃망울 터져
그 향기 백 리 길 번져간다는
이름도 서러운 백리향(百里香)처럼

그렇게 먼 세상
슬픔에 대하여
아무도 나에게 말하지 않았다.

떠난다는 것

— 자연 속으로 9

그대 떠나간 날
세상은 고요하고
달빛도 들어오지 않았다

밤은 깊어가는데
공허한 어둠을 지키고 있었다
두려움은 없었다
우리 사이에 푸른 강물 출렁이고
찬바람이 나를 쓰러뜨렸다

잠시 흔들렸다
보이지 않는 깊은 곳에서
그대의 뒷모습이 보였다

나는 지금 울고 있는가?
이렇게 떠나가고
이렇게 보내는 건가?

자연과의 화해

— 자연 속으로 10

자연이 화가 났는가
그렇게 여유롭던 삶의 터전에
쓰나미 지진 산사태 대홍수
잇따라 휘몰아친 태풍
살아 있음을 질투하듯 몸부림치누나

왜, 무엇 때문에라고 묻지 말자
일산화탄소 과다 배출 지구온난화
우리의 산소 보고(寶庫)인
숲 마구 훼손한 죄

인간이 자연을 화나게 했음을 회개하자
우리 손을 잡자 지구라는 행성에서
이렇게 함께 가야 할 길이기에.

참 아름답다 한국의 산

— 자연 속으로 11

온 산이 초록으로 물들어 싱그럽다
날마다 새 아침으로 깨어나는
저 산자락에
오케스트라 연주가 시작된다

바람은 숲을 가로질러 달리고
소리치며 날아오르는 새들이
미래의 하늘을 연다
계곡으로 쏟아지는 폭포 그 어깨에
황홀하여라 황금색 깃을 펼치는
자연의 헌신

별빛 받아 윤기 흐르는 밤이면
부드럽게 잉태되는 생명
온갖 미물이 숨 쉬고
문화의 꽃이 피고
결곡한 인간의 길도 이곳에서 열려
무한한 그 품에서

봄 여름
가을 겨울
건강하게 살아 있는 한국의 산
참 아름답다.

인생길

오를 때 손잡아주더니
내려올 때
언덕길 나 혼자이네

바람은 차고
사방이 고요하다.

뒤를 돌아보며

가도 가도 끝이 없는
추억의 돌담길

그때 그곳에 있었던
젊은 날의 나
어디로 갔나

굴레의 끝을
조심스레 더듬어가며
뒤를 돌아보며.

풀꽃

시간은 흘러가는 물이요
산은 쌓인 세월이니

세월은 저 혼자 쌓이고 쌓여
큰 산 되고

나는 그 그늘에
조그맣게 피어 있는
풀꽃 하나.

느낌 하나

깊고 푸른 밤
새벽 창문에 어리는
아주 작은 흔들림

은은히 빛나는 느낌 하나
이슬 한 방울

이 설렘
우주를 품다.

가정

기다리고 있었다

아무리 먼 길 돌아서 와도
손잡고 기도하는 이 시간
우리 가족

생명 이끄는 보이지 않는 힘이다
고된 걸음 딛고 힘써 가꾸는 꽃밭
새벽이 몰고 오는
청정한 아침을 맞는다.

아기의 웃음소리

봄빛은 눈부신 목련꽃으로 피어나고
우리 집 기쁨은 까르르 아기 웃음소리에서

소중한 우리 아기 어여쁜 사랑
너로 하여 온 우주가 펼쳐지네.

인연

팔천 겁 부모와의 인연
칠천 겁 부부의 인연

이 불꽃의 인연

질기고 귀한 인연의 끈이
툭 끊어지기도 하는
무서운 세상.

일순간

저기 저 구름
저기 저 새 떼
흐르면서 그리는 그림이다
허공에 내 눈길 끌어간
순간의 그림.

어떤 그림

한여름
긴 낮
느슨하게 풀린 옷고름

순하게 누워 있는
저 산등성이도 낮잠 든 듯
나무들 그림자도 고요하다

평화롭다.

휴식

짙은 새벽안개
폭설에 잠긴 공항
눈을 감고 있다

날개를 접고
줄 지어 서 있는 항공기들

하느님이 휴식을 주셨다
종종걸음 뛰는 이들에게
세계를 날아다니는 항공기들에게.

바람의 장난

밤사이 젖은 가지를
손가락 끝으로 퉁겨보았다

도사림의 몸짓이 아직
풀리지 않은 계절 안에 갇혀 있었다

간지럼 입김으로
매운 채찍으로
희롱하는 바람결

이 아침 푸른 옷자락의
바람의 장난을 볼 수 있었다
꽃샘바람.

첫사랑 참꽃

어여뻐라 순이라 부르고 싶은
진달래 꽃구름
연분홍 치맛자락 바람에 날리다
가까이 다가가면
서투른 첫사랑처럼
볼 붉히며 돌아서는 참꽃이었지
이른 봄 너를 만난다
여린 꽃잎에 묻어 있는
속 깊은 그리움
한 송이 따서 입에 품다.

석굴암 큰 부처

흙을 빚듯 돌을 만져
비단결 살빛 부드럽게 흐르고
천년 눈부신 저 미소
깊은 생각에 잠긴 저 손

새벽 첫 햇살 이마에 꽂히면
안으로 울리는 속 깊은 소리

두려워라 석굴암 큰 부처
이렇듯 가까이서
아득한 세월을 보게 하네.

가슴속 화석이

시간의 안개 속에
내 가슴속 화석을 만지다
만년빙(萬年氷) 녹듯이
화석이 녹는 소리가 들린다
잠들어 있어도 들려오는
조금씩 조금씩 녹아내리는 그 소리
결코 사라질 것 같지 않던
아픔의 뼈가
후회의 가시가
이제 말없이 녹아내려
눈물로 흐르는 소리.

스마트폰

깜빡 집에 두고 나왔다
충직한 비서 스마트폰
오늘 하루는 모든 연락 두절!
빈 들에 혼자이다 막막하다

문득 나를 찾았다
잇따라 울릴 벨 소리에서
비로소 자유로워진 나
혼자 걸어가는 발걸음이
참 가볍다.

뱃길

이 배로
어디까지
갈 수 있을까
바람이 밀어주는
그곳은 어디인가
흔들리는 뱃전에 기대앉아
옷깃 적시는 파도의 손길을 느낀다
모든 것이 어느 먼 세상처럼 아득한 날
햇살이 파도에 부딪혀 부서져 흩어지고
눈이 부시다
눈물이 난다.

따뜻한 밥

농부의 땀 밴 쌀알들
투박한 손에 가득한
축복의 보석이네
사랑으로 지은 따뜻한 밥
부드러운 밥 냄새에
훈기 도는 세상.

꿈꾸는 장미

부서지는 여름 햇살에
혼자서 눈뜨는 장미
흘러내린 머리칼
파도치는 가슴
사라지는 별처럼
새 떼가 멀리 멀리 날아갔다
꿈결 안개 속
사유(思惟)의 기슭에
이 여름 다시 깨어나는
꿈꾸는 장미.

공양

숲 속을 걸었다
울창한 나무들 사이에
쓰러져 누운 고목이 있었다
흰개미들이 모여들었다
부서져 나가는 몸
아, 이렇게 누군가를 위해
나를 바친다면
나를 버려 다시 살아난다면.

눈부신 봄빛

바람이 노래를 빚고
햇살이 생명을 일으킨다

얼음장 밑으로 흐르는 시냇물에서
흙더미 헤집고 나오는 지상에서
꿈틀꿈틀 만물이 눈떠
다시 살아나는 계절

물에 던져진 빛이
존재의 실상을 끌어올려준다
이 눈부신 봄빛이
희망의 별이다.

미래의 언덕이 보인다

고요한 새벽
은회색 노래가 다가오는 시간
오늘도 어김없이 해가 떠오르고
지구를 돌게 하는 힘
몇 세기를 달려온 바람이
칼날 되어 다가서도
정녕 살아 있음을 감사하며
꿈꾸는 가슴으로 눈부셔하며
사랑할 수밖에 없는 그대와 함께
힘 있게 일어선다
미래의 언덕이 보인다.

열두 시집

이외의 작품들

강물 소리

산이 산을
에워싸고
비켜가라네 강보고

지난 가을
끝내 불질러버렸던 상처에
기나긴 겨울
참회하는 침묵뿐이더니

저 강
묏부리에 잠든 언어
다 깨워놓고

깊은 산
가슴에
강물 소리 절로
차오르네.

지는 잎

지는 해와 더불어
돌아갈 곳이 있네
때가 되면

저 아득한 하늘가에서
거부하는 몸짓으로
떨어져 내리는
나날

그리움과 아쉬움이
잎새마다 물들어
눈부신 황혼
단풍 든 산허리

지는 해처럼 아련하게
나 또한 단풍이 되고
낙엽이 되네
먼 훗날
떨어져 누운 날들을
돌아보리라 여기면서.

정(情)

꿈은 아니지
아니고말고

너를 만난 길목에
피어 있던 꽃

가을이라면 가을
겨울이라면 겨울

너를 지키듯
연짓빛 구름

꿈은 아니지
아니고말고

목소리가
허공에 뜬다.

봄의 손길

눈부신 햇살
닫힌 문 열어주는
손

잠자는 나무
잠자는 이 가슴에
부드러이 노크하는
봄의 손길

2월도 다 간
그날 아침
꿈결처럼 서설(瑞雪) 흩날리더니
홀연히 먼 나라 길손처럼 다가서는
계절의 옷자락

그날 나는
목도리를 풀어버렸다
감겨드는 바람결의
싸늘한 감미로움이
봄이다 봄이다 속삭이기에.

겨울

겨울엔 떠나가야 한다
어디든 가야만 한다

빛바랜 유화 한 폭이
떨어져 나가고
냉정한 얼굴의 겨울이 서 있다

그 하얀 풍경 속에
안개로 번지는 입김

보랏빛 노을이
가고 있는 나의 어깨에
감긴다.

근심

지금 그는 어디서
무얼 하고 있는지
그리운 정 쌓여서
근심 되오니
새벽녘 고요가
눈물을 줌에
아 그때 그대에게 남기고 싶은 말
이토록 간절히 남기고 싶은 말
나에게 은혜로운
은빛 날개 있다면
이 아침 맑은 눈으로
그대 찾아 나서리
그리운 정 쌓여서 근심 되오니
나에게 빛부신 날개를 주오.

우리를 흔들리게 하는 건

우리를 흔들리게 하는 건
너도 아니고
나도 아니야
바람 때문이야

푸른 가지 끝에
숨은
바람의
눈빛 때문이야

기쁨 때문이야
하루를 억겁(億劫)으로
뜨겁게 뜨겁게 부딪친 때문이야

눈물 때문이야
행여 부서질까 두려운 마음
치마폭에 감기는 설움 때문이야.

꿈의 바다

떠 있지 않으면
죽음이 되는
바다

온갖 상처 여며
높낮음 없이
편안한 아침이네
바다는

꿈의 바다
살아 있는 목숨을
소리 없이 품어주고

내 무거운 몸도
두 팔로 들어 올리네
떠 있어야 한다고
가벼이 떠 있어야 한다고.

새날의 빛

웃으면서 가는 길은
꽃길이었지

웃으면서 만난 얼굴
사랑이었지

노래하며 함께 가는
행복한 걸음걸음

부추겨 힘이 되는
인생의 언덕

정이 있고 꿈이 있고
기쁨이 있고

희망으로 맞이하는
새날의 빛.

반가사유상(半跏思惟像)*

깊은 정적 속
그윽한 미소
누리에 빛의 노래 안겨주다

득도(得道)의 길은 멀고 멀어라
생각에 잠긴
그 온화함
그 초연함

어깨에 흘러내린 옷자락
살포시 볼에 닿은 손가락
내공으로 다져진 기품으로
이리 뜨겁게 사로잡는
그대는 누구이신가

일천오백 년의 기나긴 침묵
여전히 말없는 설법으로
나를 품어 이끌어가는
신비의 반가사유상
아름다워라.

---

* 반가사유상(半跏思惟像) : 우리나라 국보 78호. 6세기 삼국시대의 금동상. 높이
   83cm. 국립 중앙박물관 소장.

하나 되는 평화의 길

— 2015년 광복(光復) 70주년에

남북으로 갈라진 나라
칠십 년은 너무 아득해라
이렇듯 먼 길이었다면
이렇듯 오랜 세월이었다면 —
가족이 얼굴을 보지 못한 채
벼랑 끝 찢긴 인생길 억울한 눈물의 강 —

그러나 짙은 어둠 끝에 새벽이 오듯이
태풍이 가슴 헤집고 지나가도
이 땅에 생명은 뿌리 내린다
우리는 쓰러지지 않았다
굳건히 일어선 장엄한 생명의 힘

또다시 눈부신 아침을 맞는다
활기 넘치는 날들 위에
화해와 창의의 길 바르게 열어
축복의 햇덩이 가슴에 키우며
돌아온 사랑같이 아픈 손 맞잡고 싶어라

자랑스런 조국이여
이제 우리는 하나이기를
민족의 시련은 접고
정의로운 청정한 기운 안고

기쁨이 분수처럼 뿜어 오르는
새날이기를

힘 있게 아름답게 열어갈
정녕 하나 되는 평화의 길을!

내 사랑 조국

꿈이 있는 오늘은 아름다워라
날마다 해돋이가 새롭듯
하루의 시작은 신선하다

맑은 정신으로 새벽을 맞으며
나는 지금 어디로 가고 있는지
묵언(黙言)으로 묻는다 선(禪)이다

아름다운 대지여
성취의 날이여
나무가 모여서 숲을 이루고
강물이 합쳐져 바다 되듯이
자연의 이치 소중히 받들고
화해와 협력의 물길을 트자

항시 젊은 정신으로
탄탄대로 미래를 열어가며
정의로운 오늘 이 땅에서
다음 세대 다다음 세대 그 후대까지도
축복의 날들 사랑으로 채워가자

큰 나라 큰 가슴
내 사랑 조국 대한민국.

여성, 그 빛나는 이름

축복의 새날이다 미래가 있다
꿈이 있는 여성
능력 있는 여성
발전하는 여성
생명 이끄는 보이지 않는 힘이다

눈비 몰아치는 벌판에서도
전쟁이 휩쓸고 간 폐허에서도
아기 안고 뛰는 모성을 보라
사랑으로 가정을 이루고
부지런하고 속 깊은 우리 여성들

지난날 인습의 비탈에서 벗어나
남녀가 손잡고
슬기롭게 바르게
인간 세상 평화롭기를 기구하며

모성의 포용력 따뜻한 가슴
자아 성취의 의욕도 드높다
이 세상 벌판에 창의의 꽃 피워가는
여성, 그 빛나는 이름.

그리운 아버지

멀리 떠나간
그대에게 가는 길은 멀지 않았다
살면서 문득, 문득, 다가서는 그 모습 그 목소리

그날 눈부신 보름달 바라보며 하신 말씀
"과학이 이렇게 발달하다간
사람이 저 달에 갈 날 있으리"
속으로 설마! 하면서도 고개 끄덕이고 웃었다
너무도 허황된 그 꿈 깨지 않으려고

아폴로 우주선이 달에 착륙하고
인류 최초의 우주인 첫 발자국 달에 찍을 때
아버지의 꿈이 내 앞에 우뚝 섰다
아, 굉장하다! 달에 간 우주인과 함께
일찍이 세상 내다보신 그 혜안에 환호했다

별명 영국 신사로 매일 아침 흰 와이셔츠 눈부시던 분
서재에 책이 그득했던 분
라켓과 스케이트와 빅터 축음기를 아꼈던 분
이제 시인이 된 딸을 향해
"그래 시인이 될 줄 알았다!" 대견해하실
먼 곳의 그대, 내 아버지
그립다.

우리 민족 대표 음식 배추김치

겨울로 들어서는 길목에서
순결한 피부
때깔 좋은 배추는 향기로웠다

소금으로 숨죽여 부드러운 속살에
무채 잔파 마늘 갓 굴
곰삭은 젓갈 톡 쏘는 고춧가루
내 고장 사투리 섞어 알싸하게 버무려서
켜켜이 입혀 항아리에 담는다

김장김치 포기김치 보쌈김치 백김치
아삭아삭 맛있게 익으면
어릴 적 어머니 치맛자락 잡고 걷듯
고국을 떠나 살아도 그 손 놓을 수 없어라

어머니 내 어머니 정겨운 손맛
진수성찬에도 당당히 끼어있는
상큼하게 씹히는 맛깔스런 배추김치
정녕 우리 민족 대표음식.

뭉크의 절규

그날 저녁 산책길에서
핏빛으로 물든 노을을 바라보며
가슴 찢기는 비명 소리가 스쳤다

복잡한 것을 단순하게
숲 속의 영혼을 해부하고 껴안고
쓰러뜨려
처음부터 없었던 것처럼
가슴 서늘하게

이것이 다이던가?

외치고 싶은 것이 너무나도 많은
이 시대에
잠긴 목소리로 메아리지는
뭉크의 〈절규〉*.

* 〈절규〉 : 노르웨이 화가 에드바르트 뭉크(1863~1944)의 대표작으로 꼽히는 작
  품. 오슬로국립미술관 소장.

리모컨을 돌리며

태풍 바람이 유리창을 때린다
소파에 기대어
TV나 보기로 한다
심란해서일까 재미가 없다

리모컨을 돌린다
아이돌의 신나는 노래와 춤
화면이 요동을 친다

이리저리 리모컨을 돌린다
찢겨진 지구의 신음 소리가 들린다
아파라 너무 아파라
대지진 쓰나미 속수무책의 원자력 시설 파괴
기후변화 지구온난화 더워진 바닷물에
동해안 물고기들이 살 길 찾아 올라가고

가뭄과 대홍수 삶의 터전 무너지고
질병 굶주림 끊임없는 총대결
고통의 소식 파도로 쳐들어온다

지구는 시련이 깊다
이 비바람 언제 그치나
어디 계시나이까 외치고 싶다.

비

비는 멀리서
오는 손님이다

낮은 곳으로
낮은 마음으로
모든 이의 가슴에
젖어드는 눈짓이다

우주 한 바퀴 휘돌아서
거칠게 혹은 상냥하게
기다리던 대지에
몸을 던져

새 생명 틔우는
희망의 원자(原子)다.

그리운 추억

그날 나는 옛 학교
낡은 교실을 찾았다
사람은 이동하며 살아가고
거쳐가는 곳에
남기고 가는 흔적이 있다

풍금이 놓였던 자리에서
은은히 풍금 소리가 들린다
책상 모서리에 새긴
내 짝꿍 이름이 보인다
심심풀이로 새겼던 그 이름
가슴이 저릿해온다

떨어져 흩어진 낙엽같이
사라진 얼굴들 다 어디로 갔나
창틀에 고인 먼지도
그리운 추억이다.

바다에 비 내리네

바다에 비 내리네
푸른 언어로 빛나던 바다
오늘은 잿빛으로
저리 큰 눈 가득
눈물 고인 바다

파도치는 바다
저 무한대의 가슴에
정녕 잊을 수 없는
우리들의 이야기
출렁이는데

떠나보내지 못한 그대의
잠긴 목소리
물무늬로 번지네
내 가슴에 비가 내리네.

추억의 보석함

마음이 허전한 날은
보석함을 열어본다
온갖 빛깔의 보석이 들어 있다

그리운 이야기 묻어 있는
언어의 잔치
파도 일렁이는 짙푸른 바다

그때는 무에 그리 우스웠던지
무에 그리 서운했던지
웃고 울며 가슴에 맺힌 매듭들
아직도 고스란히
그냥 있네

혼자만의 비밀번호로
살며시 열어보는
추억의 보석함.

안개 속에서

태초의 신비 어린
이 새벽길

안개에 밀려간다
사람도 숲도
눈 반쯤 뜨고

흐르는 시간 사이로
은은히 차오르는 기도 소리
빛이 없어도 환하게
가슴에 뜨는 초상화

안개 속에서
우보천리(牛步千里)
천천히 가면서

나를 무릎 꿇게 하는
빛나는 당신.

물의 헌신

길은 어디나 있건만
낮은 곳 낮은 곳으로만 흘러가
몸을 누인다

고르지 못한 곳
모자라는 곳으로 스며들어
목마른 이를 부축여준다

힘늘 때 어깨 감싸고
서러움 함께 울어주는
나를 품어 손잡고 가는
친구같이

흔들리는 바람으로는 아니 되는
고요한 헌신.

낙타의 눈물

살아가는 길은 참으로 신묘하다
왜 그랬을까 퉁퉁 불은 젖무덤
파고드는 새끼를
낙타는 매몰차게 발로 밀어냈다

몽골 사막의 척박함 속
살기 위한 몸짓인가
어미는 젖을 물리지 않았다
비틀비틀 허기진 새끼 낙타
마른 풀을 뜯는다

낙타 주인은 마두금(馬頭琴)* 연주자를 불러왔다
구슬픈 가락 사막에 울리자
지그시 눈 감고 있던 어미 낙타 눈에서
주르르 눈물이 흘렀다
새끼 낙타가 다가가 어미젖을 물었다
거부하지 않았다 모성의 품이 열렸다

가슴 울린 음악은 생명의 고리
사막에 꽃자리가 펼쳐지고
어미 품은 하늘이었다.

* 마두금(馬頭琴) : 몽골의 전통 악기. 마두금 연주 소리가 새끼 낙타 울음소리와
　비슷해서 어미 낙타 마음을 움직인다고 한다.

바람의 노래

그토록 후려치던 비 멎고
날 들자 먼 산이
눈앞에 있다

가는 세월
떠나는 사람
많은 시간이 지나갔다

호젓이 좌선하는 산

한자락 바람으로
산허리 감돌면서
불러본다 잊지 못할 사람
바람의 노래로.

미지의 세계로

겨울의 언 땅에도
보이지 않는 생명이 꿈틀거린다
저 광막한 우주의
무한 팽창력처럼
이 땅에 무한한 꿈이 싹튼다

진통은 생명을 낳고
정성으로 가꾼 시간은 보석이 되고

사랑의 길이었다
소중한 목숨들이 일어서고
무언가 묻고 싶은 얼굴들이 다가온다

새로움은 언제나 두려운 것
찬란한 햇살에 눈이 멀어도
나는 천천히 문을 연다
미지의 세계로 발을 들여놓는다.

존재의 심화와 확대

존재의 심화와 확대

맹문재

1

김후란 시인은 1960년 『현대문학』으로 작품 활동을 시작해 총 열두 권의 개인 시집을 간행했다. 그중에서 한 권은 장편 서사시집이다. 4년 반마다 시집을 간행한 셈이므로 그 나름대로 성실하게 시를 창작해왔다고 볼수 있다. 2015년 8월 현재까지 시인이 발표한 작품 수는 총 559편이다.

이외에도 시인은 『사람 사는 세상에』 등의 시 전집과 『오늘을 위한 노래』 『존재의 빛』 등의 시선집, 영역 시집 *A Warm Family*(따뜻한 가족), 일역 시집 『빛과 바람과 향기』 등을 간행했다. 그리고 『태양이 꽃을 물들이듯』을 비롯한 20권의 수필집과 『돼지와 호랑이』를 비롯한 네 권의 동화집, 『금각사』를 비롯한 네 권의 번역서 등도 세상에 내놓았다.

김후란 시인의 시 세계는 다양한 관점으로 조명할 수 있지만, 자신의 존재를 심화하고 확장한 면을 주목할 필요가 있다. 그와 같은 시 세계는 다소 변주를 보였지만 일관되게 추구해왔다. 따라서 시인의 시 세계를 초기 시에서부터 현재까지 세 단계로 나누어 좀 더 살펴보기로 한다. 시기적으로 보면 대체로 1960년대, 1970년대부터 1990년대까지, 그리고 21세기 이후이다.

2

　김후란 시인은 작품 활동을 시작한 지 8년 만에 첫 시집을 간행했다. 그리고 3년 만에 두 번째 시집을 간행했다. 두 시집에 수록된 작품 수는 총 73편이다.

　제1시집 『장도와 장미』(한림출판사, 1968) : 41편
　제2시집 『음계』(한국시인협회, 1971) : 32편

　작품의 화자가 '나'로 표기된 데서 보듯이 시인은 자신의 존재를 인식하는 시 세계를 추구하고 있다. 거울 앞에서 "내 실재를 확인하"(「거울 속 에트랑제」)거나, "내가 지상의 왕과 같"(「사랑이란」)다고 토로하는 것이 그 모습이다.

　그렇지만 존재를 심화하고 확장하는 것이 자신의 고유성만을 추구하는 것이 아니라 타자와의 관계에서 추구하는 것이기에 주목된다. 자신이 유아독존적으로 존재하는 것이 아니라 타자와의 관계에서 존재한다고 인식하는 것이다. 그리하여 시인은 장미나 달팽이나 포도나 연(鳶)이나 해빙의 뜰이나 빙화(氷花)나 이슬이나 분수를 '너'로 의인화해서 부르거나 동일화하고 있다. 백자(白瓷)나 등대나 해조음이나 봄밤 등에도 마찬가지이다. 또한 시인은 문(門)이나 불꽃이나 다보탑이나 목련이나 비 갠 날이나 어느 하오나 동백 한 송이나 물거울 앞에서도 자신을 비추고 있다. 빗속이나 바람이나 한 그루의 나무나 노을이나 토요일이나 굽이치는 여울이나 꽃나무 앞에서도 마찬가지이다. 고독이나 파적(破寂)이나 은행나무나 층계나 아침 앞에서도 '너'와의 합일을 추구하는 것이다.

이 아침 청아한 음계를
너와 더불어
듣고 싶었다

그중에 가장
넓은 진폭의 언덕마루
종소리가 울렸을 때

그 종을 차고 달린
바람 자락에
눈발이 확 번져
안개를 이룰 때

진정
너와 더불어 걷고 싶었다
이월의 보풀한 솜털이
네 살갗에
돋을 때.

—「너와 더불어」 전문

　화자는 "아침의 청아한 음계를/너와 더불어/듣고 싶"어 한다. "종소리"의 울림 같은, "진정"한 바람이다. "너와 더불어 걷"는 일을 생의 행복으로 또 희망으로 여기고 있는 것이다. 시인이 노래한 '사랑'이 바로 그 표상이다. 시인에게 "사랑이란//내가 죽도록 그 안에 안기어 가는 것이"(「사랑이란」)다.

　이렇듯 시인은 강여울 소리에서 너의 울음을 듣고 자신을 침몰시키려고 하거나, 꿈꾸는 너의 잠 속으로 자신이 이사하고 싶어 한다. 봄이나 가을의 변화에 너를 떠올리고, 새해가 되면 너와 은은한 정을 나누고 평화로운 날들을 펼치고자 한다. 네가 물방울로 흩어져도 바다에서 만날 것을 믿는다. 그리고 오늘이란 시간에 너를 세우고 자신도 세운다.

3

김후란 시인이 제3시집부터 제8시집까지 간행한 시기는 1970년대부터 1990년대까지이다. 이 시기에 발표한 작품 수는 총 229편이다. 개인 시집에 수록된 220편보다 아홉 편이 더 많은 것은 1985년에 간행된 시전집 『사람 사는 세상에』(융성출판)에는 들어 있지만, 이후에 간행된 개인 시집에 수록되지 않은 작품들이 있기 때문이다.[1] 이 시기에 장편 서사시 「세종대왕」을 창작한 점도 관심을 끈다.

제3시집 『어떤 파도』(범서출판사, 1976) : 46편.
제4시집 『눈의 나라 시민이 되어』(서문당, 1982) : 56편
제5시집 『숲이 이야기를 시작하는 이 시각에』(어문각, 1990) : 49편
제6시집 『서울의 새벽』(마을, 1994) : 11편
제7시집 『우수의 바람』(시와시학사, 1994) : 57편
제8시집 장편 서사시집 『세종대왕』(어문각, 1997) : 1편

제3시집에 수록된 작품들 중에서 「지하철 공사」「무관심의 죄」「나의 서울」 등은 현실 인식을 나타내고 있다. 적극적으로 사회참여의 목소리를

---

1) 「강물 소리」「지는 잎」「정(情)」「봄의 손길」「겨울」「근심」「우리를 흔들리게 하는 건」「꿈의 바다」「새날의 빛」.

낸 것은 아니지만 타자와의 관계를 통해 자신의 존재를 확대하고 있다. 시인이 자신을 개인적인 존재를 넘어 사회적인 존재로 인식하고 있는 것이다. 그리하여 시인은 메탄가스가 부글대고 매연이 숨을 막는 서울을 창백한 도시, 빈혈증의 도시, 그리고 "홍역을 앓고 있"(「지하철 공사」)는 도시로 그렸다. 그러면서 제대로 대항하지도 대책을 마련하지도 못하는 자신을 반성한다. "나는 지성인이 아니다/나는 죄인이다"(「무관심의 죄」)라고 토로하고 있는 것이다. 타자와 진정한 관계를 맺지 못한 자신을 솔직하게 드러내며 자기 존재를 심화하고 있는 것이다.

시인은 제4시집 『눈의 나라 시민이 되어』에서 자기 존재의 의의를 타자와의 관계를 통해 더욱 추구하고 있다. 작품의 화자가 '나'로 나타난 경우가 이전의 시집들에 비해 많으며, '우리'라는 복수 대명사를 사용한 경우도 상당하다. "손가락 마주 걸고 맹세도 했습니다/우리는 영원히 하나가 되리라고"(「둘이서 하나이 되어」), "꿈속에서/다시 만난/우리는 행복했지"(「기쁜 아침」), "우리가 되려고/우리 둘이가 되려고"(「우리 둘이」), "비가 오면 우리/비를 맞자"(「비가 오면」), "우리들의 세상은 외롭지 않다"(「너와 내가 있는 아름다운 나라」) 등에서 확인된다.

그리하여 제4시집에서는 사회적 관심을 이전보다 많이 나타내고 있다. "한 시대가 얼굴을 가리고 돌아선다"(「새벽의 나라」)와 같은 인식으로 「잊혀진 나라」「그림자의 나라」「죽어서 사는 나라」「눈의 나라」 등을 그렸으며, 광부나 농부 같은 사회적 약자들을 안았다.

제5시집 『숲이 이야기를 시작하는 이 시각에』에서는 이 세상에 존재하는 모든 생명체들의 소중함을 인식하며 자신의 존재 의의를 사회적 또는 시대적 차원으로까지 확대했다. "공장에서 뿜어내는 매연/자동차 홍수의 소음에/누군가가 정신착란증을 일으키는"(「뚝섬 가는 길」) 상황으로 도시를 인식한 것이 그 모습이다.

한 마리의 잉어를
낚기 위해
밤새도록 물 위에 앉았는 너

한 시대를
지키기 위해
뜬눈으로 새우는 너

캄캄한 바람이
후려치고 지나가면
낚싯대가 활처럼 휘어진다

낚싯대만큼이나
굽어진 너의 등에
소금이 일고 있다.

—「소금」 전문

　화자는 "한 시대를/지키기 위해/뜬눈으로 새우는 너"를, 그 헌신을 인식하고 있다. 한 개인으로서 시대를 지킬 수는 없지만 자신이 살아가는 불안한 상황을 반영하면서 시대를 인식하고 있는 것이다. 주지하다시피 1980년대는 광주학살이라는 역사적 비극을 통해 정권을 잡은 신군부가 주도한 시대였다. 신군부는 자신들의 정권을 부인하는 국민들을 탄압해 민주주의 가치가 크게 훼손되었다. 따라서 "시대를/지키"는 것은 정치적 탄압에도 굴복하지 않고 민주주의를 지켜내려는 행동으로 볼 수 있다. 결국 시인은 시대와의 관계를 통해 자신의 존재를 확대하고 있는 것이다.

　제6시집 『서울의 새벽』은 서울을 제재로 삼고 창작한 연작 시집이다. '역사의 숨결'로는 한강, 경복궁, 숭례문, 흥인문, 사직단, 종묘, 수표교,

인경 종(보신각) 등을 그렸고, '서울의 소묘'로는 서울의 새인 까치와 서울의 꽃인 개나리와 서울의 나무인 은행나무를 그렸다. 장엄한 역사를 품고 있는 서울을 사랑하는 마음과 긍지로 노래한 것이다. 그러면서도 "한낮의 햇불은//일제히 머리를 들고/무리져 날아가는/저/비둘기 발목에/빨갛게 점화(點火)되었다"(「햇불」)라고 노래하고 있다. 서울의 평화를 밝히는 햇불이 꺼지지 않기를 기원하고 있는 것이다.

제7시집 『우수의 바람』은 연작시를 통해 존재의 깊이를 추구하고 있다. 살아가는 동안 겪는 기쁨이며 슬픔, 고통, 고독, 허무, 분노, 사랑 등이 결국 우수(憂愁)에 연결된다고 인식하고 그 쓸쓸함을 노래한 것이다. "호상인들 다르랴/가고 아니 오는/쓸쓸한 떠나감"(「쓸쓸한 떠나감」)이 그 여실한 모습이다. 그러면서도 "그래, 시를 사랑하듯이/인생을 사랑해야지"(「시를 사랑하듯이 인생을 사랑해야지」)라고 노래한 데서 볼 수 있듯이 우수를 적극적으로 극복하려고 한다. 생의 근원을 성찰하며 자신의 존재를 긍정하고 사랑하는 것이다.

제8시집 『세종대왕』은 장편 서사시이다. 1979년에 집필해 문예진흥원에서 발간한 『민족문학대계』 제18권에 수록했는데, 세종대왕 탄신 600주년을 기념해 단행본 시집으로 간행한 것이다. 『세종실록』 등 역사 자료를 탐구한 뒤 세종대왕의 일대기와 세종대왕의 위업인 한글 창제 및 그 정신을 기리고 있다. 서시에 이어 제1부 초장, 제2부 중장, 제3부 종장으로 구성했다.

4

21세기에 들어서도 김후란 시인은 자신의 시 세계를 일관성 있게 추구

해설 존재의 심화와 확대

하고 있다. 이전의 시집들에 수록된 작품들에 비해 나무, 가족, 우주 등을 좀 더 제재로 삼으면서 자기 존재에 대한 인식을 심화 및 확대하고 있는 것이다. 이 시기의 시집들에 수록된 작품 수는 총 240편이다.

제9시집 『시인의 가슴에 심은 나무는』(답게, 2006) : 61편
제10시집 『따뜻한 가족』(시학, 2009) : 73편
제11시집 『새벽, 창을 열다』(시학, 2012) : 63편
제12시집 『비밀의 숲』(서정시학, 2014) : 43편

시인은 제9시집 『시인의 가슴에 심은 나무는』에서 나무들과 동화하고 있다. 말없이 의연하게 서 있는 나무의 의지와 생을 긍정하고 기꺼이 품고 있는 것이다. "의연한 자연의 약속/겨우내 숨죽인 마른 나뭇가지가/다투어 연초록빛 손을 내밀며/사월은 오직 사랑할 일만 있다"(「자연의 약속」)라고 노래한 면이 그 모습이다. 시인은 인간에 의한 공해와 전쟁 같은 재앙을 의연하게 극복하고 서 있는 나무의 자세를 거울로 삼고 있는 것이다.

제10시집 『따뜻한 가족』은 가족을 통해 자기 존재의 확대를 추구하고 있다. 가족은 사회를 구성하는 기본 단위이자 한 자아가 사회 활동을 하는 최소 단위이다. 그리고 한 개인이 자기 존재를 확대하는 토대이기도 하다. "우리들의 아침 밥상/사각대는 소리 은수저 꽂히는 빛살/그대의 눈웃음에 번지는 은은한 향기"(「이 순간」)나, "그대들 모두 은하로 모여들어/이 밤은 우리 따뜻한 가족"(「따뜻한 가족」)이라는 데서 여실히 볼 수 있다. 가족은 나와 네가 '우리'로 되는 사랑의 보금자리이다. 따라서 가족이 해체되는 현대사회에서 시인이 '우리'를 인식하는 것은 자기 존재를 확대하는 모습인 것이다.

시인은 제11시집 『새벽, 창을 열다』와 제12시집 『비밀의 숲』에서 자기 존재를 한층 더 확대하고 있다. 나와 너와 우리의 차원을 넘어 우주적 차원으로 인식하고 있는 것이다.

> 깊고 푸른 밤
> 새벽 창문에 어리는
> 아주 작은 흔들림
>
> 은은히 빛나는 느낌 하나
> 이슬 한 방울
>
> 이 설렘
> 우주를 품다.

—「느낌 하나」 전문

화자는 "이슬 한 방울"에서 "설렘"을 느낀다. 그 "설렘"은 "은은히 빛나는 느낌"이어서 "우주를 품"게 한다. "깊은 눈 험한 길도/당신이 내 손을 잡고 걸으니/우리의 우주는 맑은 하늘입니다"(「사랑의 손을 잡고」)라고 노래하는 것과 같다. 헤아릴 수 없이 많은 별들 중에 하나인 지구에서 태어나 생을 영위하는 인간은 우주적 차원에서 볼 때 기적적인 존재이다. 그리하여 시인은 다른 존재의 소중함을 노래하며 자기 존재를 사랑하고 있는 것이다.

그동안 시인이 간행한 열두 권의 개인 시집에 수록되지 않은 작품들은 이 시 전집의 마지막 부(部)에 배치했다. 작품 수는 총 26편으로 시인이 추구해온 시 세계가 여전히 지속되고 있다. 자기 존재를 심화하고 확대하는 시편들이 밤하늘의 별처럼 빛나고 있는 것이다.

시인 연보

시인 연보

1934년(1세)	12월 26일 서울 인사동에서 아버지 김해 김씨 김기식, 어머니 전주 서씨 서문길 사이의 3녀(형자, 형원, 형덕) 4남(형곤, 영세, 신홍, 형찬) 중 셋째 딸로 태어나다. 이름은 형덕(炯德).
1939년(5세)	어머니는 여학생 대상 편물수예점을 경영하고, 아버지는 철도청 총무국에 근무하다.
1941년(7세)	서울교동초등학교에 입학하다.
1945년(12세)	교동초등학교 4학년 때 2차대전이 막바지에 이르러 일본 도쿄에 공습이 심해지자 서울도 위험하다고 지방으로 소개(피난)를 가라는 지시가 내려 안양으로 임시 이사를 가다. 4학년 1학기까지 몇 달 동안 기차 통학을 하다. 수업이 끝난 오후 3시경부터 5시 10분발 기차를 타려면 시간이 남아 서울역으로 바로 가지 않고 화신백화점 4층에 있는 서점으로 가서 책을 읽다. 영국 작가 제임스 매튜 배리의 『피터 팬』(일어판)에 빠져 기차 시간이 임박할 때까지 읽고 다음 날 다시 가서 읽고 하다가 어느 날은 기차를 놓치다. 저녁밥을 굶은 채 당시는 버스도 없어 밤 10시 기차를 타다. 며칠 뒤 안양초등학교로 전학 수속을 밟다. 제시간에 귀가하지 않은 일 때문에 온 가족의 걱정이 컸고 어린 나이에 기차 통학이 무리라고 여긴 것이다. 덕택에 8·15광복 때까지 시골의 전원 생활을 체험할 수 있었다.
1947년(13세)	아버지가 부산 공작창으로 전근되어 부산진초등학교로 전학하다. 수석 졸업과 부산사범병설중학교 여학생부 수석 합격으로 부모님을 기쁘게 하다.
1949년(15세)	부산사범 예술제에서 작곡가 금수현 교감 선생님의 희곡 〈페스탈로치〉에 페스탈로치의 아내인 안나 역으로 출연하다.
1950년(16세)	한국전쟁 발발로 부산 거제동 1등급 철도관사인 집엔 서울에

서 피난온 친척들로 붐비다. 한때는 42명이 함께 살기도 해 재미있는 동거를 하다. 학교에서는 조재호 교장 선생님, 윤이상 음악 선생님 등 피난온 유명한 교육자들의 가르침을 받는 기회를 가지다.

1952년(18세) 부산사범 문예반 활동을 하다. 교지 『종』에 시와 산문, 콩트 등을 발표하고, 교내 백일장에서 장원을 하다. 금수현 편저 남녀 중학교용 음악 교과서 『새 음악 교본』에 보헤미아 민요곡에 가사를 지은 「저녁종」이 김형덕(본명)으로 실리다. 문예반원 4인(한순태, 황규진, 박무익, 김형덕)이 합동시집 『푸른 꿈』을 등사판으로 제작, 선생님들과 문예반원들에게 돌려 화제가 되다.

1953년(19세) 한국전쟁 중 부산에서 서울대학교 사범대학(전시 연합대학)에 입학하다. 휴전이 되어 환도와 함께 서울 용두동 가교사에서 김남조 교수의 강의를 듣다. 대학생 문예 콩쿠르에서 단편소설 「아버지」가 당선되어 월간 『현대공론』에 실리다. 이를 계기로 주요한 시인이 사장이고 김용제 시인이 편집국장인 월간 교양지 『새벽』사에 기자로 특채되어 근무하면서 대학에 다니다.

1955년(21세) 경향신문 주최 대학생 문예작품 공모에 단편소설 「고아(孤兒)」가 당선되어 일주일 간 김훈 화백의 삽화와 함께 『경향신문』에 연재되다. 서울대학교를 중퇴하다.

1956년(22세) 교지 『사대학보(師大學報)』 창간호에 단편소설 「불안한 위치」를 발표하다. 중앙방송국 주최 '제1회 전국 대학생 라디오 방송극 경연대회'에 서울대학팀으로 참가하여 주인공을 맡다. 교통부 간부이던 부친이 지병으로 별세하다.

1957년(23세) 『한국일보』 문화부 기자로 신문기자 생활을 시작하다. 1980년(46세)까지 『서울신문』, 『경향신문』 문화부 차장, 『부산일보』 논설위원 등 언론계에 종사하다. 『한국일보』에서 문화부장 겸 논설위원이던 신석초 시인과의 만남이 이루어지다.

1958년(24세) 대학 선배이며 드라마 경연대회 때 연출을 맡았던 김아(金雅, 사대 국문과)와 결혼하다. 장남 기현, 차남 승현을 두다.

1959년(25세)	『현대문학』에 시 「오늘을 위한 노래」(1959년 4월호), 「문」(1960년 4월호), 「달팽이」(1960년 12월호)를 신석초 시인 추천으로 발표하고 문단에 나오다. 이때 필명 김후란(金后蘭)을 신석초 시인에게 받다.
1963년(29세)	신진 여성 시인 일곱 명과 청미동인회(靑眉同人會)를 창립하다. 창립 동인은 김선영, 김숙자, 김혜숙, 김후란, 박영숙, 추영수, 허영자. 동인지 『돌과 사랑』을 계간으로 발간하다가 『청미(靑眉)』로 개제해 35주년까지 발간하다. 시화전, 시 판화전, 독자와의 대화, 합동 수필집 발간, 시 낭송회 등도 가지다. 2014년 청미동인회 창립 50주년 기념 총집을 발간하여 우리나라 문학 사상 최장수 동인회로 기록되다. 그간 박영숙, 김숙자, 김여정 시인 대신 임성숙, 이경희 시인이 참여하다.
1967년(33세)	첫 시집 『장도(粧刀)와 장미(薔薇)』(한림출판사)를 간행하다. 신석초 시인은 서문에서 "긴박한 가락, 치밀한 대비, 압축된 구절, 강렬한 어운, 감각적인 빛깔, 아우성치는 꽃잎의 소리……. 이러한 것은 여류 시인에게서 드물게 보는 수법이다. 그것은 김후란의 개성이고 모더니티다. 김후란만이 가질 수 있는 매력이기도 하다."라고 쓰다. 『서울신문』 문화부 차장 때 정부 문화부에서 월남 전선에 국군 위문공연단을 파견하며 문인 대표 최정희 선생님과 여기자 세 명(『한국일보』 이영희, 『동아일보』 박동은, 『서울신문』 김형덕)이 종군 취재를 하다. 프랑스 여기자가 베트콩에 납치된 직후여서 초긴장 상태로 각 부대를 순방하고 해병대가 전투 중인 북방 끝 추라이까지 가서 국군 장병들을 만나 취재하다.
1969년(35세)	제24회 현대문학상을 받다. 한국문인협회와 국제펜클럽 한국본부 회원이 되다.
1971년(37세)	제2시집 『음계(音階)』(문원사)를 한국시인협회의 현대시인선집으로 간행하다.
1976년(42세)	제3시집 『어떤 파도』(범서출판사)를 간행하다. 이 시집으로 제

12회 월탄문학상을 수상하다. 월탄 박종화 선생님의 친필 상
장을 간직하다.

1979년(45세) 한국문예진흥원 『민족문학대계』 제18권에 장편 서사시 「세종
대왕」을 집필해서 수록하다. 1981년 문학세계사 대표 김종해
시인이 주최한 현대시를 위한 실험 무대 행사로 시극(詩劇) 「비
단 끈의 노래」를 집필하다. 손진책 연출, 이주실 · 이도련 출연
으로 일주일간 신촌 민예극장에서 공연하다.

1982년(48세) 7월 25일 어머니(72세) 별세하다. 크게 상심해 「떠나가신 빈
자리에」 「꽃이 피고 지듯이」 「어머니」 「저 불빛 아래」 「저 달빛」
등 일련의 추모시를 쓰다. 제4시집 『눈의 나라 시민이 되어』
(서문당)를 간행하다.

1983년(49세) 한국여성개발원 초대 부원장으로 취임하다.

1984년(50세) 국가 제6차 경제사회발전 5개년 계획 여성개발부문위원회 위
원장을 맡다.

1985년(51세) 시 전집에 대한 출판사의 요청이 있었지만 은사인 신석초 시
인의 시 전집이 먼저 나오지 않고는 응할 수 없다고 하자 신석
초 시인의 작고 10주기를 기념해 시전집 『바라춤』과 산문 전집
『시는 늙지 않는다』가 출간되다. 출판사와의 약속대로 다섯 권
의 시집을 엮은 시 전집 『사람 사는 세상에』(융성출판사)를 간
행하다. 제2대 한국여성개발원 원장으로 취임하다. 아프리카
케냐 수도 나이로비에서 열린 유엔 세계여성발전 10년 결산을
위한 세계여성대회에 비정부단체(NGO)대표단 단장으로 참
가하다. 국무총리실 산하 여성정책심의위원회 위원, KBS시청
자 고충처리위원회 부위원장을 맡다.

1987년(53세) 시선집 『오늘을 위한 노래』(현대문학사)를 간행하다.

1988년(54세) 공연윤리위원회 위원 및 영화심의의장을 맡다.

1988년(54세) 최은희여기자상(崔恩喜女記者賞) 심사위원장을 맡다.

1990년(56세) 제5시집 『숲이 이야기를 시작하는 이 시각에』(어문각)를 간행
하다. 민간방송설립추진위원회 자문위원장, 방송광고공사 공

익자금관리위원회 위원장을 맡다.

1992년(58세) 병원에 입원한 남편을 간병하면서 쓴 자전동화집 『노래하는
나무』(자유문학사)를 간행하다. 우리글과 말을 금지하고 일어
로만 공부하던 일제강점기에 서울 종로구 인사동의 교동초등
학교에 다니던 시절과 1945년 8·15광복 직후인 5학년 때 한
글을 처음 배웠던 체험을 담은 것이다. 동화의 일부분을 일본
와세다대학 한국어학과 오무라 마스오(大村益夫) 교수가 일어
로 번역해서 교재로 사용하다. 2010년 다시 부분 보완을 하여
'연인M&B'출판사에서 새로운 그림으로 장정하고 제목도『덕
이—나무도 말을 하겠지?』로 바꿔 출간하다. 간행물윤리위원
회 윤리위원 및 교양분과 심의위원장을 맡다.

1993년(59세) 제1대, 제2대 정부공직자윤리위원회 위원을 맡다.

1994년(60세) 제6시집 『서울의 새벽』(마을)과 제7시집 『우수의 바람』(시와시
학사)을 간행하다. 『서울의 새벽』으로 서울시문화상 문학부문
상을 받다. 제31회 한국문학상을 받다. MBC문화방송재단 방
송문화진흥회 이사, 서울시 명예시민증수여(외국인) 심사위원
을 맡다.

1996년(62세) 국제펜클럽 한국본부 부회장을 맡다. 문학의 해 3·1절 기념
행사로 문인 100명과 함께 독도에 가다. 자작시「독도는 깨어
있다」를 대표로 낭독하다.

1997년(63세) 제8시집 서사시 『세종대왕』(어문각)을 간행하다. 1979년 한국
문예진흥원의 『민족문학대계』 제18권에 수록된 것을 세종 탄
신 6백 돌을 기념해 단행본으로 간행한 것이다. 김희백 서예가
가 시 전문을 붓글씨로 써서 특수 제작을 하다. 국민훈장 모란
장을 받다.

1998년(64세) 한국여성문학인회 제17대 회장을 맡다.

2001년(67세) '생명의 숲 국민운동' 공동대표, 이사장을 맡다.

2001년(67세)**~현재**(81세) 자연을 사랑하는 '문학의 집·서울' 창립, 이사장을
맡다. 한국여성문학인회 회장 때 국제 행사를 하면서 독일의

시인 연보

함부르크 문학의 집을 알게 되어 우리나라에도 그것이 필요함을 느껴 '생명의 숲' 공동대표로 숲 가꾸기 운동을 함께 하던 유한킴벌리 문국현 사장과 함께 진행하다. 서울시 소유인 현 예장동 건물(전 안기부장 공관)의 사용 허가를 받아 문인 110명이 창립위원이 되어 사단법인체로 등록하고, 세종문화회관 세종홀에서 창립총회를 열다. 2001년 10월 26일 개관식을 갖다. 서울시와 (주)유한킴벌리(현 최규복 대표이사 사장)의 후원을 받고 있는 '문학의 집·서울'은 문인들의 활동 무대로, 문학을 사랑하는 시민들이 참여하는 다양한 문학 행사로 유익하게 활용되고 있다.

2003년(69세) 성숙한 사회 가꾸기 모임 공동대표, 한국문학관협회 회장을 맡다.

2004년(70세) 11월 16일 명동대성당에서 하상신앙대학 특별 강좌 '문학과 인생'을 강의하다. 김수환 추기경, 정진석 대주교, 차동엽 신부 등 성직자들과 '나는 누구이며 어디로 가는가?−현대인을 향한 영혼의 울림' 주제로 진행된 기획 행사에서 평신도 대표로 문학과 종교의 문제를 다루다.

2005년(71세) 비추미여성대상을 수상하다.

2006년(72세) 제9시집 『시인의 가슴에 심은 나무는』(답게)을 간행하다.

2007년 10월(73세) 한국어린이재단 지원사업인 평양만경대 제2어린이종합식료공장(빵공장) 증설 개막식에 참여하다.

2008년(74세) 서울대학교 총동창회 종신 이사로 위촉되다.

2008년(74세) 문화체육관광부 올해의 예술상과 훈장 심사위원장을 맡다.

2009년(75세) 제10시집 『따뜻한 가족』(시와시학사)을 간행하다. 이 시집으로 국제 펜클럽 한국본부주최 펜문학상을 받다. 김후란 시인 등단 50주년 기념 문학 심포지엄이 한국시박물관(김재홍 관장) 주최로 '문학의 집 산림문학관'에서 열리다. 이날 제1회 '님시인상'을 받다. 한국·폴란드 수교 20주년 기념 '한국문학의 밤' 행사로 바르샤바대학 강당에서 김영하 소설가와 함께 특강을 하다.

2010년(76세)　한국·러시아 수교 20주년 기념 행사 때 「겨울나무」 「눈의 나라」 등이 러시아어로 번역되어 번역자와 함께 두 나라 언어로 낭송되다.

2010년(76세)　2월 25일 서울대학교 사범대학 명예졸업장을 받다. 안중근의 사숭모회 고문을 맡다.

2011년(77세)~**현재**(81세)　한국문인협회, 국제펜클럽한국본부, 한국시인협회 고문을 맡다.

2012년(78세)　제11시집 『새벽, 창을 열다』(시와시학사)를 간행하다. 이 시집으로 한국현대시인협회상을 받다. 한국대표명시선 100으로 시선집 『노트북 연서』(시인생각)를 간행하다.

2014년(80세)　제12시집 『비밀의 숲』(서정시학)을 간행하다. 이 시집으로 한국문인협회주최 제4회 이설주문학상을 받다. 시집 『따뜻한 가족』이 조영실의 번역에 의해 *A Warm Family*(Codhill Press, New Paltz, New York)로, 시집 『빛과 바람과 향기』가 왕수영 시인의 일어 번역에 의해 일본 토요미술사에서 간행되다. 문화예술 은관훈장을 받다.

2015년(81세) 현재　한국심장재단 이사, 대한민국예술원 회원이다.

엮은이 소개

오세영

서울대학교 국어국문학과와 같은 대학원을 졸업했다. 1968년『현대문학』추천으로 등단한 뒤 시집으로『사랑의 저쪽』『바람의 그림자』『마른하늘에서 치는 박수소리』등 20여 권이, 저서로『시론』『한국 현대시 분석적 읽기』등 30여 권이 있다. 현재 서울대학교 명예교수이다.

맹문재

고려대학교 국어국문학과와 같은 대학원을 졸업했다. 1991년『문학정신』으로 등단한 뒤 시집으로『책이 무거운 이유』『사과를 내밀다』『기룬 어린 양들』등이, 저서로『시학의 변주』『만인보의 시학』『여성시의 대문자』등이 있다. 현재 안양대학교 교수이다.

김후란 시 전집

초판 인쇄 · 2015년 9월 24일
초판 발행 · 2015년 10월 5일

엮은이 · 오세영, 맹문재
펴낸이 · 한봉숙
펴낸곳 · 푸른사상사

주간 · 맹문재 | 편집 · 지순이, 김선도 | 교정 · 김수란
등록 · 1999년 7월 8일 제2-2876호
주소 · 서울시 중구 충무로 29(초동) 아시아미디어타워 502호
대표전화 · 02) 2268-8706(7) | 팩시밀리 · 02) 2268-8708
이메일 · prun21c@hanmail.net / prunsasang@naver.com
홈페이지 · http://www.prun21c.com

ⓒ 오세영, 맹문재, 2015

ISBN 979-11-308-0562-7 03810

값 55,000원

김후란 시 전집

김후란 시 전집